罪深き海辺　上

大沢在昌

集英社文庫

罪深き海辺　上

1

「やまみさきぃ、終点、やまみさきぃ、です。どちらさまも、お忘れもののないようにお降り下さい」

駅前のロータリーにはほとんど人けがない。九月の終わりにしては強い陽《ひ》ざしが注いでいる。

駅舎の階段を降りてくると、まず目についたのは、白っぽい土産物屋だった。白っぽいのは、長年の風雨で、看板の文字が薄れているからだ。

男は手にしていたリュックに腕を通し、背中に担いだ。アロハシャツにジーンズというでたちで、薄いサングラスを通してあたりを見回している。がっしりとした体つきだ。

土産物屋のガラス戸は半分開いていて、老婆がひとり、店番にすわっていた。並んでいる商品は、佃煮《つくだに》や海藻の乾燥品などで、薄れた看板に記された「鮮魚、さざえ、あわび」など、店内のどこにもない。

平日の午後とはいえ、この終点、山岬《やまみさき》駅で電車を降りたのは、男の他には六十代の男女がそれぞれひとりずつしかいない。二人は、ロータリーに止まっていた、家族と思《おぼ》しい人間の軽自動車に乗りこみ、とうにいなくなっていた。

ツクツクボウシの鳴き声が激しくなった。

ロータリーの端に小さなコンビニエンスストアがあり、その前にカラスが二羽いた。

そのうちの一羽が口をきいた。

「何見てんだよ、おっさん」

カラスに見えたのは、今どき見ることの少なくなったガングロ少女だった。高校の制服らしい黒スカートを極限まで短くし、コンビニエンスストアの店先にすわりこんで、アイスクリームをなめている。

アロハシャツの男は再びあたりを見渡した。周囲にいる人間といえば、土産物屋の奥で居眠りする婆さんくらいだ。

「おっさんて、俺か」

男はのんびりした口調で訊《き》き返した。

「そうだよ、今、パンツのぞいたろう」

ガングロの少女はとがった声をだした。かたわらにいるもう一羽のカラス、ガングロ二号は、関心なさげにアイスクリームをひたすらなめている。

「知らんな。そんなことより、新港町《しんこうちょう》にはどうやっていく？」

「ざけんなよ！　人のパンツ見といて、何とぼけてんだよ。金だせよ」

少女は立ちあがった。弾みで本当に下着が見えた。妙に大人びた水色のショーツだ。

男は思わず目をそらした。

少女はつかつかと歩みよった。鼻も目もまん丸で、まっ黒に焼けていなければ、それなりに愛敬《あいきょう》のある顔立ちだろう。

「痛い目にあいたくなけりゃ、金だしな」

アイスを左手にもちかえ、少女は右手をだした。手首にはタトゥが入っていて、両耳にはピアスがあわせて六本、はまっている。

「参ったね。はるばる二時間、電車に揺られて、やっとたどりついたと思ったら、いきなり女子高生にカツアゲされるとは」

男は明るい口調でいった。そのとき、コンビニエンスストアの扉が開いて、坊主頭で小柄の男子高校生が姿を現わした。黒のズボンをこちらも極限までずり落としている。ベルトがほとんど膝の上あたりにあり、シャツの裾から派手なチェックのトランクスが丸見えだ。

「シンゴ、あのおっさん。やっちゃいな」

入れちがいに店の入口をくぐりながら、ガングロ二号が舌足らずな口調でいった。

「あーん？」

男子高校生は、男とガングロ一号をふりかえった。こちらは鼻と下唇にピアスがはまっていて、顔も目も三角形の凶悪な人相だ。シャツのボタンもほとんど外れているので、薄い胸に浮いたアバラと、そこだけは見事な腹筋が丸見えだ。

「シンゴ、こいつやっちゃってよ」

ガングロ一号もいった。

「なんで」

シンゴと呼ばれた男子高校生が訊いた。

「あたしのパンツ見たのに、金払わないの」

シンゴは舌打ちした。面倒くさげに歩みよってくる。ズボンをおろしているので、まるでペンギンだ。

「おっさんよう、払ってやんなよ。千円でいいよ。な」

男はカラスとペンギンの顔を見比べ、大きくため息をついた。

「暑くてたるいんだよ、頼むよ。払って」

シンゴがいう。

「シンゴさあ、ボクシングのインターハイで、県二位なんだよね。おっさん畳まれちゃうよ」

ガングロ一号が楽しげにつけ加えた。男はせつなそうに首をふった。

「プロになろうと思ってんのか」

シンゴに訊《たず》ねた。

「関係ねえよ。払うのか、払わねえのか」

「お前、ろくなもの食ってねえだろ。今はそれでもいいがな、プロになったらスタミナがもたねえぞ――」

シンゴがやにわに拳《こぶし》をつきだした。キレのいいストレートを男の腹に叩《たた》きこむ。男は首を傾《かし》げた。シンゴの目が丸くなる。

「だから食えっていってんだよ。パンチが軽いんだよ」

男はほがらかにいった。

「このう」

シンゴはズボンをずりあげ、ステップするとファイティングポーズをとった。シュッと口で息を吐きながら、男の顔めがけてジャブを放った。

男はひょいと首を傾けてそれをかわした。にっと笑う。

「あれ？　か」

「シュッ、シュッ、シュッ」

ジャブ、フック、ストレートと、シンゴがくりだしたパンチはことごとく外れた。シンゴは呆然《ぼうぜん》としたような表情になった。汗が噴きだし、シャツが背中にはりついた。

「県二位は無理だな。いいとこ、ベスト8だろう」

男は白い歯を見せた。

「この、クソオヤジがっ」

シンゴは金切り声をあげ、回し蹴りを放った。それを男は簡単に左腕でブロックした。

「おいおい、今度はキックボクシングかよ。蹴りも駄目だな」

シンゴの足首をつかむとほいっと声をあげた。シンゴの体が宙に浮いた。尻から地面に落ちる。

起きあがろうとしたその胸板を、男は右足で踏んだ。

「よせよせ。お前じゃ勝負にならない」

「くそっ、この、オヤジがっ、手前《てめえ》、離せっ」

シンゴは顔をまっ赤にして叫んだ。両手両足を使って起きようとするのだが、背中は地面に押しつけられて、びくともしない。

「離れてもいいけどな。千円とらないって約束してくれるか。おじさん旅行中で、あんまり金ないんだ」

「ふざけんな、この――」

男の口調がかわった。いきなりシンゴの下唇をつかむとひねりあげる。

「おい、この洒落《しやれ》たピアス、お前の唇ごとむしりとってやろうか」

「痛て、いいい……」

シンゴの目に恐怖が浮かんだ。

「どうする？　え」

男が手に力を加えると、シンゴは魚のようにのたうち回った。右足はとうに胸から外されている。

「はがった、はがりましたあ」

男は手を離した。シンゴは地面の上で丸まった。肩で息をし、汗をぽたぽた垂らしている。

ガングロ一号が大きく目をみひらいて、あとじさった。

「そんなぁ」

「ま、おとなと子供って奴《やつ》ですかね」

男はにっと歯をむきだした。

「参りましたっ」

いきなり大声でシンゴが叫んだ。地面に手をつき、頭をこすりつける。

「勘弁して下さい、先輩！」

「いきなりクソオヤジが先輩かよ」

男は笑いだした。

「勘弁して下さい。すいませんでした、本当に」

シンゴはひれ伏しつづけた。

「もういいよ。立ちな」

いわれて、立ちあがる。男をまじまじと見つめた。

「俺、今まで喧嘩《けんか》で負けたことなかったっす。組の人だって、俺に一目おいてくれてたんす。先輩、すごいっす」

「だから先輩っていうな」

「でも名前、わかんないっすから」

「ホシバだ。干すに場所の干場《ほしば》」

「干場ぁ」

素《す》っ頓狂《とんきよう》な声をあげたのは、ガングロ一号だった。

「おっさん、干場っていうの」

「それがどうした」

干場と名乗った男は少女をふりかえった。

「干場ってさ、この町に一軒しかないんだよね。干場の殿さまん家《ち》」

「殿さま?」

男はあきれたようにいった。

「殿さまって、イクミのばあちゃんが働いてたとこかよ」

シンゴが少女を見た。イクミという名らしい。

「そう。もうずっと前に死んじゃってさ、屋敷とかも全部なくなっちゃったんだよ」

シンゴが干場に目を移した。

「それって新港町にあったのか」

干場が訊ねると、イクミはこっくりと頷《うなず》いた。

「お屋敷はさ、海辺に建ってて、すごい立派だったって。今はぜーんぶ潰して、マリーナになってる」

「誰もいないのか」

「いないよ。殿さまには家族がいなかったもん。おばあちゃんがずっと世話してたんだよ」

干場はイクミを見つめた。

「おっさん、殿さまの親戚？」

イクミが訊いた。干場はとたんに情けない顔になった。

「どうかな、自信がない」

「何だよ、それ」

シンゴがいった。

「自分の親戚のことも知らねえのかよ」

「ガキの頃に親に死なれてな。あんまりよくわからないんだよ。この山岬の出だって、聞いてたくらいだ」

「じゃ、殿さまの親戚じゃないの。干場って家、一軒しかなかったんだから」

「そうかな」

干場はいって、顎をかいた。

「お前のばあちゃんて、まだ元気なのか」

「元気だよ。叔母さんとこの店、手伝ってる」

「店って」

「スナック。駅裏の飲み屋街にある――」

いって、イクミは背後をふりかえった。そこには線路を隔てるフェンスがあり、たてよこ二メートルくらいの看板がかかっていた。

「ようこそ、海の町、山岬へ。山岬観光マップ」と記され、横にしたヒョウタンのような山岬市の地図が描かれていた。

ヒョウタンは右下・南東方向を向いている。くびれの西側、大きいほうの楕円《だえん》が「岬町」で、左上の北西からJRの線路がまん中を走っていた。線路はヒョウタンのまん中、くびれのあたりで終わっていて、それが今いる山岬駅だ。

くびれの東側の、ひと回り小さな楕円には「新港町」と書きこまれている。

地図で目につくのが、ふたつの港のマークだ。岬町の南側の海に向かってつきでているのが「山岬漁港」、新港町の南側にあるのが「山岬マリーナ」である。山岬駅の北側には、線路と平行して走る道路がある。線路は駅で終わっているが、道路のほうはさらに南東方向にのびて新港町を貫いていた。駅と道路をはさんだ反対側に「市役所」と「警察署」の表示があった。

海水浴場を示す、旗竿《はたざお》のマークが新港町の西側にあって、その少し北西寄りに、新たに書き足されたと思しい「山岬水族館」という表示と下手くそなイルカの絵があった。

干場はしばらく看板に眺めいった。

「なるほど、こうなってんのか」

そして二人をふりかえった。

「お前らはどこに住んでるんだ」

「あたしは新港町。シンゴのいる岬町は漁師町だもん、古い家ばっか」

イクミが答えた。

「はーん」

干場は「山岬観光マップ」の端に描かれた「山岬半島全図」に目を移した。たいして施設の多くない山岬市のマップに比べても、控えめな大きさだ。だがその理由は、半島の形にあった。

半島だけを見ると、海につきでたキノコ型をしている。というより、やはり地図の横に誰かが落書きした「チ〇ポ」という表現がぴったりだろう。キノコでいえば笠《かさ》にあたる部分の中央が微妙にくぼんでいるところもそのままそっくりだ。そのくぼみこそが山岬湾で、山岬市のヒョウタンの南側のくびれにあたる。

キノコの石突きの部分はほとんどが山で、西側の海に面した平地を線路と道路が分けあっている。道路は東側の海沿いも走っているが、線路は西側だけだ。山岬駅が終点になる理由だった。

「本当、やらしい形だよね」

イクミがアイスクリームをくわえていった。

「お前、そのカッコでいうなよ」

シンゴがつっこむと、

「なんでよ！　シンゴこそやらしい」

と眉を吊りあげる。

「で、新港町にはどうやっていくんだ」

「市営のバス。あたしたちもそれ待ってるの。一時間に一本なんだよね」

「歩いたらどれくらいかかる？」

「新港町のどこまでいくのに？」

シンゴの問いに、千場は無言で「山岬マリーナ」を指さした。

「四、五十分くらいじゃん」

「なんだ、だったら早くいえ」

千場はこともなげにいった。

「観光がてら歩いてくことにしよう」

「なんもねえよ」

シンゴがあきれ顔になった。

「そんなことないだろう。水族館や海水浴場がある」

「水族館はくそつまんねえし、海の家は畳んじゃったぜ」

「そうか。そうだな。九月だものな」

「海の家やってんの、俺の知り合いの、組の人なんだ」

シンゴは自慢げにいった。

「組って漁業組合か」

「ちがうよ！　何いってんだよ。やあさんだよ、やあさん！　岬組っていうんだよ」

千場は首をふった。

「説教がましいことはいいたくないがな、青少年がやくざ屋さんと仲よくして得なんかないぞ」

シンゴは聞こえなかったように空を仰いだ。それを見つめ、干場は息を吐《つ》いた。

「まあいい。機会があったらまた会おう」

そのまま、人も車もない、駅前の道に歩みだした。

「ちょっとお」

その背中にイクミが叫んだ。

「おっさん、しばらく町にいるわけ？」

返事は歩きながら掲げた右手だった。

2

半島の外周をぐるりと回る道とは別に、駅を起点とする道が東西に海沿いを走っている。

干場が歩き出したのは、駅をでて左、南東方向に湾曲した道だった。地図によれば、半島の中央を走るのが県道で、より海沿いを細かく走っているのが市道らしい。単なる移動なら県道だろうが、生活道路としては市道のほうが便利だ。

実際、駅を離れて五分もすると原付バイクや軽自動車の交通量が多くなった。理由はさらに十分ほど歩いて水族館の前まできてわかった。小さなスーパーや魚屋、クリーニング店といった商店街が市道沿いに形成されているのだ。

軽自動車の路上駐車がつづいている。おそらくは新港町の住民の需要をこの商店街が満たしているのだろう。スーパーには駐車場が併設されているが、使っている者は少ない。皆堂々と路上駐車をして、買い物をしているようだ。

買い物をしているのは大半が主婦らしい女性で、歩いていく干場に何人かが遠慮のない視線を向けた。干場は素知らぬ顔で歩きつづけた。さすがに見ない顔だからといって、話しかけてくるほどの田舎ではないようだ。

やがて右手に「しんこう海水浴場」という看板が見えてきた。その先に、くすんだコンクリートの建物が何棟かあって、ひときわ大きい八階建ての屋上に「山岬観光ホテル」の看板が掲げられている。他は「旅館みなと荘」とか「年間民宿　岬」といった、小規模な宿泊施設ばかりだ。

「山岬観光ホテル」の正面玄関には、「リニューアルオープン、屋上露天風呂新設」のたれ幕がかかっている。

ホテル、民宿街を過ぎると、あたりはふつうの住宅が多くなった。古い建物は少なく、せいぜいこの三十年かそこらのあいだに建った家ばかりだ。

住宅街を過ぎると、道が直線になった。その半ばあたりから、右手に港湾施設が見えてきた。妙に洒落た、白塗りのクラブハウスらしき建物が中央にあり、その左右からまっすぐ海に向かって桟橋がのびている。

桟橋には、数隻のプレジャーボートが係留されていた。干場は立ちどまって、フェンスごしにマリーナのようすを観察した。

プレジャーボートのマストにカモメが並んでとまり、頭上を旋回するトンビがのどかな鳴き声を降らせている。

「山岬マリーナ、関係者以外の立入はご遠慮下さい」、フェンスには小さな看板がかかっていた。

クラブハウスの前は、芝生をしきつめた庭になっていて、ヤシの木が何本も植えられ、そこだけとりだせば、まるで南の島のような眺めだ。

だがマリーナ全体を見回しても、人けがまるでない。船の手入れをする者の姿もなく、係員らしい人間が動いているようすもなかった。少し先のフェンスの切れ目には、駐車場の入口があったが、奥に止まっている車は一台もない。広い駐車場の片隅に、二台の自転車があるだけで、それがおそらく、今このマリーナにいる人間の数を表わしている。

干場はしばらくフェンスの前にたたずんでいたが、やがてマリーナとは道をはさんだ反対側をふりかえった。

マリーナの出入口から市道をよこぎるように一本道が内陸に向かってのびている。「マリンショップ　新港」という店が手前にあり、その先に何軒かの飲食店があった。今はまだ開いていないが、飲み屋の入った雑居ビルもある。その一階には「ニュークラブ　人魚姫」という看板がでていた。

干場はその方角に歩きだした。

「人魚姫」の前にスーツを着た男が二人いた。ホウキとチリトリを手に掃除している。不意にその手が止まって、直立不動になった。市道を走ってきたレクサスが止まったからだった。

運転席をとびだした男が後部席のドアを開いた。シルバーグレイのスーツを着た、小柄で細身の男が降り立った。

「お疲れさまです」

掃除をしていた男たちが声をそろえた。細身の男は小さく頷き、

「あれからきたか」

と訊ねた。

「いえ、きてません。でも今日あたりくるのじゃないかと思います」

男たちのひとりが答えた。緊張した声音だった。細身の男は薄笑いを浮かべた。

「何だ、お前、びびってるのか。あんな田舎やくざ、恐がることはねえ。つまんない嫌

がらせしかけたら、ほうりだしゃいいんだよ」

「いいんですか。店長はおとなしくやれ、とおっしゃっていると聞きましたが」

「店を任されてるのは俺だ。俺が気にすんなっつったら、気にすんな。どうせサツに泣きついたって、あいつら地元とつるんでる。店のもの壊された頃にのこのこくるのが関の山だ。あてにはできねえぞ」

「わかりました」

「今日は俺も奥にずっといる。何かあったらすぐ知らせろ」

「はいっ」

男は言葉を切り、あたりを見回して干場の姿に気づいた。潰れた「マリンカフェ」という店の軒先に立って、やりとりを眺めていたのだ。じっと干場を見つめる。干場はにっと笑った。

男は一瞬目をみはった。

「見ない顔だな、あんた」

「観光客でね。ぶらぶらしてたらちょうどあんたらがいた」

干場は答えた。男はまるで信じてなさそうな唸《うな》り声《ごえ》をたてた。

「観光客ぅ？　こんなさびれた町にかよ」

「海が好きでね」

男はじっと干場の爪先から頭のてっぺんまでを見つめ、歩みよってきた。

「でかいな、あんた。身長、いくつだ」

「うん？　百八十二センチ」

「体重は」

「八十キロくらいかな」

「何かスポーツをやってたか」

「学生時代はアメフト。卒業してからはプロレス」

「プロレス!?　レスラーなのか」

干場は肩をすくめた。

「引退した。チビで使えないといわれてな」

男は目をむいた。

「あんたがチビって、どういうことだ」

「アメリカにいたんだ。アメリカのプロレスはいろいろあってね。悪役ならいいっていわれたんだが、悪役は性にあわなくってさ」

干場はすらすらと答えた。

「アメリカにね、ふーん。今、仕事は何をしてる」

干場は首をふった。

「無職だ。日本も久しぶりだから、ぶらぶらしようと思ってね」

男は目を細めた。

「それでこの町にきたってのか」

「死んじまったお袋がこのへんの出なんだ。俺はくるのは初めてだが」

「しばらくいるつもりか」

干場は顎をなでた。

「まあな」

男は上着の内ポケットから名刺をとりだした。

「よかったらうちで働かないか」

干場は受けとり、男の背後に立つ黒服の男たちを見やった。

「飲み屋のボーイか」

「他にもいろいろやってる。名刺を見ろ」

干場は名刺に目を落とした。

「㈱トランスリゾート　専務取締役　柳明雄《やなぎあきお》」とある。

「専務さんか」

「いっておくが、うちの商売はここだけじゃない。ホテルや水族館も経営してる」

「へー」

感心したように干場はいった。

「もともとはこっちの会社じゃない。山岬を再開発するために乗りこんできたんだ。だから現地の人間はひとりもいない。あんたが入れば、初の現地採用って奴だ」

「なるほど」

「名前、何ていうんだ」

「干場。干場功一《こういち》」

柳はわずかに眉をひそめた。

「どっかで聞いたような名だな」

「俺は柳さんて知り合いはいない」

柳は再び目を細め、干場の顔を見つめた。干場は平然とそれを見返した。

「まあいい。気が向いたら、夜にでも店に遊びにきてくれ。一杯くらいご馳走《ちそう》する」

大物ぶった口調で柳がいうと、干場はにっこり笑った。

「そいつはありがたいな。酒には目がないんだ」

「その体じゃ、相当いけるだろう」

「自分じゃわからない。いつもとことん酔っぱらう前に持ち金のほうがなくなっちまうんでね」

柳はにやりと笑って、干場の胸を突いた。

「いいね。気にいった」

踵《きびす》を返し、「人魚姫」の入口に立つ。やりとりをぽかんと眺めていたボーイがあわてて扉を開いた。柳はふりかえりもせず、店の中に入っていった。

「おい」

声に干場は首を回した。柳を乗せてきたレクサスの運転手だった。ずんぐりとした体つきで髪を短く刈り、アゴヒゲともみあげをのばしている。一見とろんとした目つきだが、妙に剣呑《けんのん》な光があった。

「遊びにくんのはいいが、専務になれなれしい口をきくんじゃねえ」

干場の目をにらみ、運転手はいった。

「あんたは」

干場は訊ねた。

「お前の知ったことじゃねえよ。いいか、礼儀正しくしねえと、痛い目にあわせるぞ」

干場は男を見返し、小さく頷いた。

「わかったよ。あんたは柳さんを尊敬しているんだな」

「この野郎……」

運転手はつぶやき、干場に歩みよった。

「なめたこといってんじゃねえぞ」

手を干場にのばそうとしたとき、「人魚姫」の扉が開き、柳が顔をのぞかせて怒鳴った。

「桑野《くわの》、何やってる。早くこい！」

運転手はさっと向きなおると、

「はいっ」

と返事をした。小走りで店内に消える。

干場はこちらを見ていたボーイ二人に目を向けた。二人ともあわてて視線をそらし、掃除の仕事に戻る。

それを眺め、干場は再び歩きだした。

3

ＪＲ山岬駅の北側と県道を結ぶ、長さ百メートルほどの道の左右に、何軒かの食堂や酒場が並んでいる。酒場は大半が、間口が扉の幅しかないような細長い造りで、奥に向かって四、五人ぶんのカウンターしかない。

夕方になると、潰れていない店の大半が扉を開けはなち、道いく者の目にも中のようすが見てとれた。カウンターの中、あるいは外に、たいていひとりかふたりの従業員がいて、テレビがついている。従業員は、五十代の女性が多く、バーテンダーのいでたちをした男がひとりの店もある。

県道の向こうには、コンクリート製のがっしりとした建物が二棟あった。手前にあるのが市役所で、その先のひと回り小さいが見た目はよく似た建物が警察署だ。

警察署の前にはパトカーが二台止まっていて、出入口のひさしの下に、制服の警官がひとり立っている。

警察署の玄関をくぐって、五十代後半の男が現われたのは、午後六時まであと十分ほどの時刻だった。あたりが薄暗くなり、建物正面にとりつけられた赤いランプが光を強めている。

制服警官が軽く敬礼をした。男はうん、と頷き、

「ご苦労さん」

とつぶやいて、警察署をあとにした。髪の大半が白く、それをオールバックになでつけている。体つきは大きくなく、それでなくとも背を丸めて歩くので、身に着けたくたびれたスーツともあいまって、退職まぢかの老教師のようだ。

白髪頭の男はとぼとぼと警察署の駐車場をよこぎり、県道にでた。

暗くなり、県道は交通量がぐっと減っている。もともとが漁師町のせいもあり、山岬市は朝と夜が早い。午後八時を過ぎると、岬町地区は、ほとんど人も車も見かけなくな

ってしまう。

そのかわり、夏なら午前四時前には、漁船が港をでていく。六時には、漁港と周辺は活気づいている。

警察署と市役所の中間に信号があり、男は県道を渡った。あたりに信号はあとひとつしかなく、二百メートルほど東の市民病院前だ。そのせいで、夜間県道を走る車はひどくスピードをだしている。年に何回かは交通事故が起こり、そうなると死んだり大怪我《おおけが》をする者が必ずいた。

駅につづく道に入った男は、右手の「ＢＡＲ」と看板が掲げられた建物に歩みよった。「ＢＡＲ」の下に、小さく「伊東」と書かれている。開いた戸口から、白いシャツに蝶《ちょう》ネクタイを締めたバーテンダーの姿が見えた。男と同じ年くらいで、壁にとりつけたテレビに見入っている。

「お帰り」

バーテンダーは、男が入口をくぐると、テレビから目をそらさず、いった。

「ああ、ただいま」

男は応え、四つしかないストゥールの一番手前に、よっこらしょとつぶやきながら尻をのせた。

バーテンダーはテレビを見ながら、背の高いグラスに氷を数個入れ、国産のウイスキーを垂らした。つづいて背後の冷蔵庫から炭酸水の壜《びん》をとりだすと勢いよくグラスに注ぐ。マドラーで軽く混ぜ、安物の合板のカウンターにおいた。カウンターはそこらじゅうに煙草《たばこ》による焦げ跡があった。

「ありがとよ」

男はいってハイボールのグラスをひきよせた。なみなみと注がれた酒をこぼさないように、手よりも口を先にもっていき、すする。

「うん、うまい」

もちあげてもこぼれないほどグラスの中身が減ると、男は今度はひと息で半分を空けた。

「好きだねえ」

それを横目で見て、バーテンダーがいった。

「安《やす》さんは、ハイボールひと筋だ」

「そう。あたしゃぶきっちょでね。何かひとつ覚えるとそればっかりさ。飯も同じオカズばっかり食うと、死んだ女房にもあきれられた」

安さんと呼ばれた男は、わずかにかすれた声でいった。スーツのポケットからショートピースの箱をとりだす。

「そういや、もうじき七回忌だな」

バーテンダーがつぶやいた。

「早いねえ。娘さんは帰ってくるのかい？」

「どうかね。子供が三人もいて、手のかかる盛りだからな。旦那も仕事が忙しいらしいし。難しいのじゃないかね」

男はとりだしたショートピースをとんとんとカウンターに打ちつけ、答えた。

「まあ、しょうがない。去る者は日々に疎し、だ。イカ、煮たの、食うかい」

「ちょこっともらうかね」

バーテンダーはカウンターの下から、ワタごと甘辛く大根と煮つけたスルメイカをとりだした。小鉢に盛り、割り箸といっしょにカウンターにおく。男はちょびちょびとそれをつまみ、ハイボールをおかわりした。

店の前の道を、ときおり人と車がいき過ぎた。営業している店で一番客が入っているのは、「中華、焼肉。レストラン岬館」の看板を掲げた、二階建ての食堂だった。

バーテンダーはあいかわらずテレビを眺め、男は酒をなめながら表の通りに目を向けている。

「お」

男が小さく唸った。型の古いメルセデスが通りに入ってきたからだ。メルセデスは、バーの斜め向かいで止まり、四人の男が降り立った。

バーテンダーはそれをちらりと見やり、

「何だ、また組の連中か」

とつぶやいた。

「何しにきたんだい」

男が訊ねる。

「向かいに潰れたスナックが二軒あるだろ。その左隣、『ハルミ』に立《た》ち退《の》き交渉してんのさ。三軒ぶん使って、新しい店を始める気らしい。ほら、新港町の『人魚姫』とかいうのがけっこうはやってるんで、同じような店をやろうって腹なんだ」

「『ハルミ』の婆《ばあ》さんは売る気なのか」

「いや、無理だろう。だって二階で暮らしているんだから。追い出されたら、いくとこがない」

「反対側は、駄目か」

「右っかわかい？　『令子』は客が入っているからな。第一、組長がママにのぼせてる。立ち退きなんかさせっこない。それどころか、その新しくやろうとしてる店のママにならないかって口説いたらしいよ」

「ほう」

「ぴしゃりと断わったって話だ。まあ、そうだろう。落ち目のやくざ者に今さら囲われるくらいなら、田舎に帰ってきやしない」

「それもそうか」

　メルセデスを降りたのは、典型的なやくざ者が三人と、スーツを着た角刈りの男だった。やくざ者はいずれもパンチパーマをかけたり、額に剃《そ》りこみを入れたチンピラ風で、都会ではめっきり見かけなくなったタイプだ。

　角刈りの男はメルセデスのかたわらに立ち、あたりを見渡した。バーの中にいる男には気づいていない。

　やくざ者三人は、車のすぐ前の店「ハルミ」の扉を押した。

「やれやれ」

　男はつぶやいた。

「困ったもんだね」

「暴れたりしなけりゃいいのだけどね。今のところそんなようすはなくて、説得しているらしいよ。ただまあ、あんまり知恵の回る連中じゃないからね。婆さんが頑固だと、何かしでかすかもしれない」

　バーテンダーはさして気にもしていない口調でいった。

「ま、ひどい嫌がらせされたら、一一〇番すりゃいいのだから。だろう、安さん」

　男は無言で首をふった。むっつりとした表情になり、ハイボールをすする。

アロハシャツを着た大柄な男が通りに現われたのは、それから五分後くらいのことだった。

「何だありゃ」

男がつぶやいたので、バーテンダーが首をのばした。アロハの大男は、通りの中央にたたずみ、途方に暮れたようにあたりを見回している。

「見ない顔だ。漁師にしちゃ色が白い」

「船、入ってたっけ?」

男が訊くとバーテンダーは首をふった。

「カツオ追っかけてる船がくるのは、まだ先だよ。港には、よその船は入ってない」

「じゃあ旅行者か」

「だろうね。でもひとりでこんなところにくるかね」

二人が話しあっていると、大男が、メルセデスのかたわらに立つ、角刈りスーツに歩みよった。

「ちょっと訊きたいんだ――」

角刈りスーツはうさんくさげに大男を見やった。

「何、おたく」

「いや、飲み屋を捜してるんだけど」

「このへん、みんなそうだよ。ぼったくりはないから安心しな」

角刈りスーツはいった。

「そうじゃなくて、あの、干場の殿さまって人の家で働いてた女の人がいる店がこのあたりにあるって聞いて」

角刈りスーツの男の表情がかわった。

「なんでそんなとこ捜してるの」

「昔の知り合いの話を聞こうと思っているんだけど」

「ふーん」

角刈りスーツはじろじろと大男を見つめた。

「おたく、旅行者？」

「まあ、そんなような者だね」

「名前は？」

大男はぽかん、とした。角刈りスーツはあたりを気にするように目を配り、上着から警察バッジをとりだして見せた。

「別に、悪いことしようと思ってないよ」

大男がいったが、角刈りスーツはそれをさえぎった。

「いいから名前は？　できたら免許証とか、身分を証明できるもの、見せてもらえるかな」

大男はあきれたように、角刈りスーツを見つめた。

「なんで、道訊いただけで、身分証見せなきゃいけないの」

「別に悪いこと何もしていないなら、見せられるだろう」

角刈りスーツの言葉づかいがかわった。

「変な町だな、ここは」

大男がつぶやいた。

「何が変なんだ」

「昼間は駅前で女の子に道を訊いたら、パンツ見たから金払えっていわれて。夜は夜で、身分証だせ、ときた。〝よそものをいじめる週間〟て奴かい」

「はあ？　何いってんだ」

カウンターでやりとりを見ていた男は立ちあがった。バーの戸口によりかかっていった。

「あんたの捜しとる店は、そこの『令子』だ」

大男と角刈りスーツがふりかえった。

「安さん！」

角刈りスーツがぎょっとしたようにいった。それを無視し、男は大男に告げた。

「『令子』のママの母親が、その千場さんの家でお手伝いをしとったんだ」

「ふーん。で、あんたは？」

　大男はいった。

「そのガラの悪い刑事さんの知り合いだ」

　男がいうと、角刈りスーツは、バツの悪そうな表情になった。

「へー」

　大男は、バーの戸口に立つ男と角刈りスーツの顔を見比べた。

「じゃ、あんたも刑事さんかい」

「もうじき停年の老いぼれだ。そっちの現役ばりばりとはわけがちがう。酒を飲むくらいしか楽しみがなくてね。よかったら、あんたもどうだ、一杯。ここのマスターが作るハイボールはいけるよ」

　大男は相好を崩した。笑うと、愛敬のある顔になる。

「奢《おご》ってくれるのかい」

　男は肩をすくめた。

「安月給だからな、一杯だけだぞ」

　安月給というとき、視線を角刈りスーツに向けた。角刈りスーツは嫌な顔をした。

「目崎《めさき》、お前も飲むか」

男がいうと、角刈りスーツは首をふった。

「いや、まだ仕事があるんで、やめておきます」

「そうか。仕事か」

男はいって角刈りスーツをじっと見つめた。やがて角刈りスーツはいたたまれなくなったように、息を吐いた。

「じゃ、俺はこれで」

「ああ、ご苦労さん」

角刈りスーツが歩いて県道の方角に去るのを、男は見送った。

大男がのっそりとカウンターに腰かけても、まだ見ている。

「そういや、奢ってやる、といわれたのも二度目だ」

嬉《うれ》しそうに大男がいったので、ようやくふりかえり、隣に腰をおろした。

「喧嘩を売られたのが二度、奢ってやるといわれたのも二度、か」

男はつぶやいた。

「そうそう。そんなに悪い町じゃない気がしてきた」

バーテンダーがおいたハイボールのグラスをつかみ、大男はいった。男は自分のグラスを掲げた。

「よろしくな。あたしは安河内《やすこうち》」

「千場功一」

安河内は千場の顔を見た。

「殿さまと関係があるのか」

「それがわからないんだ。同じことを、パンツ見せた女子高生に訊かれた」

「イクミだな、それは」

「知ってるのかい」

「イクミの母親と『令子』のママは姉妹だ。二人のおっ母《か》さんは、若い頃離婚して、娘二人を連れてこっちへ戻ってきたんだ。出戻りにできる仕事がなかったんで、独り身の殿さまの身の回りの世話を焼くことになった。もう三十年以上前の話だよな」

安河内はバーテンダーにあいづちを求めた。

「そうさね。令子がまだお腹《なか》の中にいるときに、大ママは戻ってきたからな」

バーテンダーは指を折って数えた。

「令子が今、三十三か四だから、帰ってきてから二十年以上、殿さまのところにおったな」

「その殿さまはいつ死んだ？」

千場は訊ねた。

「六年前だ。変わり者でな、生涯、独り者で通した。生きとったら八十か。両親に早く死なれて、確か三十五かそこらで干場家の当主になったんだ」

「そんなたいそうな家なのか」

「まあ、このあたりの大地主でな。今は住宅地になっとる新港町の大半は、干場家の土地だった。それが亡くなるときに、全財産を市に寄付するって遺言状を残したんで、全部、山岬市のものになった」

「はあん」

干場はたいして興味がないように頷いた。

「もしあんたが干場家ゆかりの人間、ということにでもなったら、ひと波乱あるかもしれん」

「なんでだい。その干場家の財産は全部、市のものになっちまったのだろう」

「『相続回復請求権』という法律用語がある。平たくいえば、知らないうちに自分が相続できる財産が人のものになっちまっていても、訴えを起こせば、とり返せるって権利だ」

「ふーん」

「うろ覚えだが、確か自分に相続する権利があるとわかって五年以内か、相続の開始から二十年以内であれば有効だったような気がするな。殿さまが亡くなって六年だから、まだまだ、有効だ。もちろん、あんたが殿さまゆかりの人物だという場合に限ってだが」

安河内はいって、じっと干場を見つめた。

「俺にはわかんねえよ。お袋がそういっていただけだから」

干場は首をふった。

「お袋さんはどこにいる？」

「もう十五年前に死んだよ。若いときにアメリカに留学して、知りあった親父とのあいだに俺ができて、それが理由で勘当されたらしい。お袋もけっこう気が強かったから、上等だってんで、それっきり田舎には帰らなかったんだと」

「親父さんは何をしておったんだ」

「ジャズミュージシャン。ドラム《たいこ》叩きだった。日本じゃ食えなくてアメリカに渡り、ニューヨークのブルックリンにいたときにお袋と知りあった。お袋が死んだあとは、俺は親父の横浜の親戚に預けられて育ったんだ。親父の名前は加藤っていうから、てっきり加藤功一だと自分のことを思ってたんだけど、アメリカの大学にいくときに向こうの戸籍を調べたら、ああびっくり、俺とお袋は親父とは別の戸籍になっていて、コウイチ・ホシバだったわけ。どうもお袋とくっついたとき、親父は結婚してたアメリカ人の女房がいて、別れるにもとうてい慰謝料が払えねえって状況だったらしい」

「なるほど」

「まあ、アメリカにいるときは、加藤だろうが干場だろうがどっちでもよかったんだけど、向こうの三流大学卒業してうろうろしているうちに親父も死んじまってさ。気がつけば俺も三十だし、そろそろ落ちつこうかな、と思ったんだ。それで日本に戻ってきて、お袋の田舎ってどんなところだろうと思って訪ねてきたんだ」

安河内はあきれたように首をふった。

「じゃ、あんたは今、無職か」

「そう。ここで仕事が見つかったら、それも悪くないかな、と。海があっていいところじゃない」

明るく干場はいって、空になったグラスをふった。安河内はバーテンダーを見やった。

「そういや、殿さまには年の離れた妹がいた、と聞いたことがある。先代が妾《めかけ》に生ませた娘で、殿さまとは三十近く年が離れていた。外聞が悪いんで、先代はずっと別の土地に住まわせてたって話だったな。殿さまの代になっても戻ってくるようすがないんで、もう縁が切れたものだと皆、思ってた」

「名前は、その妹の」

安河内が訊ねると、バーテンダーは首をふった。

「覚えてない。もしかすると聞いてもいないかもしれない。まあ、おおっぴらには話せない、身内の事情だからね」

安河内は干場に目を向けた。

「あんたのおっ母さんがもし、その先代の娘だったとしたら、あんたは干場家の財産を相続する権利がある、唯一の人間、ということになるぞ」

「そりゃすごいや。でも、もしそうならって話だろ。干場って名前は確かに多くはないけど、日本中で一軒だけってわけでもない」

「だがこの町には一軒だけだ」

安河内の顔が妙に深刻だった。

「ここって聞いたわけじゃない。このあたりってだけで」

バーテンダーが口を開いた。

「山岬の大地主ってのは二軒あったんだ。一軒が、昔の網元で、今は弁護士の勝見《かつみ》先生の家。もう一軒が、干場家。干場っていうのは、大昔、その土地で網や獲ってきた魚を干してたから、ついたって話だ。勝見先生なら何か知っているかもしれん」

安河内が首をふった。

「勝見さんのところに訪ねていくのはよしたほうがいい」

「なんで？」

干場は訊ねた。バーテンダーは安河内の顔を見つめ、小さく、

「そうだな」

とつぶやいた。

「なんだい、駄目なのかい」

「この小さな町にもいろいろ事情がある。いきなり現われたあんたみたいのがうろついて、突っ突き回したら、さっきもいったようにひと波乱起きてしまう。あたしはね、静かに停年を迎えたいんだ」

安河内はむっつりといった。

「なんだよ、さっきは、俺が唯一の相続人だとか何とかいって、たきつけたくせに」

干場はあきれたようにいった。

そのとき、通りの向かいから金切り声が聞こえた。

「でていけ！　でていっとくれ！」

年配の女の声だった。三人は外をふりかえった。

「ハルミ」の扉が開き、やくざ者が姿を現わした。

「この婆《ばば》あ、いい加減にしろよ。人が下手《したて》にでりゃつけあがりやがって」

ひとりが唸っている。

「何いってんだよ。何があったってここは金輪際、売らないからね。欲しけりゃ、あたしを殺してもっておいき！」

「おう、だったら今すぐぶっ殺してやろうか、婆あ！」

「にぎやかだね」

干場は驚いたようすもなくいった。安河内は重い息を吐き、首をふった。

「でてけっ」

ばしゃっという音がした。

「あっ、何しやがる!?　高《たけ》えんだぞ、このジャケット」

「この野郎」

「安さん」

バーテンダーがうながした。安河内はもう一度ため息を吐き、立ちあがった。

「ハルミ」の戸口に水さしをもった六十代の女が立ちはだかり、それを三人のやくざ者がとり囲んでいる。バー「伊東」をでた安河内が背後から声をかけた。

「お前ら、たいがいにしておけよ」

ぎょっとしたようにやくざたちはふりかえった。

「あっ」

「や、安さん……」

「あれっ、目崎の旦那は?」

三人が口ぐちにいった。

「目崎なら、仕事があるとかで署に戻った」

ひとりが舌打ちした。それを見やり、安河内はいった。

「人がせっかく仕事のあとの一杯を楽しんどるのに、それをまずくするような騒ぎを起こすんじゃない」

「すんません」

やくざたちは顔を見合わせた。

「とっとと帰れ。それ以上騒ぎを起こすと、あたしも仕事にするぞ」

安河内は止められたメルセデスに顎をしゃくった。

三人はふてくされたようにそっぽを向き、唾を吐いたり、舌打ちをする。安河内はそれをとがめるでもなく、ただ静かに見つめた。

「わかりましたよ！」

やがて兄貴分らしいひとりが吐きだした。

「今日のとこはひきあげます」

「二度とくるんじゃないよ！」

女が叫び声をたてた。

「覚えとけよ、婆あ」

ジャケットの前を濡《ぬ》らしたチンピラがメルセデスの運転席のドアを開けながらすごんだ。

「ふんだ。あいにく年のせいか、物忘れがひどくてね。覚えてなんかいられないね」

女がいい返す。安河内は苦笑いを浮かべた。

やくざ者を乗せたメルセデスは、盛大にエンジンを吹かし、タイヤを鳴らして走り去った。

「ハルミ」の戸口に立った女とバー「伊東」の戸口に立った安河内は顔を見合わせた。

「何もされなかったかね」

「お礼なんかいわないよ！」

女はいって、店に入り、ぴしゃりと扉を閉じた。

それを眺めていたバーテンダーがぷっと噴きだした。

安河内は、はあっと情けない声をたてた。

「だから嫌だったんだよ」

カウンターに戻ると、愚痴るようにいった。

「しようがないよ、安さん。さんざんただ酒にありついたあげく、袖にしたのだから」

「そんな気はなかったんだよ」

「あんたはそうでも、向こうはその気になる。なにせ、やもめ男が通ってくるんだ。いくらうば桜でも悪い気はしないってものさ」

干場はやりとりに耳を傾けていたが、不意に立ちあがった。

「ご馳走さま。俺はそろそろいきますよ」

「あ、ああ……」

思いだしたように安河内は干場を見た。

「いくかね。そうか」

「もうひとり、奢ってくれるっていってた人もいますし、向かいの店ものぞきたい」

干場は屈託のない口調でいった。

「あんた、しばらくこの町にいるのかい」

バーテンダーが訊ねた。

「ええ。とりあえず。『みなと荘』って旅館に部屋がとれたんで」

「あそこね。古いけど、まあまあ清潔だ。飯はついてるのかね」

「朝は、いえば食わしてくれるそうです。夜は、まあ適当に食えるでしょう」

「たいしたもんはないが、うちでも何かしらはだせる」

バーテンダーがいったので、安河内は目を丸くした。

「もしかして大金持になるかもしれない人に、恩を売っといて、損はない」

バーテンダーはすました顔でいった。

干場は頷いた。

「そのときは世話になります。それじゃ、安さん、失礼します」

店をでていった。安河内は憮然《ぶぜん》とした顔で見送った。バーテンダーが、ふっふっふと含み笑いをしている。

「何がおかしいんだ」

「おもしろいじゃないか」

「安さんなんて気やすく呼びやがって」

安河内はハイボールの残りをあおった。

「チンピラに呼ばせてるんだから、あの若いのに呼ばれたって、腹を立てることもなかろう」

バーテンダーは空になったグラスにウイスキーと炭酸を足した。

「あいつらはいってみりゃ、お得意さんだ。ワッパをかけたこともある。でも、あの若いのをお得意さんにする気はない」

苦い口調で安河内はいった。

「別にそんな心配はいらんだろう。見たところ、まともそうだ」

「本人が問題なのじゃない」

安河内はハイボールをなめ、つぶやいた。

「奴《やつこ》さんがいった通りの出自だったら、この町は大騒ぎになる。ずっと日陰におかれてたでかい石をどけるようなものだ。トカゲやらムカデがぞろぞろでてくるぞ」

バーテンダーは安河内を見つめた。

「面倒な仕事を増やされちゃかなわん」

バーテンダーがにやりと笑った。

「その面倒な仕事を、けっこう気に入っているのじゃないかい、安さんは」

4

バー「伊東」をでた干場は、向かいのスナック「令子」の前で足を止めた。扉をしばらく見つめていたが、結局押さずに歩きだした。

山岬駅の反対側は、昼間、イクミとシンゴにからまれたロータリーだった。夕刻ということもあって、干場が降り立ったときよりは、多くの人がいきさしている。

駅を背にして右手、岬町にのびる道はくねくねとまがっていた。漁師町らしい入りくんだ路地が迷路のように連なっていて、軽トラックが路肩ぎりぎりに止まっている。

夜の早い漁師町とはいえ、さすがにまだ眠りにはついておらず、古い家並みを縫うように歩くと、夕餉《ゆうげ》の仕度と思しい煮炊きの匂いやテレビの青い光、それに小さな子供の声が鼻や目、耳に流れこんだ。

路地の角には古びた電灯が立ち、黄色い光を投げかけている。

やがて湿りけを含んだ風が、正面から吹きつけてきた。道は直線になりゆるやかに下っている。正面は海で、漁港の敷地が広がっていた。

干場はまっすぐに歩いていった。

漁港は船揚げ場と隣接するコンクリート製の建物、海に向かってつきでた二本の堤防から成っている。潮の香りと鮮魚の匂いが強くなった。

堤防は、海に向かって右側の方が幅もあり長さもあった。車二台がいききできるだけのコンクリート製の堤が三十メートルほど海に向かってつきで、その先が直角に折れてさらに十メートルほどある。先端に緑の光を点《とも》す小さな灯台が立っていた。

堤防の内側には、せいぜい全長が七、八メートルしかないような漁船が何艘《なんそう》も係留され、わずかな波に揺れていた。ぎいっ、ぎいっという船体やロープの軋《きし》みが黒い海面を伝っている。

反対側は、直線の二十メートルほどの堤防で、先端に赤い灯台が立ち、その内側にも小さな漁船が並んで係留されている。

堤防と堤防のあいだは百メートルほどで、スロープのついた船揚げ場が端にあり、中央は屋根の高い建物だった。漁業協同組合の施設のようだ。

漁港の内側は、十メートルほどの間隔をおいて水銀灯が立っている。バケツをかたわらにおいた釣り人が数人、その水銀灯の下に散らばっていた。

干場はそのうちのひとりに歩みよっていった。釣り人は、自転車や軽自動車でやってくるらしく、かたわらに乗り物を止めている。

海面に、小さな赤い光が浮かんでいた。釣り人の手にした竿と糸で結ばれているようだ。

眺めていると、その赤い光がすっとにじんだ。釣り人が竿をもちあげる。竿先が丸くおじぎをし、ぶるぶると震えた。やがてこらえきれなくなったように、赤い光が水面を割って浮上し、さらにその下に銀色に輝くものがつづいた。

赤い光は電池を内蔵したウキで、銀色に輝いていたのは魚だった。

釣り人は五十代のどこかと思われる男で、干場から見ると、ジャンパーに長袖、長ズボン、さらにゴム長という冬のようないでたちをしていた。

男は慣れた仕草で魚を手もとに寄せ、外して、椅子がわりにすわっていた小さなクーラーボックスの中に落としこんだ。さらにエサと思しい小さなエビを糸の先のハリにつけ、海にふりこむ。一連の動作に無駄はなく、ふりこんだあと足もとにおいたタオルで指先をぬぐうところまでが流れの中でおこなわれた。

「その魚、何です」

干場が訊ねると、釣り人はふりかえりもせず、

「アジだ」

とだけ答えた。

「へえ、アジが釣れるんだ」

「この時期は小せえな。もうひと月もすっと、大きくなる」

海面に浮かんだウキの赤い光から目をそらさず、釣り人は答えた。

「漁師なんですか」

「はあ？」

釣り人はあきれたようにいって干場をふりかえり、その大きさに一瞬たじろいだ。

「漁師じゃないよ。漁師はこんなみみっちい釣りはしない。アジなんて網にかけてどさっとあげる」

「そうなんだ」

「こりゃ趣味。まあ、時間潰しみたいなもんだね」

「そりゃ失礼。あんまり手慣れてるんで、てっきりプロかと思って」

釣り人は苦笑した。

「まあ、真冬をのぞけば、ほとんど毎晩ここで竿をだしているからな」

「毎日釣れるんですか」

「釣れない日もある。今日は駄目なほうかな。いい日なら、一晩で百匹くらい釣れる」

「百匹！」

「小さいよ、そういうのは。もって帰っても猫のエサだ」

「へえ。でも飯のオカズには困らないですね」

「毎日食うのは干物くらいだね。あとは冷凍しておいて、適当に焼いたり、揚げたり」

「アジ以外の魚も釣れるんですか」

「夜はあまり釣れないね。まあ大きいのがきても、仕掛けが細いんで切られちまう。アジってのは目がいいから、夜の暗いときに細い糸で狙うんだ」

「なるほど。沖のほうには他の魚もいるんですか」

「そりゃいるよ。タイやヒラメも釣れるし、カツオだ、イカだと漁師はとってくる。この港の中じゃ、せいぜいアジくらいだけど」

「ふーん。いいとこなんですね」

「釣りが好きならな。ま、海しかないんだ。釣りくらいしかすることがない」

釣り人はいった。

干場はしばらくそこに立ち、釣り人といっしょになってウキを眺めていた。が、十分ほどしてもウキは沈まない。それでも釣り人はじっと動かず、竿を手にしている。

「どうも」

干場は小さくつぶやき、踵を返した。港を離れ、漁協の建物を回りこむようにして、きた道とは反対側にでた。

漁港の外側で街灯以外に光を放っているのは、飲物の自動販売機だけだった。店舗は一軒もない。

干場が駅から歩いてきたのはどうやら古い道だったようだ。漁港の外に立つと、比較的広い、片側一車線の道が東の方角にのびているのがわかった。

干場はその道路に沿って歩いていった。何となく昼間歩いた市道につながっているような気がしていたのだ。

その予感はあたった。三十分ほど歩くと、前方に見覚えのある水族館の建物が見えてくる。もう少し先が、駅からつながった市道との交差点のようだ。

干場は足を止めた。ついさっき見た、古い型のメルセデスが路上に止まっていたからだ。かたわらに二階建ての建物があり、ガラス窓に「岬組」という金文字が入っている。スナック「ハルミ」を威《おど》していたやくざ者の所属する組事務所のようだ。

建物の前には、メルセデス以外にも数台の車が止まっていた。窓のすべてに明りが点っているが、さすがに中の物音までは聞こえてこない。

キイイッという自転車のブレーキ音がすぐかたわらで響き、干場はふりかえった。

「おっさん、じゃなかった干場さん」

自転車を止めた細い影がいった。シンゴだった。制服ではなく、ジーンズにだっぷりしたTシャツを着ている。

「よう」

干場は頷き、白い歯を見せた。

「何してんすか」

「うん？　散歩してた」

「えっ、あれからずっと!?」

シンゴは大声をだした。

「まあな。お前は何してんだ」

「母ちゃんに頼まれて、届けもんした帰りっす」

「なんだ、家の手伝いもするのか。立派な青少年だな」

「母ちゃん、目が悪くて、夜はあんまりでかけらんないっすよ。親父《おやじ》が観光ホテルで働いてるんで、弁当届けろっていわれて」

「そうか。偉いな」

「勘弁して下さいよ。干場さん、組の人に何か用すか。だったら紹介しますよ」

「別に用なんかない。ここがお前のいっていた組か」

シンゴは頷いた。

「お前んち、どこなんだ」

「うちはあっちです」

シンゴがさしたのは、今干場が歩いてきた漁師町の方角だった。

「じゃ、帰るとこか」

「このまま帰ってもつまんないんで、ゲーセンでもいこうかな、と」

「ゲーセン？」

「水族館にくっついてあるんすよ。けっこう地元の連中がたまってて」

「そこでカツアゲでもやるのか」

「地元の連中にはやんないっすよ。ハブにされちゃいますから」

「ハブ？」

「仲間外れのことっす」

ガラガラッとガラス戸の開く音がした。岬組の事務所から、三人ほど若い男たちがでてきたのだ。ひとりはスナック「ハルミ」を威しにきたメンバーだ。

「お疲れさまっす」

「お疲れさまでしたぁ」

事務所の内部に口々に声をかけ、頭を下げている。

向きなおったひとりがシンゴに気づいた。

「おう、お前何やってんだよ」

事務所内に向けた腰の低さとはうってかわり、横柄な口調になっていった。年齢は二

十四、五だろう。妙に色が白くぶよぶよと太っている。
「あ、お疲れさまでした。今ちょっと使いにいった帰りっす」

「使いだぁ？　お前、誰かのパシリやってんのか」

太ったチンピラは千場を無視して、シンゴに歩みよった。

「そんなことないっす。親父に弁当届けただけで」

「ちっ」

チンピラは唾を吐いた。

「お前の親父、確か観光ホテルだよな」

「そうです」

「気に入らねえな」

いきなりチンピラはシンゴのTシャツの襟ぐりをつかんだ。

「観光ホテルって、お前、どこがやってっか、わかってんのかよ」

「えっ」

「一回、潰れたのを、どこが買いとったか知ってるかっつってんだよ」

チンピラはいって、シンゴの襟ぐりをつかみ、揺さぶった。シンゴはぶるぶると首をふった。

「いいえ、わかんないっす。親父は潰れる前から観光ホテルつとめてましたから」

「馬鹿野郎!」

チンピラはシンゴをつき倒した。

「おーい、何やってんだ」

いっしょに事務所をでてきて車に乗りこもうとしていたあと二人のうちのひとりが声をかけた。

「いくぞ、松本」

「ちょっと待てよ。こいつ気に入らねえからよ」

松本はいった。仲間二人はあきれたように首をふる。

「また、お前。そんなガキ、ほっとけよ」

「いや。こいつの親父、観光ホテルで働いてるんだ」

「働いてるったって、掃除とか、風呂焚《ふろた》きとか、そういう仕事っすよ」

シンゴがいった。

「うるせえ」

松本と呼ばれたチンピラはシンゴの頬を張った。仲間が舌打ちする。

「病気だぞ、あれ」

「トルエン吸いすぎなんだよ」

どうやら松本は、岬組の中でも凶暴で通っているらしい。

「キレるとあいつ、わけわかんなくなるからな」

「ほっといていくぞ」

二人は車に乗りこみ、走り去った。あまり組うちでも好かれていないようだ。

当の松本は、それがこたえたようすもなく、シンゴにおおいかぶさった。

「いいか、この野郎。観光ホテルを買収したのはよ、今、うちにケンカをしかけてる『トランスリゾート』って、カス会社なんだよ。お前の親父が観光ホテルで働いてるってことは、お前はその『トランスリゾート』に食わせてもらってるって意味なんだ。えっ、聞いてるのか、この野郎」

松本はぴしゃぴしゃとシンゴの頬をぶあつい手で叩く。

「そんなの知んなかったっすよ。勘弁して下さい」

「うるせえ。今日は俺、機嫌悪いんだ。誰かのこと、ぼこぼこにしなけりゃ気がすまねえ」

松本は大声をあげた。シンゴの顔が蒼白《そうはく》になった。

干場がぼそっといった。

「だからいったろう。青少年がやくざ者と仲よくしたっていいことなんかないって」

松本は初めて気づいたように干場を見た。

「はあ、何だ、お前」

「通りがかりの者だよ。昼間、シンゴと知りあったんだ。組に仲のいい人がいるって自慢してたが、あんたのことかな」

「仲のいい？　何、ワケのわかんねえことといってんだ、このガキ」

松本はシンゴの細い喉をワシづかみにして宙吊りにした。

「誰がお前みたいなガキと仲よくする。え？　いってみろ、こら」

シンゴはもがいた。

干場は助けるでもなく、そのようすを眺めている。松本が目を向けた。

「何見てんだ、こら」

「別に」

「別にじゃねえぞ、この野郎。文句あんのか」

「文句はないよ。あんたら友だちなのだろう、内輪もめに口をだす気はない。なあ、シンゴ」

もがいているシンゴに干場はいった。

「……がら」

「何？」

「ちがう、友だちじゃない」

とぎれとぎれにシンゴはいった。

た。

松本がようやくシンゴを離した。シンゴはその場にしゃがみこみ、ぜいぜいと息をした。

「友だちじゃないっすよ。俺によくしてくれるのは別の人っす」

シンゴは吐きだした。

「なんだ、そうか。このお兄さんもてっきり友だちだと俺は思ったぞ」

松本がいきなり干場の肩を突いた。

「ふざけたことといってんじゃねえぞ、この野郎。手前もぼこぼこにしてやろうか」

「うーん」

干場は唸った。

「何だ」

「あんたにはちょっと無理だな」

「なにい！」

松本が怒鳴った。その直後、背後の戸が開き、「何を事務所の前で騒いでんだ、こら」

声が浴びせられた。

「あっ、頭山《とうやま》さん！」

松本が気をつけをした。坊主頭で、干場に勝るとも劣らない体格の男が岬組の事務所から現われた。うしろに四、五人のチンピラを従えている。

頭山と呼ばれた男は、立ったまま近づくでもなく、松本をにらんだ。

「うるせえんだ、がたがた。ちっとは考えろ、馬鹿！」

「すいません」

松本はちぢこまった。

「ただでさえ、近所の人間に目の敵《かたき》にされてんだ。事務所の前で、でかい声なんかだすんじゃねえ」

「申しわけないっす」

頭山は鼻を鳴らし、控えているチンピラをふりかえった。

「おい、いくぞ」

「はい」

「はいっ」

威勢のいい返事をして、それぞれ車に乗りこむ。松本があわてて、頭山の乗りこむ車のドアを開けた。頭山が松本をにらみ、小言をいった。

「いこか」

干場はシンゴにいった。シンゴが弾《はじ》かれたように立ちあがり、自転車を起こした。二人は、岬組の事務所の前を離れた。十メートルほど遠ざかったところで、三台の車が二人を追いこしていった。

シンゴはうつむき気味で、自転車を押している。

「傷ついたろう」

からかうように干場はいった。

「別に」

シンゴはとがった声をだす。

「そうか。じゃあいい。ゲーセン、いってこい」

干場がいうと訊ねた。

「干場さんはどうすんの」

「散歩のつづきかな。この町が気に入った。歩いてるだけで、次から次にいろんなことがある」

干場は白い歯を見せた。シンゴはあきれたように首をふった。

「変な人だな」

「まあな」

屈託のない口調で干場は答えた。

「でもさ、もしあのとき頭山さんがでてこなかったら、あの松本ときっとやる羽目になったよ。平気だった？」

「平気、とは？」

「怖くない？」

「なんであのデブが怖い」

「だって、組の人だよ。バックに組がついてんだよ」

「そうか、なるほどな。考えもしなかったな」

「この小っちゃな町でさ、組は岬組いっこしかないんだ。そこににらまれたら、生きていけない」

「ふーん」

干場は顎の先をかいた。

「あのデブが、もうひとついってたろう。『トランスリゾート』だっけ？」

「よくわかんないけど、やくざじゃないよ。だってホテルとか経営してるんだぜ。水族館をリニューアルして、ゲーセンくっつけたのもそこだし」

「ガラの悪いのはいないのか」

「あんまり見たことないよ。昔から、山岬じゃ、やくざといえば岬組だもの」

「あとからでてきた坊主頭が親分か」

シンゴは首をふった。

「あの人はナンバー2、若い者頭《がしら》の頭山さん」

「なかなか迫力あったな」

「あの人が一番ちゃんとしてるって噂《うわさ》」

「親分は」

「もういい年なんだけど、今イチみたい。漁がよくて、町が景気よかった頃はブイブイいわせてたって」

「そうなのか」

「イクミの叔母さんに惚《ほ》れてて、店に通ってるらしいよ。そういや、いったの？　イクミの叔母さんの店」

「いや、まだだ。散歩に夢中で忘れてた」

「場所はさ、駅の向こうの飲み屋街。『令子』ってスナック」

千場は頷いた。二人は水族館の前まできていた。シンゴの言葉通り、水族館は閉館していたが、併設されているゲームセンターには明りが点り、電子音が外にも聞こえる。

「あっちにも飲み屋街があるだろう」

千場はマリーナの方角を示した。

「うん、大きい店でしょ。イクミがバイトしてる」

「え？」

千場が訊き返すと、シンゴはしまった、という顔をした。

「内緒だよ。昼間会った、シズクってのと、二人でバイトしてるんだよね。『人魚姫』って店で」

「もうひとりのガングロの子か、シズクってのは」

「うん」

「高校生がホステスやっていいのか」

「毎日じゃないよ。それに十一時にはあげてもらうんだって」

干場は首をふった。

「今日はでてるのか」

「今日？　今日はどうだっけ。でてないと思うよ。内緒だぜ、本当に。叔母さんとかにばれたら、ぶっ殺されるっていってたもん」

「わかった」

「じゃ、俺、いくよ」

「ゲーセンか」

「なんか疲れた。帰る」

干場は頷いた。が、思いついたように訊ねた。

「シンゴは釣りできるか」

「釣り？　船から？」

「いや。さっき漁港のぞいたら、アジを釣ってるおじさんがいて、おもしろそうだった」

「アジなら、小学生のとき、よくやったよ。父ちゃんが釣り好きだからさ」

「今度教えてくれよ」

「うーん、いいけどさ。つまんねえよ、きっと」

「そうか」

「じっとしてんのって性に合わないんだよね。釣れるときはいいけど」

「釣れないときがあるから、釣れるのがおもしろいのじゃないのか」

「釣れないときのほうが多いよ。父ちゃんもいっつも母ちゃんに怒られてるもん。『エサ代のほうが高くつく』って」

　千場はふきだした。

「なるほどな」

「でもいいよ。ガキんとき使ってた竿があるから、今度教えるよ」

「そうか。俺はさ、しばらくこの先の『みなと荘』って旅館にいるから、暇ができたら、いつでも顔だせよ」

「ケータイは？」

「もってない」

干場が首をふると、シンゴは、

「ええっ」

と声をだした。

「ケータイもってない奴なんているのかよ」

「いるよ、ここに。なくてもぜんぜん困らない」

「よく生きていけるね。友だちとか、いないの」

「いないわけじゃない。だが電話やメールがつながらないからといって駄目になる関係だったら、それは友だちとはいわないのじゃないのか」

「わかんねえ」

理解できないというようにシンゴがいった。干場は苦笑した。

「まあいいさ、とにかく声かけてくれ」

「うん。じゃね」

シンゴは頷いて、自転車にまたがった。元気をとりもどしていた。勢いよくこいで、今歩いてきた道を走り去る。

それを見送り、干場は笑みを浮かべた。そして新港町のほうに、再び歩きだした。

5

安河内がバー「伊東」をでたのは、午後九時を少し回った時刻だった。ハイボールを六杯ほど空けていたが、足どりはしっかりしている。

安河内の住居は、岬町の線路に近い、一戸建てだった。安河内の妻がもともと岬町の出身で、二十八のときに山岬警察署に赴任した安河内は、上司の勧めで見合い結婚した。

家までは歩いて十分かかるかどうかの距離だ。

六年前に癌《がん》でその妻に先だたれ、ひとり娘もよその土地に嫁いでいるので、安河内はひとり暮らしをしていた。仕事帰りに「伊東」で夕食を兼ねた晩酌をするのが日課になっている。

「ただいま」

習慣で、誰もいない家の玄関を開けると、安河内はいった。明りをつけ、家のまん中にある茶の間にすえられた仏壇《たむ》の前に、あぐらをかいた。

妻の遺影と位牌《いはい》に線香を手向け、合掌する。しばらく妻の遺影を見つめていたが、

「どうなるかな」

とつぶやいた。少し離れた座卓に向きなおり、煙草に火をつける。ふだんなら帰って

線香をあげるとすぐに、部屋着に着替えるのだが、今日はくたびれたスーツのままだ。

やがて煙草を消し、携帯電話をとりだした。番号を検索し、ボタンを押す。耳にあて、相手がでるのを待った。

「もしもし」

やがて太い、張りのある男の声が応えた。

「勝見先生ですか、安河内です。山岬署の」

安河内が告げると、

「おお」

と男は声をだした。

「久しぶりだね」

「ごぶさたしとります」

「まあ、弁護士と刑事さんがしょっちゅう顔など合わせせんほうがいい」

「まったくで」

二人は声をあわせて笑った。

「どうしたね」

勝見が訊ねた。

「実は今日、妙な男に会いましてね。ちょっとお知らせしておこうと思って。干場、というんです。干場功一」

「干場」

勝見がつぶやいた。

「いくつくらいだ」

「三十だといっとりました。旅行者なんですが、ちょっと気になることをいっておったものですから」

「気になること？」

「アメリカ生まれで、母親が向こうにいたミュージシャンと内縁関係で作った子供だと。その母親は、実家に勘当されていて、生まれ故郷には帰らないまま、だいぶ前に死んだそうなんです」

勝見は沈黙した。安河内はつづけた。

「その生まれ故郷というのが、どうやらこの町らしい、と」

「本物かね」

やがて安河内はいった。

「今のところは何とも。その男は母親が亡くなってからは、父方の親戚に預けられて育ったようなんですな。その後アメリカの大学をでて、父親も亡くなったのを機に、日本に帰ってきた。そこで、母親の田舎がどんなところだか見てみよう、という気になったらしい」

「見かけは」

「大男です。百八十センチくらいたっぱがある」

「顔はどうなんだね」

「どう、とは？」

「殿さまに似ているのか」

「さあ。あたしは殿さまにはほとんど会ったことがないので。なにせ屋敷にとじこもっておられたでしょう。殿さまの顔がどうだったかなんてよく覚えとらんのですよ」

「ふーん」

勝見は唸り声をたてた。

「で、本人は何といっているのだ」

「それが、何を考えているのかわからんところがありまして。ただ、令子のおっ母さんと話をしたかったらしく、駅前の道を夕方、うろうろしていました」

「令子のおっ母さんて、殿さまの妾だった洋子のことか」

「殿さまは結婚していなかったのだから、妾とはいわんでしょう」

安河内はやんわりといった。

「どうでもいい。洋子と何の話をしたんだ」

「いや、結局、会わずにふらっとどこかへいっちまいましてね。もし本物なら、役所なり勝見先生のところにいきそうなものだと思うのですがね」

「なんで私のところに」

「そりゃ、あれですよ。先生は、殿さまの遺言執行者だったじゃないですか」

「それが何かね」

　勝見はいくぶん不穏な声になった。

「いや、別にその……。何というか、殿さまの親族なら、申し立てることとかあるのじゃないかと思いましてね」

「その男は本当に、干場の人間なのか」

「今のところは何とも。本人もよくわかってないようですし、ことさら殿さまの財産に興味を感じているような節もないのですわ」

「あんた、それを調べられんか」

「といわれましてもね。犯罪の容疑もかけておらん人間を調べるわけにもいきません。身分証を見せてくれというのにも、それなりの理由がいりますんで」

「そんなことはわかっとる」

「そうでした、こりゃ失礼。釈迦《しやか》に説法でしたな」

　安河内は煙草をくわえ、いった。

「何をしたい、とかそういうことはいってなかったのか」

「まあ観光ですな」

「観光!?」

勝見はあきれたような声をだした。

「山岬の何を観光するのだ」

「さあ。ですがけっこう気にいったようで、しばらくこの町におるようなことをいっておりました」

「おるって、どこかに泊まっているのか」

「宿をとったようです」

「どこの旅館だ？」

「先生がお会いになるのですか」

「それはこれから考える。とりあえず調べてみようと思ってな」

勝見は横柄な口調になった。

「『みなと荘』といっとりました」

「『みなと荘』。観光ホテルじゃなくてか」

「観光ホテルは高かったのでしょう。なりとか見る限りは、それほど金をもっているようではありませんでした」

「金がない……」

勝見はつぶやいた。

「ええ。今のところトラブルを起こしそうには見えないのですが、いちおうお知らせしておこうと思いまして」

「うむ、そりゃご苦労さま。いいことを知らせてもらったよ」

「いえいえ。これも仕事ですから」

安河内はいって、電話を切った。煙を吹きあげ、妻の遺影を見やる。

「さてと。何がでてくるかね。ちょいと楽しみじゃないか」

語りかけ、しばらく身じろぎもしなかった。

6

マリーナの正面を内陸に入った通りは、昼とはうってかわって華やかな雰囲気が漂っていた。その最大の理由が、「ニュークラブ　人魚姫」だった。ドレスを着た若い女が二人、店の前に立ち、

「お帰り前に一杯いかがですか」

「いらっしゃいませえ」

積極的な誘客をおこなっている。

干場は入口の前で足を止めた。「人魚姫」の入ったビルには点滅する豆電球やネオンなどの電飾看板がいくつもあって、一帯に派手な光をまき散らしている。

「いらっしゃいませ」

肩を露《あら》わにしたドレスの女がにこやかに干場にいった。

「こんばんは」

干場は頷いた。

「一杯いかがですか」

「お店は混んでる？」

干場は訊ねた。女はわずかに小首を傾げ、

「いらっしゃいませ」

とまたいった。どうやら、「いらっしゃいませ」と「一杯いかがですか」以外の言葉を通行人にかける気はないようだ。

あたりを見回すと、昼間柳が乗りつけたレクサスが路上に止められていた。それにじっと目を向け、

「まあ、いいか」

とつぶやいて、干場は「人魚姫」の扉を押した。

いきなり大音量の音楽が耳にとびこんだ。

「いらっしゃいませ！」

今度は男の声が浴びせられた。入口をくぐってすぐの場所にクロークカウンターがあり、店の前を掃除していた黒服の男が立っている。

「あの、柳さんつったっけ。昼間、声をかけられてきたんだけど」

干場は男に告げた。男は直接干場には返事をせず、胸もとにとりつけたインカムのマイクに、

「一名さま、ご案内でーす」

と叫んだ。たちどころに別の黒服が店内とを仕切る厚いカーテンをはぐって現われ、

「一名さま、いらっしゃいませっ」

と大声をはりあげた。

干場はあきれたように二人の黒服の顔を見比べたが、

「どうぞこちらへ」

と、あとからでてきた黒服にうながされ、店の奥へと入っていった。

いきなり光り輝くステージが目にとびこんできた。高さが五十センチ、広さ十畳ほどのステージの上で、ミニスカートのドレスを着けた女が三人、流れる音楽にあわせて踊っている。スポットライトがこうこうと浴びせられ、客席の照明が落とされているぶん、

それはいかにも豪華な印象があった。だが少し見ていると、女たちの踊りはバラバラでどこかぎこちなく、いかにも素人芸だというのがわかる。

目が慣れてくると、ステージを囲むようにコの字型に配されたボックス席に客が入っているのがわかった。客席は百人分くらいあり、埋まっているのはその十分の一くらいだ。

山岬の町の規模を考えると、百席というのはいかにも多すぎる。この店が満員になることは、永久になさそうだった。

「お足もとにお気をつけ下さい」

黒服のボーイがいって、干場を誘導した。

客席には外にいたのと同じようなドレス姿のホステスが何人もいた。大半は十代から二十代の初めで、少女と呼んでさしつかえないような娘ばかりだ。

干場は、ステージの左手の席に案内された。腰をおろしたとたん、ステージの上の踊りが終わり、音楽がフェードアウトした。

「はい、皆さま。ただいまのステージ、パフォーマーは、エマさん、アカネさん、ミユさんでした……」

アナウンスが流れると、まばらな拍手が起こった。その声に干場は聞き覚えがあった。なれなれしい口をきくな、とすごんだ、柳の運転手、桑野だ。ショウの司会にはおよそふさわしくない男だった。

「ご指名はいらっしゃいますか」

ボーイがひざまずき、おしぼりをさしだしながら訊ねた。干場は首をふった。音楽は、さっきまでの大音量ではなくなっている。

「いや。柳さんにこいといわれたんだ」

「承知いたしました」

ボーイは重々しく頷き、歩き去った。ステージに浴びせられていたスポットライトが消え、かわりに店内全体の照明があがって、他の客の姿が見えるようになった。

サラリーマンらしいネクタイ姿と、こちらはいかにも漁師という赤銅色《しやくどういろ》に焼けたジャージ姿の男たちがほぼ半分ずつといったところだ。いずれも楽しげに、かたわらのホステスと話している。

ボーイがアイスペールと水さし、グラスのセットを運んできた。

「いらっしゃいませ」

声をかけられ、干場はふりかえった。とたんに声をかけたピンクのドレスが立ちすくんだ。

「おっさん――」

イクミだった。シンゴは休みだといっていたが、今日は出勤していたようだ。

「よう」

干場は驚いたようすもなくいった。

「なんで……」

イクミは凍っている。

「別にお前に会いにきたわけじゃない。あのあと、ここの柳さんて人に声をかけられて、飲みにこいって誘われたんだ」

「ああ、社長ね」

イクミはいって、干場の隣に腰をおろした。すわると度胸がついたらしく、ぴったりと体を寄せてくる。

「あのさ、もう少し離れてくれよ」

「なんで。ぴちぴちのギャルにくっついてもらって、文句あるわけ」

「話がしづらいだろ。こうくっついちゃ」

イクミは鼻を鳴らした。

「変なの。皆んな喜ぶんだけどな」

ドレスは深い胸ぐりになっていて、顔色に勝るとも劣らない、褐色のふくらみがのぞいている。

「子供には興味がないんでね」

干場がいうと、

「そっちが子供なの。おっさんになると、どんどん若い子がよくなるらしいよ」

イクミはいい返した。干場は苦笑した。

「そうか。そうかもしれんな」

焼酎と国産ウイスキーのボトルがテーブルに届けられた。イクミは手をのばし、慣れた仕草でグラスにアイスペールからトングでつまんだ氷を落としこんだ。

「お酒、どっち飲む？　焼酎？　ウイスキー？」

「どっちでもいいのか」

「ハウスボトルだからね。ここは時間いくらの料金で、あと指名料がのっかるシステムだよ」

「お前を指名した覚えはないぞ」

「あたしはフリー。このあともずっといてほしいなら、指名もらうけど」

干場は首をふった。

「シンゴは今日、お前は休みだっていってたぞ」

「あのお喋《しゃべ》り！　シズクがでられなくなったんで、代わりにでてやったの。そうだっ、おばちゃんの店、いったの!?」

イクミは思いだしたように干場をふりかえった。

「いや、まだだ」

「よかったあ。もしいっても、絶対、あたしがここでバイトしてるのいっちゃ駄目だからね」

「殺されるらしいな」

「母ちゃんより怖いんだよ。母ちゃんは気がついているみたいだけど何もいわないけど、令子おばちゃんにわかったら、ヒャクパー、殺される」

「おとっつあんはいいのか」

「あんなの」

イクミは馬鹿にしたように吐きだした。

「ぜんぜん関係ないね。いてもいなくてもおんなじ」

干場は首をふった。

「ウイスキーじゃなくて焼酎にしなよ。ウイスキーはさ、本当はこれじゃなくて安いの詰めかえなんだよね。だから飲みすぎると、頭痛くなる」

イクミはいって、グラスに焼酎を注いだ。

「焼酎は本物か」

「うん。だいたい地元の人は焼酎、飲むから」

「お前は何飲むんだ?」

「あたし？　ドリンクもらう。一杯五百円だけどいいよね」

「俺、金ないぞ」

「社長が呼んだんでしょ。じゃ大丈夫」

イクミは手をあげ、ボーイを呼んだ。

「コーラ下さい」

「よしよし。酒じゃなきゃいいだろう」

干場は頷いた。

「酒なんか飲まないよ。頭痛くなるだけだもん。お煙草。失礼しまーす」

イクミはいって、腕にさげていた小さなバッグから煙草をとりだした。

「干場さんは吸わないの？」

「ああ。やめた。煙草吸ってると走れないんでな」

「何？　陸上かなんかやってたの」

「アメフトだ」

「アメフト？　そっか。だからごつい体してるんだ」

「まあ、そんなもんだ。お前もあんまり吸わないほうがいいぞ」

「大丈夫だよ。これ軽いもん。それに二十《はたち》になったら禁煙するんだ。煙草なんか吸ってたら、立派なキャリアウーマンになれないもんね」

干場はあきれたようにイクミを見つめた。ガングロ少女とキャリアウーマンという言葉はあまりに似合わない。それに——

「お前、今、キャリアウーマンて、あまりいわないんじゃないのか」

「そう？　どっちにしても、大学に入ったら、さっさとこんな町でてって、東京の会社に就職するんだ」

「じゃこのバイトは学費稼ぎか」

「それもある」

「偉いな、お前」

「親が頼れないからね。オヤジはアホだし、お袋はやる気ないし」

「ひどいな」

「だって本当だもん！」

イクミは唇を尖《とが》らせた。そこへ、

「盛りあがってるじゃないか」

声がかけられた。柳だった。

「社長ぅ」

イクミが嬉しそうに手をふった。柳はにこりともせず、イクミの反対側に腰をおろした。

「仲がいいな」

干場はいった。

「社長、店の子に人気あるんだよ。みかけはちょっと怖いけど、本当はやさしいんだよねえ」

「サービス業ってのは、自分たちが楽しく仕事ができてこそ、お客さんにも喜んでもらえるもんだ。裏で泣きべそかきながら、表でにっこりなんてうまくいかないに決まっている」

柳はいった。

「つまり、楽しく仕事をしてもらうためには、やさしくしなけりゃならんと、そういうわけかい」

干場がいうと、柳は頷いた。

「水商売の裏ってのは、ただでさえぎすぎすしがちなんだ。こういう田舎のお客さんは、都会とちがって、免疫がない。悪いものを見せると、それだけで遊びにくるのが嫌になっちまう。だからとにかく、女の子には楽しく働かせてやるしかない。口のきき方がどうだとか、接客の礼儀がどうしたなんていい始めたら、とたんにやってられないって話になる」

干場は感心したように唸った。

「なるほどねえ。でも若い子ばかり、よく集められたものだな」

柳はまんざらでもない顔で店を見回した。

「半分は地元の子だが、半分はよそからきている。このあたりは、若い娘が安心して働いて稼げるようなところがないからな。うちで一度働くと、皆、やめたくなくなるみたいだ」

「柳さんはこの仕事、長いのかい」

柳は首をふった。

「女の子を使う商売は初めてだ。会社にやれといわれたときはとまどったもんだ。だが、今まで、婆さんのいるスナックでしか飲んだことのないような、山岬の男衆を喜ばせてやろうと思ってな。いろんな店に足を運んで勉強したんだよ」

「ショウもやってるんで驚いたよ」

柳は鼻を鳴らした。

「ありゃ、学芸会みたいなものだ。でも本人たちはそれなりに頑張っているし、客のウケも悪くない。地元のお客さんにとっちゃ、ショウ・パフォーマーは、身近なアイドルみたいなものだ」

「そりゃそうだよ。山岬にいたら、一生、芸能人なんて生で見られないもん」

イクミが口をはさんだ。千場はイクミを見た。

「芸能人、見たいか」

「見たいよ！　東京にいたら、一日一回は、芸能人見られるっていうじゃん」

「そんなわけはない」

「そうなの？　そうだって、前に聞いたんだけど」

イクミは口を尖らせた。

「だまされたな」

柳がからかうようにいった。

「東京にはたくさん人がいる。確かに芸能人が多く住んでいるだろうが、それ以上に人が多い」

「イクミは東京の大学にいくのが夢らしい」

千場がいうと、イクミは、

「しっ」

といった。柳の表情がかわった。

「大学？　イクミ、お前、いくつだ」

「十八だよ。去年高校でて、浪人中」

イクミは千場をにらみつけながらいった。

「そうか。ならいいが、まさか高校生なのかと思ったぞ。もし高校生を使っていたら、俺の手がうしろに回る」

イクミの足がテーブルの下で干場の足を蹴った。

柳は干場に向きなおった。

「どうだ、働いてみる気になったか」

「あんたの話を聞いていると、なかなかおもしろそうにも思えてきた」

干場がいうと、柳は不意に身を寄せた。

「本当のところ、俺には夢がある」

低い声でいう。

「夢？」

「この店をな、こんなどこにでもあるようなキャバクラじゃなくて、古い映画にでてきたようなナイトクラブにしたいんだ」

「ナイトクラブ……」

「見たことないか。ビッグバンドが入っていて、プロの歌手がうたい、フロアで客どうしや客とホステスが踊るんだ。豪華で、それこそおとなの社交場って奴だ」

「シャコージョーって何？」

イクミが訊ねた。

「うーん、交際する場所、かな」

干場が答えると、

「えー、やらしい。社長、援交する店作ろうとしてるの」

イクミが叫んだ。

「ちがう！　本物の男と女が、恋をするような店を作りたいんだよ」

柳が少し赤くなった。

「恋！　何それ、おかしい」

イクミが笑い転げた。それを相手にせず、柳は干場に訊ねた。

「わかるか、どんな店だか」

「何となく」

「いいか、そういう店には、お前みたいなガタイのいい奴が似合う。タキシードをばりっと着こなして、いらっしゃいませ、なんていってみろ。ジャージ着て、飲みにくるような客はいなくなる。飲みにいくには、ふだん着じゃなくて、お洒落していこう、そう思うようになる」

「こないよ、そうしたらお客さん」

イクミが首をふった。

「だってみんな、漁師とかふつうのサラリーマンだよ」

「そのときには、まったくちがう客がくる」

「嘘《うそ》。どっからくるの。山岬にいるのは、そんな客ばっかりだよ」

柳はイクミを見た。

「あと何年かしたら、山岬はがらっとかわるぞ。垢抜《あかぬ》けたオーシャンリゾートになって、別荘やマンションが建つ。都会から金持が遊びにくるようになる」

「どうかな。あたしが小学生のときも、そんなことといってる大人、いたよ。ほら、マリーナあるじゃん。あれができたら、ヨットやクルーザーもってるようなお金持がいっぱいくるって。でも結局、ぜんぜんこなかった」

「そりゃ経営を市に任せたからだ。しょせん役人に、リゾートビジネスなんてできっこない。遊ぶというのがどういうことか、まるでわかってないのだからな」

「あんたの会社がやればかわると思うのか」

干場の問いに柳は頷いた。

「さんざん税金をつっこんだあげく、カモメしかいねえようなマリーナよりは、だいぶましになる」

そのとき、いらっしゃいませという声がフロアに響き、干場と柳はふりかえった。

頭山を先頭にした、岬組のやくざ者五名がぞろぞろと入ってきたところだった。

柳は舌打ちした。

「またうっとうしいのがきやがった」

「がらのよさそうなお客さんだな」

「田舎やくざだ。遊びてえのか嫌がらせしてえのか、どっちなんだかわからねえ」

ボーイが干場たちのいるボックスに駆けよってきた。柳は立ちあがった。

「いらっしゃいませ」

近づいてくる一行の前に立ち塞がり、いった。地元の客はひと目で頭山たちのことがわかったようだ。店内が静かになった。

「おう、社長。ショウはもう終わっちまったのか」

頭山がいった。

「たった今です。次は十一時からです。まあ、すわって下さい」

柳はいって、干場の隣のボックスへと案内した。腕をあげ、ぴしりと指を鳴らす。ボーイが走りよった。

「シャンペンもってこい」

「おいおい何だよ」

頭山がいった。

「ショウが終わっちまったお詫《わ》びです。次のショウタイムまでゆっくり飲んで下さい」

頭山は先手をとられたような顔になった。因縁をつけるきっかけを失ったようだ。

ホステスが席につき、シャンペンのボトルが開けられた。

「楽しくやって下さいよ」

柳がいい、ホステスがグラスを掲げ、

「かんぱーい」

と黄色い声を合わせると、頭山は首をふった。

「しょうがねえ。ご馳走になるか」

店の空気がゆるんだ。なりゆきを黙って見つめていた他の客たちも、ホステスとお喋りを再開した。

「たいしたもんだな」

干場はつぶやいた。

「何が」

無邪気にイクミが訊いた。

「柳さんさ、あっという間にあいつらを丸めこんじまった」

「そりゃ社長だもん。本当は社長、ここの店だけじゃなくて、観光ホテルの専務とかもやってんだよ」

「そんなに偉いのか」

「うん。でもぜんぜんいばらないし。ああいうおっさんはいいよね。それより！」

イクミは語気を強めた。

「さっき、ヤバかったじゃん。高校生だってばれたらクビなんだからね。クビになったら責任とれるの!?」

「責任？　どうとるんだ」

「決まってるじゃん。あたしのバイト代、かわりに払えっての」

「また金か」

干場はため息を吐いた。

「そうでしょう。こんなバイト、他にないんだから」

イクミは目を三角にした。

「わかったよ。じゃ、クビになったら俺が責任とる」

「お金くれるの」

「そうだな、結婚するか。そうしたら何とか食わせてやれる」

「馬鹿！」

そのときボーイがイクミを呼びにきた。別のホステスと交代させる気らしい。

「じゃ、俺も帰るか」

干場は立ちあがった。

「まだ、いなよ」

イクミがいったが、首をふる。

「柳さんと話をするつもりだったんだが、忙しそうだ。でなおす。それに朝が早かったんで眠くなった」

柳は、頭山ら岬組のやくざの席にぴったりとはりついていて、抜けられそうもない。

クロークカウンターの前までいき、

「お勘定は？」

干場が訊ねると、黒服は首をふった。

「今日はけっこうです。社長からそういわれております」

「ラッキーじゃん」

イクミが干場の肩を叩いた。

「そう。悪いね」

干場もにっこり笑った。

「柳さんによろしくいっておいて」

送られて「人魚姫」をでた。

「またね、おっさん」

戸口でイクミが手をふった。干場は苦笑してふりかえり、歩きだした。

「みなと荘」までは、ゆっくりと歩いても二十分ほどの距離だ。

途中、干場は昼と同じように、マリーナの前で立ち止まった。潮を含んだ重い風がフエンスの向こうから吹きつけてくる。ゲートが閉まり、駐車場には自転車もなく、水銀灯だけがぽつんと立っていた。

しばらくそうして海の方角を眺めていたが、干場は再び歩きだした。

「みなと荘」の入口はガラス戸で、内側にカーテンがかかっていたが、施錠はされていなかった。

ガタガタと音をたててガラス戸を引くと、頭の薄いワイシャツ姿の小男が中の帳場にすわっていて、老眼鏡ごしに干場を見た。

「お帰りなさい。床はのべておきましたよ」

「そりゃどうも」

「みなと荘」は木造の二階家で、一階の手前側と二階の全部が客室になっている。干場の部屋は、階段をあがってすぐの、手洗いと浴室の向かいだった。風呂は午後九時以降はシャワーしか使えない、という張り紙がでている。

部屋は、海の方角を向いた六畳間だ。部屋の中央に、布団がしかれ、浴衣が畳んでおいてある。

干場はジーンズとアロハを脱いだ。部屋の隅にリュックがおいてあった。パンツ一枚でそのリュックに歩みよると、蓋を開け、口を留めるヒモを調べた。特殊な結び方をしてあり、ほどくと同じようにはなかなか結べない。

結び目は、夕方、千場が部屋をでていったときのままだった。誰かがほどいてリュックの中身を確かめた形跡はない。

千場は浴衣を身に着けた。サイズは「大」だったが、裾は、臑《すね》の中ほどまでにしか届かない。

苦笑してタオルを手に、浴室に入った。シャワーを浴び、浴衣を着て、部屋に戻る。布団の上に大の字になって、大きな息を吐いた。天井を見上げ、羽目板の木目を眺めていたが、やがて目を閉じた。

7

「おはようございます」

声に千場は目を開いた。つけたまま眠った腕時計を見る。午前七時三十分だ。

部屋の戸の向こうからかけられた声に目を覚ましたのだった。

ドアがノックされた。もう一度、

「おはようございます」

と声がする。

「はい」

応えて、干場はのっそりと起きあがった。

ドアを開けた。

見知らぬ男が立っていた。五十代のどこかで、細い体にスーツを着けている。干場より、頭ひとつ以上小柄だ。

「起こしてしまいましたか。申しわけありません。土地の人間は皆、朝が早いものですから……」

言葉と裏腹に、少しも悪びれたようすはなかった。

男は陽焼けしているのか、体のどこかが悪いのか、ひどく茶色い顔をしていた。その上皺《しわ》が多いので、人間というより猿のミイラのように見える。

猿のミイラがいった。

「干場さまでいらっしゃいますね。私、ある方の代理でうかがいました」

「ある方?」

猿のミイラは頷いた。

「たいへんお忙しい方でいらっしゃいまして、お会いできる時間が朝しかございません。ですからこうしてお迎えに参りました」

干場は寝癖のついた髪をかきあげた。

「別に俺、誰かに会ってくれと頼んだ覚えはないぜ」

「もちろんでございます。お会いしていただきたいと考えておりますのは、私の主人のほうでして」

猿のミイラは馬鹿ていねいな口調でいった。

「よくわからんな。そっちの主人だかどなたかが俺に会いたいと。そう思ったから、あんたは俺の都合なんて関係なく、朝っぱらから叩き起こしにきた。そういうことかい」

猿のミイラは瞬《まばた》きした。

「私、何か失礼なことを申しあげましたでしょうか」

「いってることは別に失礼じゃないよ。だがやってることが失礼だといってるんだ」

「申しわけございません！」

いうなり、猿のミイラは土下座をした。

「干場さまに失礼があったとなれば、すべて私の責任でございます。どうぞお許しを」

言葉と口調は真剣だが、顔はまるでかわらない。特に目がガラス玉のようで、何を考えているのかさっぱりわからなかった。

「いいから。帰ってくれよ」

「は？」

「俺はもう少し寝たいんだ」

「しかし、私の主人が――」

「だからいってるだろう。会ってくれって頼んでもいないのに、なんであんたの主人の都合にあわせなきゃいけないんだって」

「ですから、私の主人はたいへん忙しいものでして、この朝の時間しか――」

「だ、か、ら」

干場は声を大きくした。

「あんたの主人が忙しいのは、俺には関係ないことだろ！」

「そうなのですか」

「そうだよ。俺はあんたが誰かも、ましてやあんたの主人が誰かも知らないんだ」

「あ、申し遅れました。私、ただと申します」

猿のミイラは立ちあがっていった。

「多田さん？」

「はい、只でございます。どこにでもおります、只の男でございますから、只で」

「只さん――」

「はい」

只は満足げに頷いた。

「只です」

「で、あんたのご主人さまは何とおっしゃるんだい」

「それはちょっと」

「ちょっと？」

「はい。お目にかかっていただければ」

「それは、俺も、ちょっと、だな」

「は？」

干場は只の顔をまじまじと見つめた。

「あんた、いっつもそうやって、『は？』ってやるのかい」

「何か」

「いや、よっぽど何でも通る世界で生きてきたんだなと思ってさ。『は？』といえば、相手がいうことを聞いてくれるとか」

「いえいえ、そんな滅相もない」

「だったらどうして『は？』なんだい。俺に会いたいといっているのは、あんたじゃなくてあんたのご主人で、でも名前をここではいえない。名前も知らない人に会うために、朝からのこのこでかけていく気に、俺はなれないよ。だけどあんたは、『は？』という」

只は黙って瞬きをくり返した。

「見ての通り、俺は図体がでかい。その上きのうはあまりものを食ってないんで、正直、頭がよく回らないんだ。だからこれ以上あんたとお喋りをするより、何かものを食うか、もうひと眠りしたい気分なのだがね」

「つまり、いっしょにおいでいただけないと？」

「そういうこと」

「こうしてお願いしているのに、でございますか」

「お願いしているのは、あんたの勝手だ」

「しかし私の主人が――」

「だからそれは俺には関係ない」

「では、どうすれば」

「俺が眠くもなく、腹も減ってもいないときにでなおしてくれ。それと、あんたのご主人さまの名前もちゃんと伝えて」

「明日の同じ時刻ではいかがでございましょう」

「なんで朝なんだ」

「ですから私の主人は――」

「昼間や夕方は、人と会えない理由がある、と」

只は干場を見つめた。

「その通りでございます」

干場は息を吐いた。

「まったく、妙なところだな」

「何が、でございますか」

只は動じなかった。

「いいよ。明日の朝、もう一回きてくれ。俺、早起きして飯を食っておく」

只は深々と頭を下げた。

「ありがとうございます。明日、また午前中におうかがいいたします」

頭を下げたまま、百八十度向きをかえた。カチカチという音が聞こえてきそうな動きだった。

廊下を歩くときはすべるように移動していく。

干場は首をふり、部屋のドアを閉めた。再び布団の上に寝転がり、目をつぶった。

次に目覚めたのは午前九時過ぎだった。洗面所で顔を洗い、ジーンズをはいた干場は、「みなと荘」をでていった。予約をしていなかったので、朝食の用意がないのだ。

海沿いの道を駅の方角に歩いていくと、駅の近くまできてようやく開いている食堂を見つけた。きのうの夕方は閉まっていて、存在にすら気づかなかったほど小さい食堂だった。

「いいですか」

ガラスの引き戸をくぐると、テーブルにすわっていた老婆がぎょっとしたように干場を見上げた。

「な、何ですか」

「いや、飯を食わせてくれるかなと思って」

「あ、お客さんだったの。ごめんなさいよ。いきなり大きな人が入ってきたから、びっくりしちゃって……」

干場は別のテーブルに腰かけた。四角いテーブルに丸椅子が四つ。ビニールのクロスがかかっていて、あちこちに煙草で溶けた跡がある。

かわりに老婆が立ち、丸い湯呑《ゆの》みに入ったお茶を運んできた。

「ご飯ものですか」

「うん」

干場は頷いて、壁に貼られた手書きのメニューを見上げた。ソバ、ウドン、丼もの、トンカツ定食、焼肉定食（豚）、などと記されている。

「サンマの干物定食くらいしかできないんですがいいですか。アジの開きを切らしちゃってて」

「ああ、それでいいや。ご飯、大盛りにして下さい」

「はい、承知しました」

老婆は頷き、のれんで仕切られた厨房《ちゅうぼう》に入った。どうやらひとりで切り盛りしているらしい。

十分ほどすると、ワカメの味噌汁《みそしる》と丼飯、タクアンのついた、サンマの干物が、四角いアルミの盆にのって現われた。焼きたてで、脂がじゅうじゅうと音をたてている。

干場は、

「お、うまそう」

と顔をほころばせた。五分もかからず、すべてを平らげる。

「はい、お茶のおかわりどうぞ」

老婆が湯呑みに注ぐと、それも飲み干した。

「ああ、うまかった」

満足そうに干場はつぶやいた。

「ご馳走さま」

「はいはい、六百円いただきます」

勘定を払い、干場は老婆に訊ねた。

「ちょっとうかがいたいんですが、このあたりの人って、お墓はどこです」

「えっ」

老婆はまたもやぎょっとしたように干場を見なおした。

「いや、俺の親戚がどうやら、この町のどっかのお墓に入ってるらしいんで、お参りしようかと思って」

「お寺は、いくつもあるよ。岬町には三つあるし、あと県道の向こうの山のほうにも大きいのがあるからね。何といいなさるね、その親戚の方は」

「ああ、干場といいます」

「殿さまかね!?」

老婆は仰天した。

「いや、その殿さまかどうかはわからないんですが。他に干場という家はないのでしょうか」

「殿さまん家《ち》以外は聞いたことないね」

「じゃあ、その人のお墓はどこですか」

「殿さまんとこのお墓は、うちの亭主といっしょだ。県道の向こうの山のほう。善楽寺《ぜんらくじ》ってお寺だよ」

「善楽寺ですか」

「そう。駅の向こうにでると県道があるから。それをまっすぐ左のほうに歩いていくと、石段がずっと山の方にあがってる。登んなさい。善楽寺だから」

「県道を左にいって、石段ですね。どうもありがとうございました。それにご馳走さま」

干場は食堂をでて駅に向かった。

通勤時間を過ぎたせいなのか、それともいつものことなのか、駅の周辺は、きのう干場が降り立ったときと同様、閑散としていた。

駅をつっきり、バー「伊東」やスナック「ハルミ」などの並ぶ飲み屋街を通り抜ける。さすがに開いているのは喫茶店が一軒だけだ。

広い県道につきあたると、渡った右手に警察署の建物が見えた。信号がかわるのを待ち、横断歩道を渡った。食堂の老婆に教えられた道は、市役所や警察署とは反対の方角だ。干場は県道に沿って西に歩きだした。トラックやワゴン車が県道をいきかっている。

県道沿いには、ほとんど何の建物もない。ことに北側は、すぐ道路そばまで斜面が迫り、歩道は人ひとりでいっぱいの幅しかなかった。斜面はそれほど急ではないものの、かなり上までつづいていて、途中からは雑木林になっている。降ってくるツクツクボウシの鳴き声がうるさいほどだ。

きのうに比べると天気は曇りがちで、湿度が高い。干場は汗をぬぐった。

ガタンガタン、という音に左手を見た。県道から十メートルほど南に線路があり、そこを電車が走っていた。西に向かう上り列車だ。

県道はゆるやかに右カーブを描いている。やがて前方に白っぽい石段が見えてきた。斜面に作られていて、雑木林を貫くように登っている。

石段のふもとまできて干場は足を止めた。上を仰ぐ。石段はかなりの段数があり、途中で右に折れている。さらにその上に、斜面を切り拓《ひら》いて建てられた寺のお堂が見えた。墓はたぶん、その横か裏手だろう。

「こりゃ、なかなかだな」

干場はつぶやいた。もし建立されて以来かわっていないのなら、かなり由緒のある寺のようだ。

石段を登った。さほど急ではなく、一段一段に高さもない。そうでなかったら、食堂の老婆など、とうてい墓参りにはやってこられないだろう。

石段が向きをかえる中腹まできて、干場はきた道をふりかえった。正面に海が広がり、眼下に岬町を見おろす、絶景だった。漁師町の入り組んだ町並みと青い海原とのコントラストをしばらく眺めた。

沖合を大型の貨物船らしき船がゆっくりと進んでいて、そのあたりは雲が切れ、光が注いでいるさまが見える。

干場は石段登りを再開した。中腹からはさほどの道のりではなく、数分で寺の境内に入った。

境内は、むきだしの土とうっそうと葉を繁《しげ》らせた巨木のおかげで冷んやりとしていた。標高があるので風も吹き抜け、たたずんでいるだけで汗がひいていく。

寺の建物は、かなりの年月を経ているらしく、修復の跡もないお堂の壁などは、陽に焼けて白っぽい。もちろんすべてが木造だ。真っ青に錆《さ》びた鐘が境内の中心部にすえられている。

あたりに人けはまるでない。

干場は本堂の横に通路があるのを見つけた。そこを進んでいくと、寺の東側にでる。墓地だった。整然と墓石が並び、この夏の盂蘭盆《うらぼん》に立てられたらしい塔婆《とうば》が新しい。

その墓石の名を確認しながら歩いていく。

人がいた。

六十代の女だった。周囲と異なってひと回り大きな墓石に花を手向け、手を合わせている。

遠目に、その墓石に「干場家之墓」と刻まれているのが見えた。

黙禱《もくとう》していた女が向きなおり、立っている干場に気づいた。わずかに白髪のまじった髪をうしろで編み、切れ長の涼しげな目で干場を見つめる。

体つきはわずかに丸みがあるものの、すらりとして、ニットのワンピースを着けていた。

女は無言で頭を下げ、足もとにおいていた手桶《ておけ》をとりあげた。そのまま干場のかたわらを歩きすぎようとした。

「あの」

干場がいったので足を止めた。

「こちらの関係者の方ですか」

「こちら？」

女が訊き返した。落ちついた声だった。干場は墓石を示した。

「この家です。干場家」

女は干場の顔をじっと見つめた。

「あ、俺、干場功一といいます」

女の目が大きく広がった。えっと小さな叫び声をたてた。

「干場……功一？」

「ええ。十五年前に死んだお袋が、このあたりの出身で、干場裕美《ゆみ》といったんです。俺はお袋の戸籍に入れられていました」

「干場裕美……」

女は目をみひらいて干場を見つめていた。

「何か、まずいですか」

干場は女を見返し、いった。女はあわてたように首をふった。

「あ、いいえ。びっくりしたものだから。ごめんなさい。あたしは、小沼《こぬま》といいます。

あの、干場様にずっとお世話になっていて、今日は干場様の月命日なのでお参りにきたんですよ」

「ああ……。すると駅前のスナックの――」

「娘の店にいったことがあるの？」

女の問いに、干場は首をふった。

「いいえ。安さんから聞きました」

「安さん？」

「バー『伊東』にいたお客さんです」

女は頷いた。

「わかったわ。警察の人ね」

「らしいですね。奢ってくれました」

干場は屈託なくいった。女は瞬きして、干場を見なおした。

「でも、裕美さんの息子さんだなんて……」

「お袋を知っているんですか」

女は首をふった。

「お会いしたことはありません。でもお兄さんの伝衛門《でんえもん》さんからちょっとだけ話を聞いたことがあります」

目を墓石に向け、いった。

「伝衛門!? 伝衛門っていったんですか、殿さまは」

驚いたように干場はいった。

「そうよ」

女はいって、水の残った手桶とひしゃくを干場にさしだした。

「あなたもかけてあげて」

干場は面くらった表情で受けとった。

「どこにかけるんですか」

「まあ」

女はあきれた顔になった。

「お墓にかけるのよ」

「お墓に?」

いって、干場はひしゃくを手桶に差し入れた。びしゃっという音をたてて、水を墓石にひっかける。

「ちょっと!」

女が恐ろしい声をだした。

「なんてことするの」

「いや、だって、お墓にかけろって」

「そんなかけかたしたら、仏さまがびっくりするでしょう。貸しなさい」

干場から手桶を奪いとると、水を墓石の上からかけ流した。

「ああ、そうするんだ」

女は干場をふりかえった。

「そうするんだって、あなたお墓参りしたことないの」

「ええ。俺の育った家はクリスチャンだったんで。こういうの、初めてなんですよ」

「お父様の家？」

「そうです。親父は横浜の出身で、ニューヨークでミュージシャンをしてました」

「そうだったの」

女は深く頷くと、墓を向いた。

「お殿さま、甥《おい》ごさんの功一さんですよ。裕美さんの息子さん。わざわざきて下さったんです。よかったですねえ」

手を合わせる。干場もそれを見て、手を合わせた。

「ご挨拶して下さい」

女がうながした。

「え？　はい。あの、初めまして、功一です。伝衛門さんは、俺の伯父さんになるのだと思います。でも、伝衛門さんなんて、すごいお年寄りみたいな名前ですね」

途中の言葉は女に向けられたものだった。

「干場家はね、代々、当主が伝衛門の名を継ぐの。通り名は別にあって、お殿さまは、俊和《としかず》とおっしゃったわ」

「そうなんですか」

「あなたが裕美さんの息子さんなら、伝衛門の名は、あなたが受け継ぐことになる」

「えー」

干場は声をあげた。

「それはちょっと……厳しいなあ」

「何をおっしゃるの。干場家の人間としては当然のことよ」

「いや……急にそんなこといわれても」

干場はつぶやいた。女はきっとなって、干場を正面から見すえた。

「それならいったい、何のために山岬に戻ってらしたの」

「それは、何というか。親父が死んで、近い身寄りがひとりもいなくなっちまったんで、ここいらで人生を見なおそうかな、なんて」

「だったら当然、干場家を再興しなくては」

女はきっぱりといった。

「ちょっと待って下さい。干場家の再興なんて、まるで時代劇みたいなことをいわれても――」

「いいえ。これは運命よ」

女はきっぱりといって、首をふった。

「今日、ここであなたとお会いしたのも、お殿さまのお導きです。あなたに干場家をもう一度ちゃんとしてほしい、というお殿さまの願いなんだわ」

「え、えっとですね。それについてはもう少し時間をもらえませんか。なにせ、俺、こっちにきたばかりで、まるで土地のことがわからないものですから」

しどろもどろになって、干場はいった。女は干場の顔を疑わしそうに見つめた。

「怪しいわね」

「はあ？」

「あなた本当に裕美さんの息子さんなの」

女の顔が険しくなった。

「いや、お袋は裕美ですよ。干場裕美」

「本当は偽もので何かたくらんでいるのじゃないの」

「そんなこといわれてもな。たくらみって何です」

「お殿さまの財産よ」

「財産って、何か残っているんですか」

「ないわ。あいつらが全部、盗んだから」

怒りのこもった口調でいった。

「お殿さまに身寄りがないのをいいことに、根こそぎ奪ったのよ」

「そうなんですか」

干場はしかたなく、あいづちを打った。

「そうよ。でも、あたしは本当のことを知っているし、町の人もうすうす、みんな気がついている。だからいつか天罰が下るわ」

「あいつらって誰です」

干場は訊ねた。すると女は急に我にかえった。

「いやだ、何いってるのかしら、あたし。あなたのことがよくわからないのに」

「だから、俺は、干場功一です」

干場は力なくいった。

「いつ、こちらにみえたの」

「きのうです。とりあえずぶらぶらしていて、『みなと荘』てとこに泊まっているんですよ」

「そう……。あなたが本当にお殿さまの甥ごさんなら、大きなお屋敷があったのに」

女は目を墓石の左に向けた。墓地の外れから、山岬の町と海を見おろしている。

「今のマリーナですよね。なんか寂しい感じの」

女はフンと鼻を鳴らした。

「あんなものこしらえて。結局儲《もう》けたのは、土建屋だけだわ」

「なるほど」

女はほうっと長いため息をついた。

「一度、娘の店にいらっしゃい。大ママに会いたい、といえば、娘があたしを呼んでくれる」

「あ、はい」

「しばらくはいらっしゃるんでしょ」

「まあ、金がつづくあいだは」

頷いた干場は思いだしたようにいった。

「あの、この町に、他に干場という家はないのでしょうかね」

「ないわ」

女は断言した。

「干場の姓を名乗るのは、お殿さまの身内だけ。そのお殿さまが六年前に亡くなられてからは、干場という人間はこの町にはひとりもいなかった。あなたが初めてよ。もし、本物なら」

「はあ」

干場はがっかりした表情で頷いた。

「そうなんですか。俺はもうちょっと、ちがうことを思っていました」

「ちがうこと？」

「ええ。やっぱり田舎だから大家族で、おじさんとかおばさんとか親戚がいっぱいいて、なんか『お帰りなさい』みたいな」

「そういう家はたくさんあるわ。でも干場家はちがう」

女はいった。

「干場家はね、この町でも屈指の旧家なの。ただお殿さまがかわった方で、生涯結婚をされず、子供も残さなかった。その前の先代は、お殿さまと裕美さんというお子さんを残されたけど、ご兄弟がいなかったので、干場家は二人きりになってしまったの」

「ゲイだったんですか」

「誰が？　お殿さまが？　何をおっしゃるの、ちがいます。ただ、とても内気な方だっただけです」

「うーん」

干場は唸り声をたてた。

「つまりですね、俺は、お袋のことを知っている人と話がしたいと思ってきたんです。でも、そういう人は、この町にいないってことですか。同級生とか」

　干場がいうと、わずかに女の視線がやわらいだ。

「裕美さんは、こちらで生まれた方じゃなかったの」

「えっ、そうなんですか」

「先代が、別の土地のお妾さんに作らせた子だった」

「はあ」

「だから学校も、そちらの地元で通わせられたの」

「山岬じゃなくて、ですか」

「ええ。戸籍上は、ここの人間だけど。その反発もあって、アメリカに留学したのだとお殿さまに聞いたことがある。だからお殿さまとは腹ちがいの妹、というわけね」

「そうなんですか。でもそうだよな。お袋は生きてたら、今、五十だから……」

「お殿さまは生きていらしたら八十よ。三十も年がちがう」

「じゃあ、殿さまはお袋のことを嫌っていたんですかね」

　女は首をふった。

「あたしはそうは思わない。むしろ不憫《ふびん》に思っていたでしょうね。ただ年がちがうのと疎遠だったので、考える機会があまりなかっただけ」

「そうか」

「お母さまは、山岬が故郷だとおっしゃっていたの」

「いや、生きていた頃はアメリカだったので、あまりそういう話はでませんでした。お袋は三十五で死んじゃったんです。道で強盗に撃たれて」

「まあ!?」

女の目に同情がこもった。

「そうだったの。それじゃあ、あまりお母さんのことをご存じなくても不思議じゃないわね」

「ええ。親父が死ぬ少し前に、お袋のことを話していて、出身がこのあたりだと聞かされたんです。親父はここには一度もきたことがありませんでした」

女は息を吐いた。

「そう……。あなたもご苦労なさったのね」

「いや、それほどじゃありません」

干場は首をふった。女が腕時計をのぞき、あら、いけない、とつぶやいた。

「家に帰って、店の仕込みをしなけりゃ。あとでいらっしゃいね。そのときは、ゆっくりお話をするから」

「あ、はい」

女は頭を下げ、墓地をでていった。あとに残された干場は、腕組みをし、「干場家之墓」と刻まれた墓石をじっと見つめた。

8

「山岬観光ホテル」の玄関は、昼下がりということもあって、ひっそりとしていた。安河内がガラスの自動扉をくぐると、ワイシャツ姿のフロント係が、

「あ、どうも」

と声をたて、頭を下げた。

「ご苦労さまです」

「いやいや。専務さんはおられるか」

安河内はおだやかにいった。フロント係は、もともと「山岬観光ホテル」にいた男だった。「トランスリゾート」に買収された後も、同じ職場に残ったのだ。いなくなったのは、社長とその妻である専務の二人だけだ。噂では「トランスリゾート」からもらった金で、他の債権者に見つからない、よその土地に逃げたという。

「山岬観光ホテル」は、経営が悪化した四年前から、あちこちに借金を作り多重債務者となっていた。それを整理したのが「トランスリゾート」で、経営権を買いとったとい

うことになっているが、実際は、経営者夫婦を夜逃げさせただけだ、と安河内は踏んでいた。

一度不渡りをだし、地元金融機関に見離された夫婦が泣きついたのが、東京にあるマチ金の高州《たかす》興業だった。高州興業は、広域暴力団の企業舎弟で、夫婦とこのマチ金をつないだのは、地元の土建屋である関口建設だ。

関口建設は、旧干場邸をとり壊し、マリーナを造る工事も請け負った。社長の関口は、鵺《ぬえ》のような男で、山岬のあらゆる利権に首をつっこんでいる。

経営者夫婦にとっては、救世主を紹介してくれたように思われた関口だが、実はもっと腹黒く、高州興業から融資をうけた時点で、このホテルは乗っとられる運命だったのだ。

フロント係が奥の事務所にひっこむと、ややあって、専務の柳が姿を現わした。柳は、地元の警察を馬鹿にしている。

「これは御苦労さんです」

言葉はていねいながら、見下した目で柳は安河内を見た。

「忙しいところを申しわけないね」

「いやいや。ごらんの通り、この時間は暇ですよ」

柳はいって、ロビーの隅におかれた応接セットに安河内を誘った。

「おい、コーヒーだ」

フロント係に横柄な口調で命じる。あとから入った人間として反発を買うのを恐れているようすはまるでない。

「いやいや。おかまいなく」

「いいんですよ。俺がちょうど飲みたかったんです」

柳はいって足を組み、煙草に火をつけた。

「あんたとこの社長さんに一度会いたいと思って、こうして足を運んでおるんだが、なかなかお目通りがかなわんね」

「社長はえらく忙しい人でしてね、山岬以外のトランスリゾートの物件の面倒もみていますから。めったにはこられないんですよ」

柳は煙を吹きあげていった。フロント係がコーヒーを運んでくる。

「ああ、どうも。娘さん、子供ができたんだって?」

安河内はフロント係に話しかけた。

「ええ。もう初孫なんで、うちの嫁なんかべったりですよ」

フロント係は盆を抱え、嬉しそうにいった。柳は初めて知ったようだ。

「へえ、そうなんだ。そりゃおめでとう」

そっけない口調でいう。

「知らなかったのかね」

　フロント係が立ち去ると、安河内はいった。

「別に報告されるようなことじゃないですからね」

　柳はうそぶいた。安河内はじっと見つめた。

「こんな田舎町でくすぶっているのが、嫌でしかたがない、というように見えますな」

「何をいっているんですか。そんなことはありません」

「専務さんは本当は、『人魚姫』の経営に専念したいのじゃないですか。あっちはよく客が入っているようだが」

「薄利多売でやっていますからね。たくさん入っていただかないと、とても回っていきませんよ」

「未成年を入れている、と噂があるのだが、大丈夫ですか」

　柳は顔色をかえた。

「誰がそんなことをいっているんです。うちはまっとうにやってます。面接は俺の担当じゃありませんが、もし子供を入れてるのがわかったら、そいつにはきっちり責任をとらせます」

　安河内は手をふった。

「いやいや、噂ですから。そう、気になさらんで下さい。ただもし本当なら、あたしらも知らん顔ができん、というだけです。ご存知かどうか、今まで山岬にはああいう派手な店は一軒もなかった。だから酒場といやあ、だいたい年のいった者しかおらんかった。そこへああいう店ができたんで、やっかみ半分でいろいろいう者もおるでしょう」

「そういわれてもね。うちはきっちり警察の許可をもらってやっているんですから」

「そうでしたな。署長は、市長の要請をうけた、といっておりました。まあ、トランスリゾートさんが市の経済を活性化してくれると役所のほうもだいぶ期待しているようだ」

「そうですよ。ただいろいろ、簡単にはいかない事情もありますわ」

柳がいうと、安河内は身をのりだした。

「ほう。どんな事情ですか」

柳はうさんくさそうに安河内を見つめた。

「そりゃあ、そちらのほうがよくご存知でしょう」

「いいや」

安河内は首をふった。

「私はね、山岬は長いけどそこらへんの事情にはうとくてね。署内には詳しい連中もいるようだが、あまり話をせんのだな」

柳は信じられないといった表情を浮かべた。

「まあいろいろありますがね。一番大きいのは、マリーナの問題ですかね」

「マリーナ。ああ、あのカモメしかおらん」

「そうです。馬鹿高い建設費用に税金をぶちこんだあげくがあれじゃ、市民も浮かばれない。もっと町興しにつながるような使《つか》い途《みち》があると思うんですがね」

「そりゃそうだな。まったくだ」

「ところが、あれの権利は半分が市で、半分は民間の第三セクターだ。簡単には買収ができないんです。市長もうんといわないし、民間のほうも難しい」

「確か、勝見先生のやっておられる会社だったのじゃないかな」

「そうなんです」

「まあ、勝見先生は地元の名士だし、お金ももっておられる。特に売り急ぐ必要はない」

「ですがね。町の経済を考えるなら、そんなことはいってておられんでしょう。この件に関しては、いずれうちの社長も動く、とはいっとります」

「ほう。社長さんが自ら。すると山岬に乗りこんできて、市長や勝見先生を説得されるのかね」

「たぶんそうなるのじゃないですか」

「ふうむ」

安河内は唸り声をたてた。

「それはそうとですがね」

柳が今度は膝をのりだした。

「うちの夜のほうの店に、やたら岬組の人がきましてね」

「ほう。金を払わんとか、店で暴れるとかするのかね」

柳が首をふった。

「いやいや、そこまでは。ただ毎晩こられると、他のお客さんがほら……」

安河内は顎をなでた。

「別に、店が嫌がることをしているわけではない、と」

「そりゃまあね」

「大声をだしたり、周りのお客さんを恐がらせるようなこともしていないですか」

「そうならないように、うまくなだめちゃいます」

「だとすると、難しいな」

「初めてきたときはちょっとそういう気配がありましてね。翌日、私のほうから警察署に相談にいったんです。ところがけんもほろろでね。『お前んとこがそういう派手な商売をするからおもしろくないんだよ』なんていわれて、頭にきたんですがね」

「そんなことをいった人間が。そりゃ、いかんなあ」

人ごとのようにいって、安河内は首をふった。

「目崎さんとかいう刑事です」

「ああ」

安河内は頷いた。

「あれは、嫁の弟が、岬組のいい顔の妹と所帯をもっておるんです」

「岬組のいい顔ってのは、あの海坊主ですか」

「海坊主、うまいことというね」

安河内が笑うと、柳はあきれ顔になった。

「そうそう、頭山だ。あれが今、岬組の土台を背負っている。組長はこのところおとなしいもんだ」

「なんかこう、さりげなくいってもらう方法てのはないですか」

「そうねえ。いえばいったであいう連中はムキになるだろうからね。実害がなかったのが、でる羽目になるかもしれん。もちろんそうなれば、こちらは動くわけだが」

「それじゃ困るんですよ。店で暴れられたりしたら、やった人間がつかまっても、悪い噂がでる。お客さんが寄りつかなくなっちまう」

「そうだな」

「刑事さんなんだから、もっと真剣に考えてくれなけりゃ」

「こわもての用心棒を雇ったらどうかね。あんた、顔が広そうだ。見ただけで、岬組の連中がおとなしくなるようないかつい用心棒をどこかから連れてくるんだ」

「そんなのどこにいるんですか」

「だからこのあたりじゃなくて、よその町だ。あんた、東京におったのだろうが」

柳はやっていられない、というように首をふった。

「わかりました、わかりました」

話を切り上げるようにいう。

「そういや、ひとりいい者がいた」

「誰です」

「名前は確か干場とかいった。旅行者のようだが、体がでかい」

「そいつなら知ってます。きのう店にも呼びました」

安河内は目を丸くした。

「そりゃ話が早い。いいじゃないか」

「本人がやる気があるかどうか、わからないんですよ。口説いちゃいるんですが」

「うん、ちょっとつかみどころのない男ではあるな」

「それに度胸があるのかどうかがわからない。アメリカでプロレスラーだったというんですが、本当かどうか。体の大きい奴は、意外に気がやさしいですからね」

「確かに。じゃあ、こうするかね。今度岬組の連中がきたら、あたしに電話をくれ。それとなくようすを見にいく」

安河内は名刺をだした。携帯電話の番号を書きこむ。

「あまり夜遅いのは勘弁してくれよ。このところ、眠たくなるのが早いんでね」

柳は受けとったが、これみよがしにため息を吐いた。

「まあ、そう馬鹿にしなさんな。これでもいちおう警官なんだから」

「はいはい。頼りにしてますよ。じゃあ、私もこのあと仕事があるんで……」

安河内は腰をあげた。

「邪魔したね」

「お仕事ご苦労さまです」

観光ホテルをでた安河内は、その足で「みなと荘」に向かった。

入口の扉を開くと、帳場にいた男が声をかけた。

「おや、珍しい。どうしました」

「いや。お宅に泊まっとるお客さんに用があってね。といっても別に問題があるわけじゃない。きのう酒をいっしょに飲んだ」

「あの大きい人ですか」

「うん。宿帳、見せてくれるか」

「はい」

大学ノートを男は広げた。安河内は老眼鏡をとりだし、目を走らせた。

「千場功一　横浜市保土ヶ谷区」

と意外にきれいな字で住所が記されている。安河内は手帳をとりだすと、それをひきうつした。

「いつまでおるといってる？」

「さあ。三泊分の前金はいただいていますが。何かまずいことでも？」

「ないない。本当にないんだ」

安河内は首をふった。

「千場って名前見て、最初びっくりしたんですが、特に殿さまの話はしなかったんで、偶然なのだろうと」

「そうかね。まあ、あたしにもまだわからん」

「そういえば今朝、この人を訪ねてきた人がいました」

「誰だね」

「それが、見たことのない人です。顔がやけに茶色くてちっちゃくて」

安河内は目を細めた。

「干からびた猿みたいな男か」

「そうそう。そんな人です」

「何だといっておった」

「いや。干場さんの部屋はどこだと訊かれたんで、教えましたけど。ものの一分か二分ででてっちまいました。干場さんは、それから二時間ぐらいしてでかけていきました」

「なるほどね」

安河内は頷いた。

「邪魔したね、ご主人。あ、あたしがきたことは申しわけないが、黙っていてもらえるかね。気を悪くさせたくないんで」

男は頷いた。

「承知しました」

「みなと荘」をでた安河内は腕時計をのぞいた。観光ホテルの前に止めておいた覆面パトカーに乗りこむ。署に戻る前に、どこで遅い昼食をとるか、それを考えながら発進させた。

9

善楽寺の本堂を干場は訪ねた。住職は、八十は過ぎていそうな老人だったが、かくしやくとしていた。

「ほう。干場の殿さまに、こんな甥っ子がおったのか」

少し耳が遠いらしく、大きな声で喋る。

「あんたの伯父さんが亡くなったのは、六年前の十月だった。台風がきとってな。このあたりを直撃だというんで、港も役場も、てんてこまいだったのを覚えている」

「被害がでたのですか」

「なに？」

「被害がでたのですか!?」

「ああ、でたでた。瓦が飛んだり、屋根のはがれた家も岬町のほうには何軒かあった。幸いに、心配されとった高潮にはならんかったんで、水の被害はなかったがな。あの日は通っておった洋子も早く家に帰った。殿さまが心配せんでいいから、家に帰んなさいといったらしい。ところが翌朝、亡くなっておったんだ」

「死因は何だったのですか」

「医者は、急性心不全といっておったが、まあ、いきなり死んだ仏さんには、そうこじつけるしかない。あの大きな家で、しかも海っぺりだ。風もそりゃすごかったろう。寝つけんうちに、心臓をおかしくしたのじゃないかと、私も思ったもんだ」

住職の言葉に干場は頷いた。

「当初、洋子はそりゃ責任を感じておってな。自分がそばにおれば、殿さまを死なすことがなかったちゅうて、それはもう、今にもあとを追いそうな嘆きようだったわ」

「その洋子さんなんですがね。伯父とはいったいどんな関係だったのですか」

干場は声をひそめた。とたんに住職は、手を耳にあてがった。

「何だって!?」

「ですから!」

干場はもう一度大声で質問をくり返した。とたんに、

「そりゃあ、わからんよ!」

住職は答えた。

「いろんなことをいっとる人間はおる。手伝いじゃなくて、妾だったとか。だがな、そんなものは当事者にしかわからんだろう。洋子は何もいっとらん」

「もしですね、伯父とそういう関係だったら、遺産とかを残したと思うんですが」

「殿さまは、生前、遺言状を勝見先生に預けておった。全財産は、山岬市に寄付する、市の発展のために有効利用してほしい、と。考えてみりゃ、あんたやあんたの母さんの裕美さんに、なんぼか残してやってもよかったのにな」

「たぶん伯父さんは、俺のことを知らなかったと思います。母親は、二十そこそこで干場家と縁が切れてしまったようなので」

「うん」

住職は唸った。

「何となく、覚えておるな。ご本人から聞いたこともあれば、人の噂で入ってきた話もあるが。先代の伝衛門さんが亡くなったのが、もう四十五年も前になるかな。殿さまはそのときまだ三十半ばで、東京のほうにおったと思ったがな。先代が亡くなられて、急きょ山岬に戻られ、当主を継いだんだ。確か戻るにあたって、東京のほうで仲ようなった女性を連れてこようと思ったのが、嫌がられたとかいう話だ。こんな魚くさい田舎町には住みたくない、とな。それでひとりでこの山岬で暮らすようになった。嫁を世話せにゃならん、という話はずいぶんでたんだが、殿さまは頑として、見合いだの何だのに応じんかったの」

「東京から戻ったということは、向こうでのつとめをやめたわけですよね」

「そうだ。確か、大学をでて出版社につとめておった」

「戻ってからは、どうやって生計をたてていたのですか」

「何をいっておるんだ。この山岬の、平らな土地の大半は、もとはといえば皆、干場家か勝見家のものなんだ。干場家は新港町一帯、勝見家は岬町一帯の大地主で、家作をたくさんもっておる。土地代だの何だので、いくらでも暮らしていけた」

「へえ。そんなすごい地主だったのですか」

「そうだな——」

いって住職は立ちあがった。本堂の襖《ふすま》を開け、南に面した渡り廊下に立った。左手のほうを指さす。

「ほれ、あそこに白い建物が見えるだろう」

「観光ホテルですね」

干場がいうと頷き、指先を左にふった。マリーナの突堤が海につきでている。

「あれが、殿さまの屋敷のあったところだが、ホテルから屋敷にかけての土地はほぼすべて、干場家のものだった」

「えっ」

干場は声をあげた。山岬の町の半分とはいわないが三分の一にあたる広さがある。

「もとはもっともっておったよ。先代が県道に寄付したり、市民病院も干場家が寄付した土地に建てたんだ」

「すごいですね」

「ああ。いくら田舎といっても、たいした土地もちだ。だから殿さまといわれておったんだ。それがそっくり、市のものになったわけだ」

「はあ……」

干場は感心したようにいった。

「えらく気前のいい話だな」

「身寄りがおらんと信じておったわけだ。自分が死んだあと、ややこしい話になるのを嫌っておった」

「伯父さんは、かわった人でしたか」

住職は、ん、というように干場をふりむいた。

「皆がいっておるほどの変人ではなかった。確かにほとんど屋敷をでんかったが、人間嫌いだとか、そういうものでもない。まあ、内気な人ではあった。東京で惚れておった女性とうまくいかなくて、以来、女性を苦手としておったようだ」

「でも、洋子さんは――」

「あれはな、私が紹介した」

「ご住職が？」

住職は深々と頷いた。

「洋子が戻ってきたのは、三十四年前だ。亭主に捨てられて、まだ五歳かそこらの娘と腹の中の子供とを連れて、山岬に帰ってきた。もともと家族に縁の薄い子での。父親は漁師だったが、手伝っておった母親と両方が海で時化《しけ》にやられて亡くなった。下の令子を生んだ矢先のことだ。親戚に食わしてもらっておったんだが、田舎町に出戻ったものだから、いろいろと口さがない噂も立つ。まだ今の令子くらいの年だったから憐《あわ》れでな。

令子が乳離れした頃に、私が殿さまに相談したんだ。その頃はまだ殿さまも四十代だ。面倒をみてやってくれんか、とな」

「そういうの、ありなんですか」

干場がいうと、住職は、じろっとにらんだ。

「女がひとりで食っていける商売など、当時の山岬にはそうはなかった。洋子は二人子供を産んどるといっても、都会におっただけあって垢抜けておった。いい寄る男があとを絶たんかった。そうなると、男たちのカミさん連中がおもしろくない。こっそり体を売っているだの何だのと、嫌な噂をたてる者もおった。私が殿さまに頼んだのは、洋子を妾にしてやってくれ、というのではない。身の回りの世話をする者としておいてやってくれ、といったんだ。殿さまは初め、渋っておった。女はもうこりごりで、たとえ通いの手伝いでも、そばに寄られたくない、という感じだった」

「それまでは本当のひとり暮らしだったんですか」

「いや。先代から夫婦ともども住みこみで世話をしておった者がいたのだが、亭主が亡くなり、女房のほうも当時で八十近かった。かわりの者がいるだろうと私も考えたんだ。その婆さんが元気なうちに、あれこれを教わっておけば、世話もしやすかろうとな」

「なるほど」

干場は深々と頷いた。

「とにかく一度、お目通り下さいといって、殿さまに洋子をひきあわせた。すると、どうだ。殿さまのほうがひと目で気に入られた」

「もしかして別れた恋人によく似ていた、とか」

「まあ、そういうことだな」

「何だかできすぎた話ですね」

干場はつぶやいた。住職には聞こえなかったようだ。

「洋子が通うようになって二年ほどで、婆さんが卒中で倒れてな。屋敷で寝たきりになったのだが、その面倒もようくみとったよ。夫婦の墓は、その干場家の墓の裏側にある。洋子はいつも、殿さまの月命日には、両方の墓に参っとる」

「そうなんですか」

「洋子がひとりで世話を焼くようになって二十五年はたったかな。殿さまが亡くなられたのが七十四だから、四分の一世紀はお仕えしておったわけだ。ただ、世間の目を気にしたのか、娘たちに気を使ったのか、屋敷に住みこむことだけはしなかったな」

「それほど世話になった女性に、まったく遺産を残さないというのも変ですね」

「それは私にはわからん。仏さんの決められたことだ」

住職はぷいと横を向いた。どうやら遺産の話はあまりしたくないらしい。干場は息を吐いた。

「俺の母親のことを知っている人は、どこかにいませんかね」

「そうだのう……」

住職は考えこんだ。

「もしかすると、お袋のお袋、つまり先代のお妾さんだった人が生きているかもしれないと思ったんですが」

「山岬の人間ではないな」

住職はいった。

「先代の奥方というのが、これがまた気の強い方でな。だから先代は、地元の山岬ではいっさい遊びごとができんかった。確か、私の記憶だと、先代は県会議員をしておられたことがあって、議会があると山岬を空けられた。そのときに知りあった女だと思ったがな」

「するとよその土地、というか街で」

住職は頷いた。

「生まれたあんたのお母さんを認知はしたが、それはもうたいへんな騒ぎでな。それが原因で先代は早死にしたようなものだ。たぶん殿さまが三十五のときだから、先代は六十かそこらで亡くなられた」

「先代の奥さんはどうなったのです」

「これも先代が亡くなって一年足らずで、亡くなられた。そう考えると、殿さまもご家族に縁の薄い方だったのだな」

「はあ。皆んな死んじゃっているんですね」

　干場は息を吐いた。

「あんたのおばあさんのことなら、あんたのお母さんか、お父さんのほうが知っておるのじゃないかね」

「お袋は、俺が十五のときに死んだんで、何も聞かされていないんです。親父のほうはいい加減な人で、親戚とかそういう方面にまったくうとくて。お袋が生きていれば、まだ五十ですから、たぶんお袋のお母さんも生きてはいるだろうと思うんです」

「そうであっても不思議はない。もしかすると、殿さまから、洋子が何かを聞いているかもしれん」

「そうか。そうですね」

　干場は顔を上げた。

「洋子が一番殿さまに近かったからの」

「洋子さんの二人の娘さんは、山岬にいらっしゃるんですよね」

「おる。上の娘は、市役所の職員と所帯をもっておって、新港町に住んでいる。下の娘は、十八のときに山岬をでていったんだが、二十六で、母親と同じように出戻ってきた。

まあ、子供はおらんかったが。噂では歌手のようなことを東京でしておったらしいが、マネージャーだか何だかにだまされて捨てられた、という話だ。それで今は、飲み屋をやっておる。洋子はその手伝いだ」

「上の娘さんには娘がいますよね」

「おる。とんでもない不良娘で、まっ黒に肌を焼いて、よく駅前で不良仲間とたむろしておるわ」

住職は顔をしかめた。

「俺、会いましたけど、けっこうしっかりした子だと思ったな」

ふん、と住職は鼻を鳴らした。

「この山岬は、昔は海しかない、しかし静かなところだった。それがここにきて、妙なやからが入りこんできておる」

「妙なやからですか」

「そうだ。考えてみると、今の市長になってから、どんどんおかしなほうに向かっておるわ」

「市長さんというのは、地元の人ではないのですか」

「地元は地元だが、父親の代からの新参者だ。東大をでて、東京の通産省だかどっかの役人をしておったのが、前の市長が九年前に引退するのをうけて戻ってきおった。それで立候補して初当選だ。まあ、母方の叔父さんというのが勝見先生だから、当選もするだろうが」

「市長は、勝見さんの甥なのですか」

「そうだ。当選して三年目に、殿さまが亡くなり、市はごっそり財産が増えた。それで作ったのが、あのマリーナだ。県や国から借金をしてこしらえたのはいいが、あのざまだ。それでもこの前の選挙で落ちなかったのは、観光ホテルの買収やら何やらで、山岬をもりかえしてくれるかもしれん、トラ何とかいう観光業者を、市長が引っぱってきたからだ」

「トランスリゾートですか」

「そんな名だったのう」

苦々しげに住職はいった。

「あの観光業者も、怪しげな連中だ。ホテルだけじゃなく、水族館にゲームセンター、あげくに若い娘がたくさんおる飲み屋も開いたというじゃないか」

「そういえば、地元のやくざに目の敵にされているようですね」

「やくざ？　岬組のことかね。あれはもうしまいだわな」

住職は吐き捨てるようにいった。

「岬組は、漁師だった前の組長がこしらえたんだ。足を悪くして船に乗れんようになって、地元の祭りだのなんだのを仕切っておるうちに、いい顔になった。倅《せがれ》があとを継いだが、漁のほうがさっぱり悪くなって、組も左前。いつ潰れてもおかしくない。うちも祭りのときは境内を貸してやっておるが、今の組長は、あまり商売がうまい男じゃないな」

さすがに長く地元の寺の住職をやっているだけあって、山岬の住民には詳しい。

「まあ、いずれどこもがおかしなことになる、と私は見ておる。市は借金だらけで首が回らん。いくら殿さまの財産が入ったといっても、マリーナの建設費用で大半を使い果たし、その上で借金まであるのだからな。景気は悪い、観光客はこない、魚は獲れない、となったら、いつ破綻してもおかしくはないわ。若い者も、こんなところにおってもしかたがないと、どんどん逃げだしておる。お盆になっても帰ってもこん。一度潰れて、漁だけで細々と食う町に逆戻りすればいいんだ」

「そう簡単にいきますか」

「いかなくたって、どうにもならんさ。私もそう長生きはせんだろうから、仏さんになって、この町の行く末を見届けることになるだろうがな」

住職は目を細めた。どこか、山岬市の破綻を期待しているような口ぶりだった。

10

警察署をでた安河内がいつものようにバー「伊東」のカウンターに腰を落ちつけたのは、午後六時を二十分回った時刻だった。

バーテンダーがハイボールを作りながらいった。

「珍しいじゃないか、安さん。いつもより三十分も遅い。事件かね」

「いいや」

安河内は首をふって煙草をくわえた。

「ちょいと調べものをしていたら遅くなった。たいしたことじゃあない」

「調べもの」

バーテンダーは、手羽先とジャガイモの煮つけの入った小鉢をグラスと並べておいた。

「ああ。今から九年ほど前に、大城《おおしろ》市であった強殺事件だ」

大城市は、山岬の北西五十キロにある県庁所在地だった。山岬とは県道と鉄道でつながっている。山岬の住人が大きな買物をするときは、大城に電車や車ででかけることが多い。一番近い都会だ。

「大城なら、そういう事件も多いだろうが、なんでまた」

「うん」

生返事をして、安河内は手羽先を箸でつまんだ。よく煮こんであり、身がほろほろと骨から外れる。

「被害者は、スナックのママで、閉店後に殺された。犯人は金めあてだったらしく、店の売り上げがなくなっていた」

「つかまったのかね」

バーテンダーは煙草に火をつけ、訊ねた。安河内は首をふり、ハイボールをひと口すすった。

「いや、まだつかまっておらん。その日の最後の客は、近所に住む夫婦者で、店をでるときに、被害者が『今日はこれで店じまいだ』というのを聞いている。だから流しの犯行の線が強い。殺された日に新しくきた客というのもいないし、被害者がトラブルを抱えていたという話もなかった。それで捜査が難航したんだ」

「ふーん。九年前のそんな事件をなんで調べている」

「そのママというのは、昔、大城のキャバレーにつとめておった。客の県会議員といい仲になって、店を辞め、囲われておったんだ。だが旦那にはずいぶん前に死なれ、もらった金でスナックを開いておった。旦那とのあいだに子供をひとりもうけていた。娘だ。けっこうな金をもらったらしく、その娘をアメリカに留学させたといばっていた。ところがその娘は、留学中に男とひっつき、あげくに大学を中退して子供を産んだ」

バーテンダーが眉根を吊りあげた。

「安さん、それって」

安河内はハイボールをまたすすり、頷いた。

「あの干場のおっ母さんだ。スナックのママのほうは、せっかく留学させたのが、わけのわからん男とくっついて、あげくに子供まで産んでと怒り狂ったらしい。それで一時的に親子の縁が切れ、次に連絡が取れたのは、娘がアメリカで強盗に撃たれて死んだという知らせだったらしい」

「じゃあ母娘二代で、強盗に殺されたのか。海の向こうとこっちで。憐れだな」

バーテンダーは息を吐いた。

「憐れというより妙じゃあ、ないか。強盗に殺される人間は、そりゃ何人もいるだろうが、親子そろってというのは」

バーテンダーは安河内を見つめた。

「娘のほうの犯人もつかまっていないのか」

安河内は首をふった。

「そりゃわからん。おっ母さんのほうは、娘がアメリカで死んだと聞いて、いっときがっくりきていたらしい。孫についちゃ、相手の男が憎かったらしく、一度も会ってない、と店の客には話していたそうだ」

「なんだか変な話だね」

バーテンダーが安河内のグラスにウイスキーと炭酸を足していった。

「実はその事件のときあたしは県警本部にいてね。捜査の協力に駆りだされたんだ」

「えっ。安さんはずっと山岬署だと思ってたよ」

「いやいや。同じ署に三十年なんていられない。嫁はこの土地でもらって、家も建てたが、八年前までは、県内のいろんな署を転々としておったよ。通えるところなら、家から通ったが、そうでないときは官舎に住んだ。八年前、嫁が癌だというのがわかったんで、山岬に戻してもらったんだ。助からないのなら、生まれ育った土地でいかしてやろうと思ってな」

バーテンダーは深々と頷いた。

「あの干場は、自分のばあさんのことを知らんようだったな」

「安さんは、殺されたスナックのママが、先代の殿さまの妾だったというのを知っていたのか」

「ああ。だが九年前といや、先代が亡くなって三十年以上たっておったし、逆に殿さまはぴんぴんしておった。いちおう、洋子を通して殿さまのアリバイを確認したが、殿さまは自分の親父の妾が大城でスナックをやっておったことすら知らなかったらしい。死んだと聞いて、びっくりしていたそうだ」

安河内は答えた。

「安さん」

バーテンダーがいった。目が、開け放った扉の向こうを示している。

飲み屋街の路地に、干場の大きな姿があった。

11

スナック「令子」の扉を干場は押した。内側に小さなベルがとりつけられていて、チリンという涼しげな音がした。

店内は思ったより広く、カウンターの他に、四人がけと六人がけのボックスがふたつある。客は誰もいない。

「いらっしゃいませ」

カウンターの中にいた女がいった。背が高い。百七十センチ近くはあるだろう。ストレートのロングヘアーを中心から分け、両肩にたらしている。くっきりとした顔立ちは浅黒く、どこかラテン系の外国人の血が混じっているようにも見える。

従業員の姿は他には見えなかった。〝大ママ〟は、まだ出勤していないようだ。

「どうぞ」

女がうながし、千場はカウンターに並んだストゥールのひとつに腰をおろした。女の声はわずかにかすれている。

「初めて、ですね」

小首を傾げるように、女は訊ねた。千場は頷いた。

「何を召し上がります？　うちは四千円で、何をどれだけ飲まれても、飲み放題なんです」

「そうなんだ。じゃ、ビールを」

「はい」

女は頷いて、冷蔵庫からビールの中ビンをだした。冷やしておいたビアタンブラーをおき、栓を抜いたビンからビールを注ぐ。細長い指に、シルバーのデザインリングがいくつもはまっている。着ているのは襟ぐりの深い、黒のワンピースで、顔立ちのせいもあり、日本人離れした雰囲気を漂わせていた。年齢は、千場の少し上くらい、三十前半のどこかだ。

「すいません。いつもなら大ママの作ったお通しをおだしするのですけれど、今日はちょっと遅れていて」

女はいって、ナッツを小皿に入れ、カウンターにおいた。千場は無言で首をふり、ビールを口に運んだ。

「ああ、うまい」

「まだ昼間は暑いですからね」

女は口もとに笑みを浮かべていった。干場も笑い返し、いった。

「どこからきた、とか訊かないんだ」

「え？」

女は再び小首を傾げた。

「この町の人と話すと、俺が地元の人間じゃないとわかるみたいで、皆、どこからきた、とか、旅行か、とか訊く。あ、金よこせというのもあった。だけどあなたは、何も訊かないな」

女はかすれた笑い声をたてた。

「土地の人じゃないのは、ひと目見てわかります。こんな大きい人なら、目立つでしょう。だけど、いろいろ訊くのも失礼じゃないですか。ましてお金をよこせ、なんて」

「いった奴とは仲よくなった。お金は払わなかったけど」

「当てましょうか。ズボンをずりおろした、坊主頭の高校生でしょう」

「大当たり」

「シンゴね」

「あなたの姪《めい》もいっしょだった。あなたのことをすごくおっかないといっていた」

女は鼻先で笑った。

「遊びたい盛りなの。遊ぶのは別にかまわないけれど、けじめは、ね」

すごみのある笑いだった。

「なるほど、おっかなそうだ」

女は首をふった。

「叱るのは姪だから。だいの大人を叱るようなことはしません」

「令子さん、だよね」

女は頷いた。干場は口調を改めた。

「干場といいます」

「あなたが――」

令子は大きな目をさらにみひらいた。

「大ママから話を聞きました。というか、お墓参りにいった大ママが興奮して帰ってきて、あれこれ話すものだから、お通しの仕度が遅くなっちゃったの」

「そうだったんだ。申しわけない」

干場は頭を下げた。

「いいえ。殿さまの甥ごさんというから、どんな人だろうと思っていたわ」

「似てますか」

干場は正面から令子を見つめた。令子が見返した。

「殿さまに？」

「そう。会ったことあるよね」

「何度も。あたしと姉さんを、けっこうかわいがってくれたから。そうね……」

令子はそれが癖なのか、首を傾げ、干場の顔に見入った。干場はつぶやいた。

「でっかい目だな。俺が映っているのが見えるよ」

「子供の頃の渾名《あだな》は『目玉』よ」

瞬きもせず、干場の顔を見つめながら令子は答えた。

「『目玉』はひどい」

「でしょ。妖怪みたい。あたしの覚えている殿さまは、背が高くて細い人。家の中でもいつもきちんとした格好をしてた。ネクタイはしないけど、背広を着てて、英国紳士みたいだった」

「俺とは似ても似つかないな」

「そうね。似ているのは、背が高いところくらい」

干場はふっと笑った。

「親戚の方を捜しにいらしたのでしょう」

視線を外し、令子はいった。

「そう。だけど駄目みたいだ。もしかしたら、俺のお袋やそのまたおっ母さんのことを知っている人に会えるかもしれないと思ってたけど」

令子は息を吐いた。

「殿さまは特別な人だったから。たぶん、亡くなる前の何年かなんて、大ママやあたしたち以外とは口もきいてなかったのじゃないかしら」

「山の上のお寺で聞いたのだけど、突然死んじゃったんだって？」

令子は一瞬干場を見やり、目をそらした。

「そう。心臓が悪かったなんて話、聞いてなかったのに」

「あなたもそのときはここにいたんだ」

「ええ。殿さまが亡くなる前の年に、山岬に戻ってきたの。大ママと同じ。夢を見て都会にでてって、夢がさめて帰ってきた」

「いいところだね」

干場がいうと、令子は冷ややかな笑みを浮かべた。

「本当にそう思ってる？」

「思ってるよ。それにおもしろいところでもある」

「おもしろい？」

「山の上のお坊さんがいってたけど、怪しい人間もいっぱいいる。今朝も、よくわかんない奴が俺の泊まっている旅館にやってきて、叩き起こされた」

「よくわかんない奴って？」

「茶色の顔をした小さなおっさん。妙にていねいな喋り方はするんだけど、腹の中で何を考えているかがまるっきりわからない」

「誰かしら」

令子はつぶやいた。

「誰か偉い人の代理だ、みたいなことをいってた。俺に何の用事があるのかもいわないんだ」

「そりゃ、皆んな話したいでしょう」

令子はくすっと笑った。

「なぜ」

「殿さまの親戚が現われたのだもの」

「いろんな人にそういわれるけど、実感はまるでないよ。会ったことはないし、住んでいた家もなくなっちゃっている。今日、お墓を見て初めて、ああ本当にいた人なんだなと思ったくらいだ」

干場はグラスを干した。令子はそれにビールを注いだ。

「そうね、考えてみれば、殿さまがこの町にいた証拠は、もうお墓しか残ってない。何もかも、町のものになってしまったから」

扉が開いた。大きな紙袋をさげた洋子が立っていた。干場に気づくと目をみはる。

「あら」

「昼間はどうも」

干場は立ちあがり、洋子の手から紙袋をとると、カウンターごしに令子に渡した。

「もうきてたの。だったら話が早いわね。令子、聞いた?」

洋子の問いに令子は頷いた。

「うん。びっくりしたわ」

受けとった紙袋から料理の詰まったプラスチックケースをとりだしながら、令子は答えた。ポテトサラダ、インゲンのおひたしなどが小鉢に移しかえられ、干場の前に並んだ。

ポテトサラダをひと口食べ、

「うん、うまい」

干場は顔をほころばせた。

「晩ご飯、食べたの」

洋子が訊ねた。

「いや、まだ」

「そんな大きな体しているのだから、これっぱかりじゃ足りないでしょう。令子、もっとだしてあげな」

サラダ、おひたしにつづいて、揚げシュウマイがカウンターにおかれた。干場はひとつひとつに、うまいを連発しながら食べていった。

洋子は昼間とちがって、ニットのロングスカートを着けていた。エプロンをその上にさげる。

「お店は二人でやっているのですか」

「ふだんはね。週末とかは手伝いの子を頼むこともあるけど」

洋子が答えた。カウンターの中に入ると、令子と並んで立った。

「あのう、俺の母親のことなんですけど」

干場はいって、令子を見た。

「裕美さんね」

洋子はインスタントコーヒーをいれたカップにポットの湯を注いで答えた。

「お袋のお母さん、つまり俺にとっておばあちゃんにあたる人について、何かご存知ですか」

コーヒーをスプーンでかきまぜていた洋子の手が止まった。

「知らないの？」

「何を、ですか」

「九年前に亡くなった」

千場は無言で洋子を見つめた。洋子はコーヒーをすすり、片手をカウンターにおいた。

「病気ですか」

洋子はカップをおいて首をふった。エプロンのポケットから細長い煙草の箱をだすと、一本抜いて火をつける。

「おばあさんはスナックをやってたの」

「山岬で？」

「いいえ。大城よ。山岬に住んだことは一度もなかったと思う。大城のキャバレーにいたときに、先代、つまりあなたのおじいさんと知りあって、裕美さんを産んだ。おばあさんの名前は確か――」

「和枝《かずえ》さん」

令子が助け舟をだした。

「そうそう、和枝さんといった。先代が亡くなるまでは、キャバレーを辞めたあとずっと働いていなかったのだけれど、亡くなってからスナックをだしたの。ずっと大城でお店をやっていたのだけれど、九年前の十二月に……」

いい淀《よど》んだ。

「お店で死んでいるのが見つかった。店の売り上げがなくなっていて、警察は強盗だろうと――」

干場は首をふった。

「ひでえな」

つぶやいた。

「犯人はまだつかまっていないわ。警察は、殿さまのところにも話を聞きにきた」

「そうだったんだ」

さすがに干場も口数が少なくなっていた。

「そういえば昼間、裕美さんも強盗に撃たれて亡くなった、といってたわね」

洋子が干場を見た。令子は無言で目をみひらいた。

「ええ」

干場は頷いた。

「犯人はつかまった？」

令子が訊ねた。

「つかまった。まだ十七歳の子供だった。ジャンキーでクスリ代欲しさに、お袋を襲ったんだ」

「ひどい」

干場はビールをあおった。

「参るな。ばあちゃんまで強盗に殺されていたなんて」

洋子は無言で頷いた。

「その和枝さんには、お袋以外の子供はいなかったんですか」

「たぶん、いなかったと思うわ。あたしは殿さまのかわりにお葬式にでたの。殿さまも和枝さんと何度も会ったわけじゃないけれど、自分と腹ちがいの妹を産んだ人だからと、あたしにお香典をもっていかせたのよ。でも和枝さんは身寄りがいなくて、お葬式はお店の従業員の人たちがだしてた。だから……」

干場は小さく頷いた。令子がビールをグラスに注いだ。

「寂しいわね」

「寂しいっていうか。まあ、一度も会ったことのない人だから何ともいいようがないのだけれど」

干場はつぶやいた。

「それでも身内でしょ。会いたいと思うのは当然よ」

令子の言葉に力なく頷いた。

「誰かしら、お袋のことを知っている人には会えるだろう、と思っていたのだけれど、どうやら無理みたいだな」

「そうね。裕美さんに会ったことがある人は、この町にはいないだろうね」

洋子がいうと、令子が訊ねた。

「大ママも会ったことないの？」

「あたしが殿さまのお世話をさせていただくようになる前は、裕美さんは和枝さんに連れられてきたことがあるって聞いた。もちろん、先代の奥さまが亡くなられたあとの話よ。あたしの前に殿さまのお世話をしていたキヨさんが話してた」

「その人の話はお坊さんから聞きました。もう亡くなっているのですよね」

洋子は頷いた。

「キヨさんが亡くなったのが、もう三十年も前だから、裕美さんが連れてこられたのは、四十年以上前ね」

「お袋がまだ十歳かそこらですね」

干場はつぶやいた。

「あなた、いくつ？」

「俺ですか。ちょうど三十です」

「すると裕美さんはいくつであなたを産んだの？」

「二十でした。留学でニューヨークにきて、ミュージシャンだった親父と知りあい、できちゃったみたいです。アメリカは人工中絶に厳しくて、それが理由じゃないのでしょうけど、お袋はアメリカで俺を産んだんです。そのせいでおばあちゃんとは絶縁状態だっていっていました」

「じゃあお母さんが亡くなったとき干場さんは——」

令子がいうと、干場は苦笑した。

「十五歳だった。お袋が死んだんで、俺は横浜の親父の親戚に預けられた。高校は日本の学校にいき、大学からまたアメリカに戻った。ずっとアメフトをやっていて、アメリカのほうが本場だからね」

「お父さんはお元気なの?」

「二年前に癌で死んだよ。アメリカにずっといた。あとでわかったのだけれど、親父はお袋と戸籍上では夫婦じゃなかった。アメリカ人の女性とすでに結婚していたんだ。離婚すると莫大《ばくだい》な慰謝料をふんだくられるものだから、別居していたんだ。だから俺はお袋の戸籍に入っていた」

「先代は裕美さんを認知して、戸籍にも入れていた。だからあなたは干場姓を名乗れるのよ」

洋子がいった。

「俺は、亡くなる直前に初めて、親父から山岬のことを聞かされたんです。お袋はあまり、自分の育った家のことを話してくれませんでしたから。こっちにきて、ようやく理由がわかりました」

「先代が亡くなったとき、和枝さんにはそれなりのお金を渡したと、キヨさんがいっていたわ。それで裕美さんをアメリカに留学させたのね」

「お父さんは、お母さんと山岬の関係をどう話したの？」

令子が訊ねた。

「お袋の出身は大城だけど、実家はもう少し南の山岬ってとこにある。だからいけば、親戚がいる筈《はず》だ、と」

「それだけ？」

干場は頷いた。

「そう。だから俺は何にもわからずに、ここにきたんだ」

「でも今は、あなたが唯一の干場家の人間よ」

洋子がいった。

干場は首をふった。

「唯一といったって、家も何も残ってない」

「とり返せばいいのよ」

「えっ」

そのとき、チリンという音とともに店の扉が開き、そちらを見やった令子が眉をひそめた。

「おーい、ママ。今日も美人だなあ」

大声でいって、でっぷりと太った男が入ってきた。あとから三人がつづいた。中のひとりは、きのうシンゴをいたぶっていた、チンピラの松本だった。

「いらっしゃいませ」

冷ややかな声で令子がいった。カウンターをくぐり、ボックス席に四人を案内する。

「どうぞ、こちらへ」

「いいよ、いいよ。俺だってたまにはカウンターで飲むから」

太った男がいうと、令子は首をふった。

「駄目ですよ。親分をカウンターなんかで飲ませたら罰があたります。それに他のお客さんがまだいらっしゃいますから」

「他の客ぅ?」

男はいって、カウンターの方角を見やった。

「ひとりだけじゃないか」

「予約が入っています」

「こんな店に予約してくる客がいるんすか」

素っ頓狂な声を松本がだした。とたんに別のチンピラがいった。

「おい、気をつけてものをいえよ。令子ママはいずれ、山岬一のクラブのママになる方だ」

「そうそう。ねえ、ママ」

太った男がいうと、令子は首をふった。

「いいえ。わたしはここで充分満足してます」

「そんなことというなって。でっかい店を作ろうよ。隣の婆さんさえいなくなれば、ここに超高級クラブを建てられる」

太った男は令子の手を握りしめ、顔をのぞきこんだ。

洋子がそっとため息を吐いた。小声で干場にいった。

「あなたのことがわかったら、あいつら、うるさいから。なるべく静かにしているのよ」

ボトルラックから、ウイスキーのビンをとりだし、令子のつくテーブルに運んでいった。

干場はようすをうかがった。太った男が岬組の組長のようだ。すでにアルコールが入っているのか赤ら顔で、令子の手を握りしめてヤニ下がっている。

洋子がボトルとアイスペールを届けると、組長の手をさりげなく外した令子は水割りを作り始めた。

「あれっ」

松本が声をたてた。立ちあがり、カウンターに歩みよってくる。

「お前、きのうシンゴといっしょにいたよなあ」

千場の顔をにらんだ。千場は無言だった。

「何とかいえよ、こら」

「おい」

組長がうってかわって恐い声をだした。

「他のお客さんに迷惑かけんじゃねえ」

松本はふりかえり、頭に手をあてた。

「すんません」

「黙って飲んでろ」

「すんませんでした」

松本はぺこぺこと組長にあやまり、ボックスに戻った。

カウンターに戻ってきた洋子が千場に告げた。

「もう、いきなさい」

「でも――」

干場が令子のほうを気にすると、かぶりをふった。

「大丈夫。あの親分を令子は手なずけてるから」

「そうなんですか」

洋子はにやりと笑った。さらに声を低めていう。

「令子は昔、銀座のクラブにいたのよ。あんな田舎やくざ、赤ん坊の手をひねるようなものだわ」

「わかりました」

干場は頷き、腰をあげた。

「じゃあ、ご馳走さまでした」

「あら、お帰り？」

令子が立ちあがった。干場に歩みよってくると小声でいった。

「またゆっくりきてね。あいつらがいないときに」

「あの、お勘定を」

「つけとく。今度ゆっくり話を聞かせて」

干場の目をのぞきこみ、いった。干場は瞬きした。大きな瞳が、意味深にみひらかれていたからだ。

「すいません。じゃあ、お言葉に甘えます」

干場はいって頭を下げ、扉に向かいかけた。

「おう、兄さん」

声がかけられた。岬組の組長だった。干場はふりかえった。

「俺ですか」

「そうよ。あんた、いい体してるな。どっかの船に乗ってるのか」

ボックス席にふんぞりかえりながら、組長は訊ねた。干場は首をふった。

「いいえ」

「松本もいい体だが、ちょっとぶよぶよだ」

「すんません」

松本が頭をかいた。あとの二人が笑い声をたてた。

「あんたはがっちりしてて、力もありそうだ。仕事、何やってる?」

「無職です」

干場はいった。

「もったいない。いい若い者が。こっちの人間なのか」

干場は一瞬、沈黙し、

「大城です」

と答えた。

「海が好きなんで、ぶらっときてて」

「じゃ、なんでシンゴを知ってんだよ」

松本がいった。

「釣りを教えてもらう約束になっていて」

干場が答えると、ふん、と松本は鼻を鳴らした。

「釣りだと。どうせ、セコい小魚でも釣って喜んでいるんだろうが」

「あら、小魚、おいしいじゃない。ねえ、親分」

令子がいうと、とたんに組長は相好を崩した。

「そうそう。カルシウムをちゃんととらんとな。松本みたいに、トルエン吸いすぎで歯が溶けてる奴は、特に大切だぞ」

「すんません」

松本はまた頭をかいた。徹底して上に弱く、下に強いタイプのようだ。

「小魚釣れたら、お店にもってきてよ」

洋子がいった。

「アジなら南蛮漬けにするから」

干場は笑みを浮かべた。

「釣れたら。なにせ、一度もやったことがないんで。それじゃ」

組長に頭を下げた。店の扉を押して外にでる。

息を吐き、あたりを見回した。バー「伊東」が斜め向かいにあった。カウンターに安河内の姿が見える。

そちらに向け、歩きだしたとき、背後の扉が開いた。

「おい」

松本だった。

「そう何度もとぼけられると思うなよ」

早くも酔っているのか、顔が赤らみ、目が光っている。

「何の話だい」

干場は静かに訊き返した。

「とぼけるんじゃねえ。きのうの晩も、俺が兄貴に呼ばれているあいだにばっくれやがって。今日もうまく逃げられると思ったのか、え、この野郎」

松本は腕をのばし、干場の襟首をつかんだ。引きよせたが、干場のほうが高いので、自然、額を上げてにらみつける格好になる。

「やめたほうがいいぞ」

干場はいった。

「こんなところで暴れたら、親分に叱られる」

「うるせえ！　こっちこい」

干場をひきずろうとした。が、びくともしなかった。それどころか、干場が松本の手首をつかむと、簡単に外れてしまう。

松本は目を丸くした。

「やめとけって」

干場はささやいた。

「何だ、この野郎」

松本は干場の手をふりほどくと、拳をふるった。がつっと鈍い音がした。干場の頬に命中したのだ。

松本はにやりとした。

「これで終わりだと思うなよ。両手両足へし折って、海ん中叩きこんでやっからよ」

干場は首をふった。

「あんたには無理だ」

「やかましい。こっちへこい」

干場はバー「伊東」をふりかえった。安河内はそしらぬ顔をしていた。

干場は舌打ちした。

「食えないおっさんだな」

松本にひかれるまま、路地裏へと入っていった。

12

「安さん、いいのかい」

バーテンダーが訊ねた。

「何が、だ？」

安河内は新しい煙草に火をつけた。

「あの兄さんだよ。連れてったデブは、岬組のチンピラだ。子供の頃、シンナーを吸いすぎちゃって、頭のネジが外れてるって評判の奴だろうが」

「大丈夫だろう。あの体だ。一発や二発ぶたれたって、びくともしないさ」

「そんなことといって。刑事のくせにのんきだな」

「うん？　刑事てのは、事件が起きるまでは何もできないんだ。あの兄ちゃんがアザでもこしらえて、松本にやられましたって駆けこんでくりゃ、あたしの仕事になる」

「そういうもんかね」

「そういうもんだよ。あ、おかわり」

安河内は空のグラスをさしだした。バーテンダーは首をふって、ウイスキーとソーダを注ぎ足した。

「それにしても、けっこう話しこんどったようだな。洋子があとから入っていったから、干場の人間だってことを明かしたのだろうな」

安河内はつぶやいた。

「そりゃ明かすだろうさ。きのうのようすじゃ、あの兄さんは身寄りに会いたがっているみたいじゃないか。けど、この町にはひとりもいない。せめて殿さまと一番近かった洋子は話してやんなきゃ」

「そうかな」

安河内がいったので、バーテンダーはその顔を見なおした。

「話しちゃまずいことでもあるのかい」

「洋子は正直だからな。いわなくていいことをいうかもしれん」

「いわなくていいこと？」

「あれだけ殿さまにべったりだったんだ。遺産を全部、市にもっていかれた日には、恨みごとのひとつもいいたいだろう。それどころかあの兄さんにとり分を返してもらえとたきつけるかもしれん」

「安さんだって同じことをいってたじゃないか」

「あたしはやれとはいってない。本当に本人がいう通りの人間なら、それができる、といっただけだ」

バーテンダーは安河内を見つめた。

「疑っているのかね」

「それが商売だからな」

「あの兄さんが偽もので、殿さまの遺産めあてで名乗りでたと？　もしそうなら、もっと騒いでもいいだろうが」

「騒いだら逆にいろいろと調べられる。申告通りの人間なのかどうか、な。周りが騒ぐように仕向ければ、別の実入りがある」

「別の実入り？」

「なにがしかの銭を包んで、これで目をつむってくれ、というかもしれん」

「誰が」

安河内はにやりと笑った。

「それを見たいと思ってるのさ」

13

干場が連れていかれたのは、線路沿いの空き地だった。明りといえば、県道に立つ水銀灯くらいで、少し離れれば顔の輪郭もぼやけてしまうほど暗い。

松本はよくこの空き地を〝利用〟しているようだった。

「よう、土下座すんなら今のうちだぜ。お前のことボコボコにして、その線路にほうり投げときゃ、電車がばらばらにすんだろうよ」

溶けた歯を見せて笑った。千場はあたりを見回し、ため息を吐いた。

「あんたずっとやりたい放題だったのだろうな」

「なに？」

松本はきょとんとした。

「この田舎にいっこだけしかない組の人間で、乱暴者だと怖がられてたのだろう」

「何いってやがる」

「そこへトランスリゾートができてきたんでおもしろくない。あの会社の上のほうの人も、それっぽいものな。怖がるのは俺たちだけにしろって、むかついているのだろう」

「ワケのわからねえことといってんじゃねえぞ、こらっ」

松本は千場めがけて拳をつきだした。が、それは当たらなかった。

「暗いからな。ちゃんと狙わないと当たらないぜ」

「この野郎！」

松本は千場めがけて突進した。が、千場は体に似合わない敏捷《びんしょう》さを見せて、とびのいた。勢いあまった松本は足をもつれさせ、地面に両手をついた。

「ほら、今度はつまずいちまったか。ちゃんと足もと見ないと危ないぜ」

体を起こした松本は干場をつかもうと両手をのばした。が、大またで後退した干場に、あと一歩のところで届かない。

「逃げんじゃねえ！」

松本は金切り声をあげた。

「逃げる？　誰が。早くつかまえろよ」

干場はいって、両手を広げた。だが松本がとびかかると、すばやい足さばきでま横にステップした。松本は再び地面に倒れこんだ。

「ごめん、ごめん。俺、アメフトやってたからさ、タックルされそうになるとついとびのいちゃうんだよな」

立ちあがった松本は肩で息をしていた。

「こ、殺す。動くなよ、殺してやっからよ」

干場はにやりと笑って、腰を落とし、身がまえた。

「なんか、学生時代を思いだすな。タックルくるぞって感じで」

「このう」

松本は干場めがけてつっこんでいった。次の瞬間、鈍い音とともに弾きとばされる。

太った体が二メートル近くも後方にふっとび、地響きをたてて転がった。

　干場は腰をのばすと、小首を傾げた。

「やっぱり、やってない人間には難しいか」

　松本はうずくまったまま答えなかった。干場は歩みよった。

　松本はぽかんと口を開け、干場を見ていた。何が起こったのか理解していないようだ。

　わずかにもがいたが、

「いってえ」

　悲鳴をあげた。

「たぶん骨まではいってないだろうけど、どっかを捻挫したかもしれないな」

　干場は明るい口調でいった。

「な、何だと。このや、い、いてて……」

　起きあがろうとして、松本は再び悲鳴をあげた。

　それを見おろし、干場はいった。

「あんたにひとつ頼みがある」

「ふざけんな、この――」

　松本の言葉が止まったのは、その胸に干場が片足をかけたからだった。

「人間のアバラって、意外ともろいんだぜ。この方向からふん、と力を入れると、あっさり折れる。折れるだけならいいけど、角度が悪いと肺に刺さる。そうなると痛いだけじゃすまない」

「何いってんだ、お前……」

松本の声が小さくなった。千場は松本に乗せた右足に体重をかけた。松本は、うっと息を詰まらせた。

「聞いてくれるかな、松本くん」

「な、何だよ」

「俺はこの町にきたばかりで友だちが少ないんだ。あ、友だちになってくれっていうわけじゃないから大丈夫だよ。いっしょに遊ぶには、あんたはちょっと重すぎる」

「手前——う、ううっ。わかった、わかった……」

千場が力を抜くと、松本はほっと息を吐いた。

「俺の友だちってのはシンゴなんだ。でもあんたはシンゴにやさしくない。これからやさしくしてやってほしいな。どう？　してくれるかな」

「ワケわかんねえ」

「そうかい？」

松本はぎゃっと叫んだ。千場は片手を耳にあてた。

「今、めきってていわなかった？　気のせいかな。もしかしたら、あんたのアバラ、折れたかもしれない」

「やめろ」

「なあに?」

「やめて下さい」

松本の声がさらに小さくなった。

「勘弁して」

「じゃ、俺の頼み、聞いてくれる?」

「シンゴにかまわなきゃいいんだろ」

ぜえぜえと喉を鳴らしながら、松本はいった。

「そういうこと。約束だよ、松本くん」

「わかった、わかりました」

「うん。それと、今度会ったら、こんにちはっていおう。こうして原っぱで楽しく遊んだ仲だものね」

「ふざけんなよ、兄貴にいって――うっ、ああっ、やめてやめて、本当に折れる。ご免なさい。何もいいません、許して下さい!」

「オッケー。それじゃ」

干場は足を外した。松本はその場で体を丸め、咳《せき》こんだ。

「しばらくじっとしていたほうがいいよ。蚊には刺されるかもしれないけど」

干場はいって、背を向けた。そこへ山岬駅いきの下り電車がやってきた。車窓から洩《も》れる明りが、青ざめた松本の顔を照らしだす。びっしょりと汗をかき、がたがたと震えていた。

14

「ひどいですね。わざと見逃したでしょう」

バー「伊東」に入ってくるなり、干場は安河内にいった。無事な干場の姿を見たとたん、安河内がにやりとバーテンダーに笑いかけるのを干場は見ていた。

「うん？　何の話かね」

安河内はとぼけた声でいった。

「俺があのチンピラに連れていかれたのに、知らんふりをした」

干場はいって、ストゥールに腰をおろした。

バーテンダーはにっこり笑って、

「何を飲むかね」

と訊ねた。

「安河内さんの奢りでビールをもらいます」

バーテンダーは笑い声をたてた。

「そりゃあいい」

冷蔵庫から中ビンをだすと栓を抜いた。それを見て、安河内は渋い顔になった。

「まだ奢るとはいっとらん」

「ケチくさいことといいなさんな、安さん」

バーテンダーは答え、グラスを干場の前におくと、ビールを注いだ。それをひと息で飲み干し、

「ああ、うまい！」

干場はいった。安河内は横目でにらんだ。

「あの松本はどうした」

「裏の原っぱで涼んでいますよ。かなり汗をかいたから」

「ぶちのめしたのか」

「俺が？　ひどいな。そんな乱暴するわけないでしょう」

「だったら見てこよう」

「安河内さん、俺より、あのチンピラのほうを心配するんですか」

「別にそうじゃないが。もし怪我をさせておったら傷害だ。お前さんを逮捕しなけりゃ

ならん」

安河内は平然といった。

「それが狙いですか」

「何の話だ」

「わざと俺をつかまえて、いろいろ調べるつもりだった」

安河内は驚いたように干場を見た。

「もし俺が怪我をしたらしたで、被害届をだせっていったのじゃないですか」

干場はその目を見返し、いった。

「お前さん、ずいぶん知恵が回るな」

「何となく、そんな気がしたんです」

再びグラスのビールを一気飲みして干場は答えた。

そのとき、のろのろと松本が歩いてくるのが、開け放ったバー「伊東」の扉の向こうに見えた。頬に土がついているが、目立つような怪我はしていない。片手を腰、片手を胸にあて、まるで年寄りのように歩いている。バー「伊東」の中の目には気づかず、「令子」の扉を押して消えた。

干場は嬉しそうに安河内を見た。

「ほら、大丈夫そうだ」

安河内はますます渋面になり、息を吐いた。

「俺がアメフトやってたっていったら、タックルを教えろっていってきたんですよ。でも素人ですからね。俺のほうからしたんじゃ怪我をさせてしまうかもしれない。それで松本くんにやってごらん、と」

「たいしたもんだな。さすが本場でやってただけのことはある」

バーテンダーが感心したようにいった。

「向こうには、あれくらいのでぶがいっぱいいるのだろうね」

干場は首をふった。

「もっとごついですよ。体重が倍近くあって、それもほとんど筋肉みたいな奴らですから、いくらプロテクターをつけてたって、そんなのが突進してきた日には、小便ちびりそうになる」

「じゃ、あんなのは目じゃないってことかね」

「まあ、そうかな」

のんきに干場が答えると、安河内がいった。

「いい気になっていると痛い思いをするぞ。あんたがいくら鍛えた体をしとっても、刃物で刺されたらどうにもならん」

干場の顔から笑みが消えた。

「俺のばあさんて人は、刺し殺されたんですか」

安河内は干場をじっと見た。

「聞いたのか、洋子から」

干場は頷いた。

「犯人はまだつかまってないそうですね」

安河内は頷き、立ちあがった。バー「伊東」の開け放してあった扉に手をかけ、

「いいかね」

とバーテンダーに訊ねた。

バーテンダーは無言で頷いた。安河内は扉を閉めた。干場の隣に戻るといった。

「外まで聞こえていい話じゃないからな」

「詳しいことを知っているんですか」

干場は訊ねた。

「あの頃は、大城の本部におったからな」

「安さんは担当していたらしい」

バーテンダーがいった。干場は無言で目をみひらき、安河内を見つめた。

「担当といっても、強盗殺人のような大きな事件ともなれば、一度に何十人もの捜査員が注ぎこまれる。その中のひとりだったにすぎんよ」

「聞かせて下さい」

干場は居ずまいを正していった。

「その前に。あんた、自分の身分を証明できるものを何かもっとるか」

安河内が訊ねた。

「身分を証明できるもの、ですか」

「ああ。免許証でもパスポートでもかまわん」

干場は首をふった。

「免許証は日本のものはもってません。パスポートもアメリカの免許証といっしょに横浜の親戚の家においてきちゃいました」

「何もないのか。あんたが干場功一だと証明するものが」

「ええ。ありません」

あっけらかんと干場は答えた。

「お袋の実家を訪ねるのに、そんなものが必要になるとは考えもしませんでしたから。きっと誰かしら、俺について知ってる人がいるだろうと思ってたし」

安河内は唸り声をたてた。バーテンダーがとりなした。

「しょうがないじゃないか、安さん。この兄さんは、山岬がどうなっとるか、殿さまがどうしておるか、何ひとつ知らんできたのだから」

「それはそうだが、あんたが干場功一だというのを、自己申告以外で証明できるものが何もない、となるとな……」

「証明できないなら、話をしてもらうことはできないんですか」

干場がいうと、安河内は腕組みをした。

「そういうわけじゃない。事件のことは、当時の新聞にも載ったからな」

「話してやんなよ。この兄さんが犯人なわけはないのだから」

バーテンダーは新しいビールの栓を抜き、いった。

「こいつはあたしからの奢りだ。オン・ザ・ハウスって奴だね」

「ありがとうございます」

干場はグラスをもちあげた。安河内はあきれたようにバーテンダーを見やった。

「よほど気に入っとるようだな」

「そりゃそうだろう。空気が抜けてどんどんしなびてく風船みたいな山岬に、こんな威勢のいい兄さんが現われたんだ。この際、いろいろひっかき回してもらいたいもんだね」

にこにこと笑いながらバーテンダーが答える。安河内は組んでいた腕を解いた。

「しかたがない。事件が起こったのは、九年前の十二月十日だった。被害者は、桑原《くわばら》和枝、六十五歳。桑原和枝は二十一歳から二十三までの二年間、大城市内にあるキャバレ

―『キャッスル』につとめておった。そのとき客できた先代の干場伝衛門と知り合い、妊娠したのをきっかけに店を辞めた。翌年、干場裕美、あんたのおっ母さんを産む」

「今から五十年前ですね」

干場がいい、安河内は頷いた。

「そうだ。当時、先代の殿さまは県会議員をしておって、議会があるたびに大城にいき、それで桑原和枝と知り合った」

「お袋が生まれたとき、先代はいくつだったんですか」

「先代が亡くなったのが四十五年前で、そのとき六十だから、五十五かね」

バーテンダーが答えた。

「なるほど。それくらいの年なら、まだ充分子供を作れるな」

干場は頷いた。

「あんたのばあさん桑原和枝は、先代が亡くなるまでの五年は、何もしておらんかった。簡単にいえば、囲われておったわけだ。だが先代が亡くなったんで、生きていくためだろうが店を開いた。ちょうど今、令子がやっておるようなスナックを、大城の繁華街からちょっと離れた場所にだしたんだ。娘の裕美、つまりあんたのおっ母さんを留学させられるくらいの援助を、先代から受けとったのだろう。だからそんなに商売、商売、という風でもなかったようだ。だが結局そのスナックを三十五年もやることになる」

　干場は無言で頷いた。

「事件のあった日は、さほど客もきておらず、十二時少し前に、最後の客だった夫婦者が帰った。桑原和枝は、あと片づけは自分がやるから、と従業員を先に帰した。客の少なかった日は、そういうことが多かったようだ。ちなみに被害者の住居は店から歩いて五分ほどのアパートだった。翌日、出勤してきた従業員が、店内で刺し殺されている被害者を発見した。店においてあった包丁が凶器で、キッチンの床に落ちていた。売り上げ金を入れた財布と腕時計、それに指輪がなくなっており、強盗殺人の疑いで捜査本部が設けられたが、犯人はつかまっていない」

　言葉を切った安河内は干場を見た。

「あんたのおっ母さんだが――」

「十五年前だから、ばあさんの死ぬ六年前か、ニューヨークで強盗に撃たれて死にました。ちなみに犯人はつかまっています。クスリ代が欲しくてやった十七歳の子供でした」

　干場は無表情に答えた。

「そうか」

　安河内はつぶやいた。

「犯人の手がかりは何も残っていないのですか」

「犯行の状況から見て、流しの強盗の線が濃厚だった。当日を中心に、ふだんきたことのない客がいなかったか、あるいは常連で金に困っていた人間はいなかったかと調べを進めたが、めぼしい容疑者は挙がらなかった。ただ――」

「ただ？」

「犯行の五日前、開店直後に、初めてきた客がいたのを、従業員が覚えていた。だがその人物にはアリバイがあり、除外された」

「何だ」

バーテンダーがいった。

「安さんがただっていうから、思わず聞いちゃったじゃないか」

安河内はバーテンダーを見た。

「その人物は、山岬からきた、というのを従業員は聞いている。顔色の悪い、しなびた猿のような男だったそうだ」

干場ははっとしたように安河内を見た。

「安河内さん、俺、そいつ……」

安河内は頷いた。

「今朝、あんたのとこを訪ねてきた男がいたそうだな」

「只っていったかな。明日の朝もまたくるっていってた」

安河内は煙草をくわえた。

「只進《すすむ》、五十歳。関口建設の秘書課長だ。社長の関口の個人秘書で、うさんくさい交渉は全部任されている。ちなみに関口建設というのは、山岬唯一といっていい土建業者で、殿さまの屋敷を潰して、あの下らんマリーナを造った業者だ」

「じゃあ、あいつが俺に会わせようとしたのは、関口建設の社長か」

「おそらくな。あんたに会って何を話したいのかな」

「安さん、怪しいじゃないか」

バーテンダーがいった。

「確かに怪しい。九年前、只が何のために桑原和枝を訪ねたのか。当時あたしは訊きに、この山岬まできた。只の話では、市長がマリーナを建設するにあたって、適当な用地を探していた。この山岬で、地権者といえば、勝見先生か殿さまだ。だがどちらも土地を売る気はなさそうなので、もしかして桑原和枝が先代から土地を受けとっていないかを確認しにいったといっておった」

「なぜ只は、俺のばあさんのことを知っていたのですか」

「簡単だ。関口の死んだ叔父というのがやはり県会議員で、あんたのじいさんを『キャッスル』に連れていき、和枝とひきあわせた張本人だったからだ。だから先代の子供を和枝が産んだことも、関口は叔父から聞かされていた」

「その和枝さんは土地をもらっていたのか」

バーテンダーが訊ねると、安河内は首をふった。

「いや。先代が亡くなったときにまとまった金をもらっただけだそうだ」

「九年前の市長というのは？」

干場が訊ねた。

「今の市長だよ。前の市長が引退しておこなわれた選挙に初立候補し、当選したばかりのときだ。山岬を活性化する、という公約を掲げて。六年前、殿さまが亡くなると金を借り、屋敷跡にあのマリーナをぶっ建てた」

「あまりはやってるようには見えなかったな」

安河内は鼻を鳴らした。

「カモメしかおらんよ。あそこに船をおいているのは、関口と勝見先生、それに岬組組長の有本《ありもと》くらいのものだ」

「ますます怪しいじゃないか」

バーテンダーがいった。

「まあな。だがこの町で表だってその三人にケチをつける人間はおらん。長いこと、この三人が山岬を牛耳ってきたともいえる。あとは市長の西川くらいか。それがおかしなことになったのは、トランスリゾートが入りこんできてからだ」

「柳さんか」

干場はつぶやいた。

「知ってるか。柳は昼間は、観光ホテルにいる。専務として、ホテルの面倒もみているんだ」

「ふーん。そんなに偉い人なのか」

干場がいうと、安河内は横目で見た。

「偉いかどうかは、見かたいかんだ。観光ホテルは、経営が左前になったところで、関口の紹介した東京の金貸しに乗っとられた。その金貸しとつながっていたのがトランスリゾートだ。山岬に乗りこんできた柳は、従業員のほとんどはクビを切らずに残したが、ひどく横柄なものだ」

「あの人は山岬がかわるっていってた」

「どうかわるというんだ」

「垢抜けたリゾートになるって。別荘やリゾートマンションが建ち並び、東京から金持が遊びにくる町になる」

安河内は首をふった。

「どこからそんな開発費用がでるんだ。市はマリーナ建設費の利子負担だけで破綻寸前なんだ。これ以上逆さにしたって、鼻血もでやせん」

「トランスリゾートが出資するのじゃないのかい」

バーテンダーがいった。

「そのトランスリゾートというのが正体不明の会社だ。社長はまったく姿を現わさない。おそらく社長のうしろには別の人間がおるのだろうがな」

「別の人間？」

「ああ。そいつの正体を確かめたい、というのが、目下のあたしの願いなんだ。お前さんがいろいろ騒ぎを起こしてくれりゃあ、そいつがでてくるかもしれん。そうなると確かにおもしろくなる」

安河内はいって、煙草を吹かし、ハイボールをすすった。

15

干場が「みなと荘」に戻ってきたのは、十一時過ぎだった。シャワーを浴び、布団の上に大の字になる。だが昨夜のようには眠けが訪れなかった。

しばらくそうしていたが、やがて起きあがり布団の上にあぐらをかいた。

ドアがノックされた。

干場はふりかえり、腕時計をのぞいた。十二時まであと数分、という時間だ。ノックはひそやかで、朝、あの〝猿のミイラ〟こと只がしたのとはちがっている。

再び、小さくノックがあった。

「はい」

干場は立ちあがり、ドアに歩みよった。ノブをつかんで引く。とたんに目をみはった。

令子が立っていたのだ。

「令子さん」

「寝ちゃってた？」

小首を傾げ、令子はいった。わずかに酔っているのか、大きな目がきらきらと輝いている。

「いや。なんか寝つけなくて。でも令子さんこそ、どうして——」

「もっと話がしたいなって思ったの。ほら、いやな奴がきたからさ」

令子はいって、部屋の中をのぞきこむような仕草をした。

「入っていい？」

「え？　まあ。でも店のほうは？」

「早じまいしちゃった」

令子は舌をだした。

「えっと、じゃあ、着替えますんで、ちょっと待ってもらえますか。ここじゃ何もないんで外へいきましょう」

　ふふっと令子は笑った。

「外って、どこへいくの？」

「え？　うーん」

「『人魚姫』？」

「まさか」

「冗談よ。わかった。廊下で待ってる。海にでもいこ」

　令子はいってドアを閉めた。干場は浴衣を脱ぎ、Tシャツとジーンズを着けた。廊下にでると、待っていた令子とともに足音を忍ばせ、階段を降りた。帳場に人の姿はなかった。

　外にでると、二人は風の吹きつける海側へと歩きだした。

「久しぶりだわ。男の人と歩くのって」

　令子がいった。干場は令子の顔を見た。が、何もいわなかった。

「でも驚いた。殿さまの親戚が生きてるなんて思ってもいなかったから」

「迷惑でした？」

「とんでもない。こっちがいいわ」

　令子は答えて、道路ぎわの松林を抜ける小道へと誘った。「しんこう海水浴場」と書かれたアーチが掲げられている。その先から、かすかに海鳴りが聞こえた。

小道は初め土だったのが、じょじょに砂にかわった。やがて松林が切れ、正面に海が広がった。

夜目にも白い砂浜に、黒い海が迫り、砕けた波が浮かびあがる。

木製のベンチが、松林と砂浜の境に点々とおかれていた。外灯がかたわらに立っている。

「いいとこだな」

干場はつぶやいた。

「でしょう。子供の頃は、よくここで泳いだ。あんまり海からあがってこないものだから、『あんたウロコが生えてくるよ』って、大ママに叱られた」

令子はベンチに腰をおろし、大きく息を吐いた。海に目を向けていう。

「でも、もう何年も泳いでないな」

「もったいない。せっかくこんないい海水浴場もあるのに」

「ひとりじゃきたってつまんないもの」

「イクミやシンゴとくればいい」

「あたしがいっしょなんて絶対いやがるわ。うるさいお目付役だと思われているもの」

「おっ母さんより怖いといってた」

ふん、と令子は鼻を鳴らした。

「姉さんは〝家族〟に憧れてたの。ほら、あたしたちは大ママひとりに育てられたでしょう。旦那さんがいて、子供がいるっていう家庭を作りたくてしょうがなかったんだよね。だから早くに結婚した。そのぶん、ちゃんと娘を説教もできないのだから」

「大丈夫。そんなに悪い子じゃない。意外にしっかりしています」

「『人魚姫』でも会ったの?」

令子がいったので、干場は思わず、その顔を見つめた。

「知ってたのですか」

「こんな小さい町よ。わからないわけないじゃない。高校生のくせにホステスなんかやって。気がついてないのは、店の人くらいじゃない」

「そうなんだ。イクミは、おばちゃんにばれたら殺されるっていってました」

「いいわ。そう思っていれば、ホステスやってても、あんまりなめたことはできないでしょう」

令子はいって、目を細めた。吹きつけてくる風は湿っていたが、気持がよさそうだ。

長い髪が舞って、いい香りが漂った。

「なるほど。大ママがいった通りだ」

「何?」

「いや」

千場は首をふった。

「何よ」

「何でもないです。それより殿さまのことを話して下さい。どんな人だったんですか」

「そうね。年は離れてたけど、あたしや姉さんには、お父さんみたいだった。誕生日やクリスマスには、必ずプレゼントをくれた。大ママのことを、いろいろいう人がいたけど、ぜんぜん気にしてなかったし」

「善楽寺の和尚が、紹介したのは自分だっていってました」

「そうよ。和尚さんには、大ママもあたしたちも感謝してる。殿さまがいなかったら、母娘三人、のたれ死にしていたかもしれない」

「あのう、殿さまと大ママは、その……」

「男と女だったか？」

令子は千場の顔を見た。

「ええ。別に俺には、どうでもいいことなんだけど……」

「知らない」

そっけなく令子は答えた。

「実際はどうだったか、あたしも知らない。大ママもいわないし。人は皆んな、妾だみたいにいってたけど、でも二人ともひとり者だったのだから、自由でしょ」

　干場は息を吐き、頷いた。

「その通りだな」

「干場クンは独身？」

「え？　ええ。ひとりです」

「彼女は？　いるの」

「今はいません。アメリカにいたときつきあっていた子がいたけれど、日本に帰るんで別れちゃいました」

「アメリカ人の彼女？」

「中国系アメリカ人です」

「じゃ今はフリーなんだ」

「フリーもフリー。仕事もないくらいですから」

「そんなの、すぐ見つかるよ。山岬に住めば」

「ここに？　それこそ仕事なんかなさそうだけど」

「あなたが干場家の血をひく人だとわかったら、きっといろんな人が近づいてくる。自分のところで働いてくれないかって」

「なぜです」

令子はつかのま黙った。

「なぜかな」

ひとり言のようにつぶやいた。

「でもひとつだけいえることがある。あなたに近よってくる人は皆、心のどこかで、殿さまにやましい気持を感じているんだと思う」

「やましい気持？」

「そう。この町の半分は、もともと殿さまのものだった。なのに今は市のものになってる。そしてそれをうまくいかせていない。殿さまが遺言で寄付したのだとしても、こんなことになるのだったら寄付しなけりゃよかったと後悔するくらいに」

干場は息を吐いた。

「変なこと、訊いていいですか」

「なあに。あたしに彼氏はいないわよ」

「いや、そうじゃなくて」

「わかってるわよ。でも反応してよ。やった、とか」

令子は照れたように笑った。つられて干場も笑った。

「俺なんかがそんなこと……」

「馬鹿ね。女はみんな、大きな男が好きなのよ」

「初めて聞いたな」

「体の大きな男は、それだけで強くて心が広そうに見える。得してるのよ」

「そうか。自分のことを大きいってあまり思ったことがなかったんで」

令子は含み笑いをした。照れ笑いとは異なり、色っぽい笑いだった。

「で、変なことって何？」

干場は首をふった。

「いや、やめときます。大ママのことなんで、いずれ本人に直接、訊きます」

令子は目をみひらき、干場を見た。干場は無言で見返した。

「そうね。そのほうがいいわ」

令子が静かにいった。干場は頷いた。

「さて、と」

令子はいって立ちあがった。

「干場クン、明日もくる？」

「たぶん」

「じゃ、大ママにいっとく。きっと腕によりをかけてごはんを作るわよ」

「俺がいって迷惑じゃありませんか」

「ぜんぜん」

「岬組の人に何かいわれたりしません？」

「大丈夫」

「そうですか」

令子は真顔になった。

「干場クンこそ気をつけて」

干場は令子の顔を見なおした。

「あなたが干場家の最後の生き残りなのよ。きっといろんな人がいろんなことをいって近づいてくる。そしてそのうち……」

令子は口を閉じた。

「そのうち？」

干場はあとをうながした。令子は首をふった。

「わからない。でもきっとそのうち、この山岬がひっくりかえるような騒ぎが起こるかもしれない」

干場は微笑《ほほえ》んだ。

「それを期待している人もいる」

「誰？」

「安河内さん」

一瞬怪訝《けげん》そうな顔を令子はした。

「安河内……、ああ、あのさえない刑事さん」

「そう。でもかなりのタヌキ親爺《おやじ》ですよ」

「向かいのバーによくいる人ね」

「きっと寂しいんだと思いますよ」

「そういえば奥さんに先立たれたって話を聞いたことがあるわ」

「山岬の警察にもいろんな人がいるみたいだ」

「小さくたって皆んな同じ人が住んでいるわけじゃない。ずるい人もいればいい人もいるし、とんでもない悪者がいるかもしれない」

干場は無言で頷いた。

「どうしたの」

「今日、それをちょっと思いました。俺にとってのおばあさんが殺されてたってのを聞いて」

令子は不安げな顔になった。

「犯人はつかまってないのでしょう」

「ええ。でももしかしたら、手がかりが見つかるかもしれない」

干場はつぶやいた。

「どういうこと？」

「明日にでも、お店にいって話します」

腕時計をのぞき、干場はいった。

「もう今日は遅い」

令子は小さく頷いた。

「送っていきましょうか」

「大丈夫。家はここからすぐ近所だから」

令子は力強くいって、干場を見つめた。

「じゃ明日ね」

「はい、おやすみなさい」

「きっときてね」

令子はいうと、松林の道を歩きだした。その背を干場は見送った。

16

只が現われたのは、翌朝の午前九時だった。

「お約束通り、お迎えにあがりました」

猿のミイラは、今日もきっちりとスーツを着け、ネクタイをしめている。ジーンズにダンガリーのシャツを着た干場は、

「こっちも準備オーケーだ」

と答えた。

「みなと荘」の前に、濃紺のクラウンが止まっていた。運転手はいない。どうやら只本人が運転してきたようだ。

只は後部席のドアを開けた。

「どうぞお乗り下さい」

「なんだか偉くなったみたいだな」

干場はいって乗りこんだ。運転席に回った只が発進させる。クラウンは新港町を抜け、山岬の町と山を隔てる県道に入った。少し先には市役所と警察署がある。

手前の山側に神社の鳥居が見えた。その鳥居の先をクラウンは右折した。山側にわずかに登ると、大きな空き地があり、ショベルカーやユンボなどの建設機械がおかれていた。かたわらにコンクリート製の建物があって、屋上に「関口建設」という看板が掲げられている。建物は横長の二階建てだ。中央の入口前で、只はクラウンを止めた。

「こちらでございます」

「ここがあんたのご主人がいるところかい」

「さようでございます」

只は外から後部席のドアを開いた。従業員は皆〝現場〟にではらっているのか、建物の周囲に人の姿はなかった。

「どうぞこちらへ」

観音開きのガラス扉を只は先に立って押した。廊下があり、左右に部屋があるが、只はまっすぐ進んだ。

「社長室」と扉に記された部屋が正面にあった。ノックをし、扉を押すと只は、

「お連れいたしました」

といった。頭を深々と下げ、上げようとしない。干場はそのかたわらを抜けて部屋に入った。

目にとびこんできたのは、巨大な透明のケースに入れられたマリーナの模型だった。山岬マリーナの精巧な模型で、ミニチュアのヨットやクルーザーが並び、ごていねいに空を飛ぶカモメまで吊るされている。

かたわらに大きなデスクがあり、男がそこから立ちあがった。

「これはこれは。お忙しいところを申しわけありません」

ずんぐりとした体つきで、目尻の垂れた六十くらいの男だ。ダブルのスーツを着け、派手なピンクのネクタイをしめている。鼻の下に、細い、まるで筆で描いたようなヒゲ

をたくわえていた。

「よくできてるな」

干場はいって、ケースを指さした。

「は？」

「これですよ。山岬マリーナでしょう」

「その通りです。我が社のこれまでで最大の事業でした」

男は相好を崩した。

「でもひとつちがうとこがある」

「え？　どこです？」

男はケースをのぞきこんだ。

「本物はこんなに船がない」

男は一瞬、途方に暮れたような顔をした。

「それはですな。今後、かわっていくと思います」

「そうかな。できてから四年もたっているのに、船がほとんど入っていないみたいだけど」

干場がいうと、男はため息を吐いた。

「まあ、何ごとも思った通りにはいかないのが世の中です。ああ、申し遅れました。私、関口です」

名刺をさしだした。「株式会社　関口建設　代表取締役社長　関口俊三《しゆんぞう》」とある。

「干場功一です。すいません、名刺をもっていないので」

干場はいった。関口は頷き、デスクを回ると、ショウケースとは部屋の反対側にある応接セットを示した。

「まあ、おかけ下さい」

干場と関口は向かいあった。ドアがノックされ、只がトレイでコーヒーを運んできた。

「ご苦労」

関口がそっけなくいうと、深々と頭を下げ、部屋をでていった。

「不思議な人だな」

干場は、只の閉めたドアを見やり、いった。

「誰が？　只ですか。つまらん男ですよ。名前の通りだ」

関口は顔をしかめた。

「あの人は、関口さんのことを世界一、尊敬しているみたいだ。関口さんがやれというなら、何でもやる、そんな気がする」

コーヒーカップにのばした関口の手が止まった。干場の顔をのぞきこむようにして訊ねた。

「何か、只が失礼をいたしましたか」

「いいえ。ただいきなりやってきて叩き起こされ、自分のご主人が会いたがっているからついてきてくれ、といわれただけですよ」

ほがらかに干場はいった。

「嫌だ、といったら困ったみたいだ」

「申しわけない。私があやまります。それで今日になったのですな」

関口は頭を下げた。

「あなたはすごく忙しい人で、一刻を争う、みたいな調子だった」

「小さな会社ですからな、社長といっても、ふんぞりかえっているわけにはいかんのですよ」

関口はわざとらしくいって、コーヒーを勧めた。

「さ、どうぞ召しあがって下さい」

「いただきます」

干場はカップを手にした。

「それで干場さんに今日、お越しいただいた件なのですが、単刀直入に申しまして、我が社の顧問になっていただけないか、というお願いです」

「顧問？」

「何といいますか、非常勤の役員のようなものです。もちろん非常勤といいましても、報酬はお支払いいたします。顧問料、という形で。そうですな、月額五十万円くらいでいかがでしょうか」

「それで俺は何をするんです」

「今のところは、特にはありません。ですが我が社は、地域唯一の建設業者として、公共事業から個人住宅まで幅広い業務をうけおっています。いずれ、干場さんのお力を借りるときもあるかと」

「力仕事は得意だけど、そういうことですか?」

「いやいや、そうではなくて」

関口はあわてて手をふった。

「干場さんのお名前のお力です」

「つまり名前さえ貸せば、毎月五十万円くれると」

「簡単にいえば、そうです。いかがですか」

干場は顎の先をかいた。

「仕事は探してる。ここの土地も好きになったんで、ここで働いて暮らしていければいい、と思うけどな」

「じゃあ、是非!」

関口は身をのりだした。

「お引きうけいただけるなら、新港町にうちが所有しているマンションをひと部屋、社宅として提供させていただきます」

「部屋まで？」

「今、旅館暮らしをされている。不経済だし、何かと不便でしょう」

「いい話だなあ」

千場はいった。だがどこか人ごとのような口調だった。

「お引きうけいただけますか」

「あ」

千場はつぶやいた。

「いけない。もうひとり、俺に仕事をしないかといってくれてる人がいたのを忘れてた」

「えっ。誰です、誰です」

関口はあわてたようすになった。

「柳さんです」

「柳って、トランスリゾートの？」

千場が頷くと、関口の顔が青ざめた。

「いや、それはちょっと。うーん、困ったな。うちにきて下さるわけにはいきませんか」

「柳さんの話もおもしろそうだった。なんか夢があって」

「いやいや、うちの顧問も、夢のない仕事ではありません。地域に密着して、住人の方の生活をサポートしていくという……」

「でも実際は何もやらないのでしょう」

関口は一瞬詰まり、

「月額六十、いや七十万円ではどうでしょう」

といいだした。

「トランスリゾートも悪い会社ではないが、その、干場さんに求められていることは同じだと思いますぞ」

「同じって？」

「ですから、トランスリゾートに干場さんの名が欲しい、といったようなことで」

「いいや。もっと具体的な仕事だったな」

「ええっ。どんな、どんな仕事です。さしつかえなければ教えていただけますかな」

咳こむように関口は訊ねた。

「え、いや、それは――」

「何か新規事業ですかな」

「柳さんは山岬を垢抜けたオーシャンリゾートにするっていってた。別荘やリゾートマンションが建って、都会から金持が遊びにくる……」

「その計画は、うちだってあります。その一環として、といいますか。第一号として、あの山岬マリーナを建設したわけです」

「でも今はカモメしかいない」

「よろしいですか。この事業には、自治体としての山岬も深くかかわっているんです。マリーナの建設は、市長の西川さんの肝いりで着工されたのです。西川市長はまだお若い。当分は、市政に携わられるでしょう。そうなりますと、山岬のリゾート開発は、地元業者である我が社が最優先でうけおわせていただくことになる。これは大きな声ではいえませんが。山岬は発展していく町なのです。そしてその発展をおし進めるのは、何といっても地元の人間です」

「俺は地元ではありません」

「しかしあなたのおじいさんにあたる方は、山岬とはゆかりが深い」

干場は関口の顔を見なおした。

「どうしてそんなことを知っているのですか？」

「それは、決して広くはない町ですからな。あなたが山岬にいらしたときから、町の主だった人間は皆、知っておりますよ」

いらだたしげにいう。

「主だった人間て誰です。具体的に、関口さんは誰から俺のことを聞いたんですか」

干場が訊ねると、関口は口ごもった。

「いや、それは……」

「何か、おもしろくないな」

干場はいった。

「俺のことを、俺の知らないところであれこれいわれてるっていうのは」

「私はちゃんとこうしてお目にかかっていますぞ」

関口は胸を張った。

「別にやましいことは何もない」

「じゃあ誰が関口さんに教えたのか、話してくれたっていいじゃないですか」

関口は黙った。干場の顔をうかがうように、上目づかいで見つめる。やがていった。

「勝見先生です」

「勝見先生？」

「我が社の顧問弁護士をされていて、山岬の名士でもあります」

干場は息を吸いこんだ。

「不思議だな。俺はその人に会ったことがないのに」

「いずれ会われることもありますよ」

「そういえば、只さんが俺のおばあさんに会いにきたって話を聞きました」

「え」

関口は瞬きした。

「何の、お話ですかな」

「俺のおばあさんは、桑原和枝といって、大城でスナックをやっていたそうです。そこへさっきの只さんが訪ねてきたことがあったらしい」

「おばあさんからお聞きになったのですか」

「九年も前に亡くなっているんですよ」

「じゃあどうして、そんなことをご存知で？」

「俺に興味があるらしい人が教えてくれたんです。その何日かあとにおばあさんは強盗に殺され、犯人はつかまってない」

「まさか、うちの只をお疑いなのですか」

「そんなことはいってません。でもどうして只さんが会いにきたのだろう、と」

「さあ、それは私にはわかりかねますな」

関口は目をそらした。

「九年前も只さんは、ここにおつとめだったのですか」

「そうですな。もう十年になりますか。いろいろあって困っておったのを拾ってやったんです」

只の話になると急に口調が尊大になった。

「でもどうしてまたそんなお話をされるのですかな」

「孫とばあさんの両方に会いにくるって、そうはないことでしょう」

干場が答えると、関口は意表を突かれたような顔をした。

「それは……まあ、そうなりますかな」

「でしょう。だからいったんです。別に只さんを疑ったわけじゃない。まあ怪しげな人ではありますが」

関口は口をもごもご動かした。が、何もいわなかった。

「俺を雇うようにいったのも、勝見先生ですか」

干場は訊ねた。

「いやいや、それはちがいます。これは私個人の発案ですよ。山岬にゆかりの深い干場さんに、ぜひ我が社へのご助力をたまわりたいと」

「そういえば、俺の伯父さんにあたる、殿さまのことは、知っていたのでしょう」

「え、いや、もちろんそれは。ご立派な方でした。真に、地元である山岬の発展を願っておられました」

干場は関口をじっと見つめた。関口は居心地が悪そうに咳ばらいをした。

「ええとですな。私、このあと会議が控えております。さきほどのお話のご返事は……」

「二、三日考えさせて下さい。柳さんとのこともありますし」

「承知しました」

勢いよくいって、関口は立ちあがった。

「いやあ、実りの多い話ができてよかった。今日は、いい一日になりそうだ」

空々しい口調だった。ドアに歩みより、自ら開くと、

「おーい」

と呼びかけた。どこからともなく、只が現われる。それを招きよせ、耳もとで何ごとかを関口はささやいた。只は無表情に頷く。

関口は干場をふりかえった。

「只が、またお送りします。ご返事のほうも、何日かしましたら只がうかがいに参りますので」

干場は頷いた。

「それでは、よいご返事をお待ちしておりますぞ」

にこやかにいって、関口は干場の手を握った。

建物をでた干場は、再びクラウンの後部席に乗りこんだ。只が無言で発進させる。

クラウンが関口建設の敷地をでたところで、干場は口を開いた。

「只さん。俺のばあさんて、どんな人だった？」

只は無言だった。

「聞こえていなかったかな」

干場はひとり言のようにつぶやき、

「只さん！」

と声を大きくした。只は返事をしなかった。ルームミラーごしに、干場は只の顔をのぞいた。只はまったくの無表情で運転している。

「耳が急に悪くなっちまったのか。それとも都合が悪くなったのか。只さん、俺のばあさんの話をしてくれないかな」

只は無視している。まるでクラウンには自分以外、誰も乗っていないかのようだ。終始無言で車を運転し、「みなと荘」の前につけた。

「到着でございます。またあらためて、ご挨拶にうかがいます」

クラウンを止めると、後部席のドアを開け、只がいった。降り立った干場は、まぢかから只の顔を見おろした。

「俺の話、聞こえてた？」

「どうぞ、よい一日を。大事なお体でございます。お怪我などなさいませんように」

干場と視線を合わそうとせず、只はいった。〝猿のミイラ〟は、〝猿のミイラのロボット〟になってしまったかのようだ。

干場はため息をついた。

「なんか脅されているみたいだな」

只は無言だった。ドアを閉め、運転席に乗りこむと走り去る。

干場は首をふって、「みなと荘」の玄関に向きなおった。とたんにキキッと音がした。レクサスがかたわらで停止したところだった。後部席の窓がおりた。柳の顔がのぞく。

「おい、今のって関口建設の秘書じゃないのか」

挨拶もせず、いきなり干場に訊ねた。

「柳さん。おはよう」

干場は笑いかけた。

「おはよう。あの男、お前に何の用だったたんだ」

そっけなく挨拶を返し、柳はさらに訊ねた。

「きのう、いきなりきたんだ。関口建設で働かないかっていわれた」

干場は答えた。

「関口のところで？　現場で人が足りねえって話は聞いてないが」

柳は不思議そうにいった。

「現場じゃないよ。なんか、顧問になってくれっていわれた」

「顧問だ？　用心棒みたいなもんか」

柳は顔をしかめた。

「まあ、そんなようなものかな」

ほがらかに干場が答えると、柳はあきれた顔で見た。

「お前、それ受けたのか」

「考えさせてくれっていった。柳さんにも仕事のことといわれてるから」

柳はおうように頷いた。

「そうだよ。先に声かけたのは俺だ」

「関口社長にもそういった。そうしたらすごくあわててた。何をするんだ、とか」

「そんなのはよけいなお世話だ。どんな仕事にだって修業てのはある。土建屋の用心棒なんかより、キャバクラのほうが百倍マシだ。それよりあの秘書だがな。あいつはふつうじゃない。気をつけろよ」

「只さん？」

「そうよ。しなびた猿みてえな男だが、ああいうガラス玉みたいな目をしてる奴は危ない。いきなりブスッといくようなタイプだ」

干場は笑みを消した。

「柳さん、只さんについて何か知ってるのかい」

柳はすぐには答えなかった。考えるような表情でクラウンが走り去った方角を眺めている。

干場はいった。

「俺のおばあさんて人が九年前に大城で強盗に殺されたんだけど、その少し前に、只さんが会いにきてたらしい」

「何？」

柳は干場を見つめた。

「お前のばあさん、何やってたんだ」

「スナック。犯人はつかまってない」

柳はレクサスのドアを開け、降りたった。運転手に告げた。

「桑野、お前先にいっとけ。俺はこいつと話がある」

桑野はおもしろくなさそうな目つきで干場を見やった。が、

「承知しました」

とだけ答えて、レクサスを発進させた。

あとに残った柳はあたりを見回し、

「お前、確か、この旅館に泊まってたな。部屋にいこう」

干場をうながした。

部屋に入ると、柳は廊下を確認し、人がいないのを確かめて、アグラをかいた。

「しけた部屋だぜ。もっとも、俺が暮らしてる観光ホテルも似たようなものだが」

と、つぶやく。

「柳さん、観光ホテルに泊まってるんだ」

向かいにすわった干場はいった。

「ああ。ろくなマンションもねえからな。どうせ満室になんかなりっこないし」

「それでいいの？　一度は潰れたホテルなんだろ」

「かまやしねえ。経営がかわったところで、あのホテルが儲かるなんてわけはねえんだから。つなぎみたいなもんだ」

「つなぎ？」

干場が訊き返すと、柳は首をふった。

「お前には関係ない。それよりさっきの只だ。あいつを昔から俺は知ってる」

「昔って、何年くらい前」

「そうさな。十二、三年前か」

「じゃあ関口建設に入る前だ」

「そうなるな」

「その頃は何をしてた」

「ム所にいた」

ぼそり、と柳はいった。

「てことは、つまり——」

「俺もム所にいた。傷害と恐喝で、三年くらってよ。只もそのときおツトめの最中だ」

干場は無言で柳を見つめた。

「驚かねえな」

「だって見るからに善人て顔じゃない」

干場が答えると、にやりと笑った。

「そういや、そうか。只はたぶん、俺が同じム所に入ってたのを知らねえ。俺は今より痩せてたし、雰囲気もちがったからな」

「只さんは、その、何をして——」

「殺しだ。いちおう、傷害致死ってことになっちゃいたが、やり口を人から聞いて俺にはわかった。ハナから殺すつもりだったってことに」

干場は首を傾げた。

「どういうこと？」

「たとえばの話だ。家からナイフだのバットだのをもっていって、それで誰かを死ぬほど痛めつけたとする。検事によるが、殺しをしょわされる可能性が高い。だがたまたま、そのへんに落っこってた棒きれやブロックかなんかでぶっ叩いたら、打ちどころが悪くて死んじまったとする。傷害致死だ。殺す気はなかったんだけど、弾みで死んじまったって奴だな。初めからナイフやバットを用意していけば、殺す気があって殺したってことになる。プロはそんな下手は打たねえ」

「どうして？　プロだったら確実に殺すために道具を用意するのじゃないの」

「いいや。プロとアマのちがいはな、つかまったときのことを考えるかどうかだ。つかまってもなるべく短い刑でシャバにでてくることを考えるのがプロなんだ」

「つまりそのときの只さんは、本当は相手を殺すつもりで殺したのだけれど、裁判では、殺人じゃなく傷害致死で起訴されて服役してたということ？」

「そうだ、奴はそのとき、新宿の小せえ組の準構だった。準構てのは、準構成員。つまり盃《さかずき》をもらってない、半人前のチンピラだ。たぶん、ツトめが終わったら盃をやる、とかなんとかいわれてたんだろう」

「なるほど」

「ところがその組には入んなかった。奴の兄貴分てのが、またケチな野郎でな。下にきつくて、上にはからきし弱いって、しょうがねえタコだった。しかもシャブ中だ。下から上納だとかいって巻きあげた金を自分のシャブ代に使っちまうような、どうしようもないクズだった」

「だった？」

「奴がシャバにでてきて少ししてから、ひき逃げにあってくたばった。ひいた野郎はつかまらなかった」

「柳さん――」

干場は柳を見つめた。柳は小さく頷いた。

「可能性はないわけじゃない。只は――、その頃は只って名じゃなく、大杉と名乗ってたが、その兄貴分に組員にとりたててやるといわれて人を殺し、ムショに入った。ところがでてきてもいっこうに組員にしちゃくれない。どころか、金はせびる、気にいらなきゃヤキを入れるで、頭にきていた筈だ。もっとも、盃をもらったらもらったで、ろくなこともなかったろうがな。その組は少しして潰れちまった」

「潰れた……」

「よそからでかい組がやってきて縄張りをとりあげたんだ。やっていけなくなって終わりよ。それきり、大杉は行方知れずになっていたが、いつのまにか関口建設にもぐりこんでたってわけだ」

「どうりで無気味な感じがすると思ったよ」

「あの野郎は要注意だ。拾われた義理があるから、関口にいわれりゃ何でもするだろう。といっても、さすがにお前のばあさんの件とは関係はねえか」

干場は無言だった。

「お前を用心棒に雇おうなんて、関口も妙なことを考えたもんだ。第一、どこでお前に目をつけた？」

「さあ」

干場は首をひねった。

柳はそれを見つめていたが、思いだしたように訊ねた。

「お前、観光客っていってたが、なんでこんな田舎にきた」

「海が好きなんだ」

「それだけか」

目つきが鋭くなっていた。

「何か他に理由がないと駄目なのかい」

干場が訊き返すと、柳は目をそらした。

「そうじゃないが、今はどこも兵隊を欲しがっているからな。お前が関口のとこにいけば、俺としちゃおもしろくない」

「柳さんの会社って本当は何をしているんだい」

「今はリゾート開発と飲食業だ」

「今は？」

「いずれちがうこともするだろうが、お前に話すわけにはいかない。若い社員にもまだいってないんだ」

「そういえば、お店にこのあいだ、地元のやくざがきてたね」

柳はフンと鼻で笑った。

「あんな奴ら、吹けば飛ぶような連中だ。今のところはおだててやってるが、いずれは消えてなくなるだろうよ。それでお前、いつからうちで働く？」

「考えてるんだ。別に気をもたせようとしているわけじゃない。この町を気に入ってるし、住むのも悪くないと思ってるけど、もう少し考えて決めようかな、と」

「キャバクラのボーイが気に入らないのか」

「そういうわけじゃない。でも水商売の経験がないから、想像がつかない」

「俺だってそんな経験なんざなかった。でも何とかやれてる。要は気合だ」

柳はいって、腕時計を見た。

「おっと、そろそろ店に顔をだす時間だ。気持が決まったら、観光ホテルでも『人魚姫』でもどっちでもいい。顔をだせ。いいな」

干場は頷いた。柳は立ちあがると、部屋をでていった。

閉じられた扉を、干場はしばらく見つめていた。

17

山岬警察署を干場が訪ねたのは、それから二時間後のことだった。

玄関をくぐった干場は、受付の制服巡査と立ち話をしている男に気づいた。角刈りで目つきの悪い、確か、目崎という名の刑事だ。

干場が気づくと同時に、目崎もふりかえった。

「お」

と小さく声をあげる。

「おたく、確か駅裏でこのあいだ会ったたな。名前は、えーと……」

干場の顔をうかがった。

「あのときは名乗りませんでしたよ」

干場がいうと、渋い顔になった。

「そうだ。教えてくれなかったんだったな。じゃあ、今日は聞こうか」

「俺、別に名前を教えにきたわけじゃないんです。安河内さんに用があってきました」

「刑事課の安河内さんかね」

制服巡査が訊ね、干場は頷いた。

「今、でかけてる。あんた、名前は？」

目崎が、どうだというように干場をにらんだ。

「干場といいます。干場功一」

とたんに、目崎の目が丸くなった。

「干場だと」

それにはかまわず、干場は巡査に訊ねた。「安河内さんは何時頃帰ってこられますか？」

巡査も目をみひらき、まじまじと干場を見ていたが、我にかえった。

「え？　何時？　さあ、何時かな……」

「町にでてるんですか」

「そういうことは教えられないんだよ」

目崎が偉そうにいった。

「どんな用事だ。安さんのかわりに聞いておいて、伝えようか」

「いいえ。いないのなら、けっこうです。それじゃ」

干場はペコリと頭を下げ、警察署をでていった。

玄関をくぐり、署の敷地をでるかでないかのうちに、

「おーい」

目崎が追いかけてきた。干場は立ち止まった。

目崎はいかつい顔に似合わない愛想笑いを浮かべている。

「そう、つれなくしなくたっていいじゃないか、干場さん」

干場に追いつくと、肩を叩いた。

「そのへんでお茶でも飲まないか。奢るよ」

干場は目崎を見つめた。

「いいですけど、何か俺に用ですか」

「まあ、つきあってよ。ね」

目崎はいって歩きだした。県道を渡り、まだ開いていないバー「伊東」や「令子」のある通りに入ると、レストラン「岬館」の扉を押した。

「岬館」は食事もできる喫茶店といった造りの店だ。奥のテーブルに四人ほどかたまっている客がいて、目崎の姿に気づくなり立ちあがった。

「ご苦労さまです」

「ご苦労さまです」

口々にいう。その中に、松本の姿もある。いずれも岬組のチンピラのようだ。

松本は目崎につづいて入ってきた干場の姿を見るなり、棒立ちになった。だが目崎はチンピラには目もくれず、干場を別のテーブルにすわらせた。

「目崎さん――」

松本がいった。

「うるさい。今はお前らにかまってる暇はないんだ。こんなとこでアブラ売ってないで、事務所に帰れ」

チンピラは顔を見合わせた。

「いや、あの、俺……」

松本は憎々しげに干場をにらみつけ、口ごもった。目崎は中年のウエイトレスに勝手にコーヒーふたつ、と注文してから、

「何だよ」

と松本をふりかえった。

「松本くーん」

干場はにこやかに手をふった。

「また会ったね。元気にしてた？」

目崎が驚いたように、干場をふりかえった。松本がかっと目をみひらき、何かをいいかけた。目崎が意外そうにいった。

「何だ、松本、干場さんを知ってるのか」

「ほ、干場さん？」

松本は目をむいた。

「このあいだ、いっしょに遊んだんだよね。体動かしたいっていうから」

干場はいった。

「このあいだっていつだ。俺と会った日か」

目崎が訊ねると松本は首をふった。

「そうじゃないっす。俺、組長《おやじ》さんに『令子』に連れてってもらって、そんときこいつがいたんですよ」

「『令子』に」

目崎は嫌な目つきで干場を見た。

「『令子』で飲んでいたのかい」

「飲むってほどじゃないですよ。美人で評判のママさんがいるっていうから、どんな人だろうと思ってのぞいただけで」

松本の表情がこわばった。

「お前よう、『令子』のママは、うちの組長のお気に入りなんだ。色目つかいやがったら、ただじゃすまないぞ」

他のチンピラもいっせいに千場をにらみつけている。

「色目って、古いね」

「この野郎……」

別のチンピラが唸った。

「俺たちのこと、ナメてんのか」

「いい加減にしろ！」

目崎が強い口調でいった。

「お前ら、誰の前ですごんでやがる」

「目崎さんだってわかってるんでしょうが。何たって『令子』のママは――」

松本がいいかけると、がたっと音をたてて目崎は立ちあがった。松本たちのテーブルに歩みより、上からにらみつける。

「おい、めったなこというんじゃねえぞ。こととしだいによっちゃ、この場でお前ら、ひっぱるぞ」

「何だよ、偉そうに」

チンピラのひとりが吐きだした。目崎はそちらに向きなおった。

「文句あんのか、おい」

「ないっすよ、別に」

答えてチンピラは立ちあがった。おもしろくなさそうに横目で干場をにらむ。

「いこうぜ」

「おう」

松本を含め、四人は立ちあがった。扉を押し、でていくとき、ひとりが、

「腐れお巡りが」

とつぶやいた。目崎は聞こえないふりをして、干場のいるテーブルに戻った。

「田舎のチンピラは、エネルギーが余っててね。知らない顔を見ると、ちょっかいをだしたがるんだ。これからも困ったことがあったら、いつでも俺にいってくるといい」

まるでからまれている干場を救ってやったかのようにいった。

「いや、俺、別にからまれてないし。むしろ目崎さんのほうからあいつらにからんでいるように見えたな」

目崎は重々しく首をふった。

「俺がいなけりゃ、危なかった。あいつらはあんたを線路わきの空き地に連れていったろう。殺されることこそないだろうが、怪我をさせられてた」

感謝しろといわんばかりの口調だ。

「目崎さんは、あそこの人をよく知ってるんだね」

干場がいうと、心外そうに眉をひそめた。

「何のことだ」

「だってこのあいだ、『令子』の隣の店にぞろぞろ岬組がきたとき、いっしょだったじゃない」

「あれか。あれはな、一般市民にあいつらが悪さをしないよう、見張ってたんだ」

「ふーん」

「そりゃ商売がら、ああいう奴らとはよく顔を合わせる。ただ厳しくすりゃいいってものじゃない。それなりにひとりひとりをわかってやる必要もあるんだ。刑事の仕事だ」

「なるほど」

「ところで干場さん。あんたは何しに、山岬にきてる？」

目崎は話題をかえた。

「俺？　最初は観光だった。きれいな海があるっていうから。今は、仕事を探してる」

「仕事？」

「うん。ここの人は親切だよね。何もしてないっていったら、ふたつの会社から声をかけられた」

「どことどこ」

「関口建設とトランスリゾート」

「トランスリゾート!?」

目崎は顔をしかめた。

『人魚姫』でボーイをやらないかって」

「やめとけ、やめとけ」

目崎はいった。

「トランスリゾートってのは、どうも怪しい。千場さんに声をかけてきたのは誰だ」

「柳さんて専務だよ」

「あいつか。あの野郎はどうも臭い。カタギじゃない匂いがする」

「確かめたの」

目崎は首をふった。

「いいや。だが俺にはわかる。つとめるんだったら、関口建設にしとけよ」

横柄な口調だった。

「まだ若いんだ。額に汗して働いたほうがいい。あんた、親戚か何か、この町にいないのか」

「いない。大城にはいたみたいだけど」

千場は答えた。それを聞くと、目崎は落胆した表情になった。とたんに興味を失ったようだ。

「とにかく、いい若い者がふらふらしてると、ろくなことにならん。仕事を見つけるか、さっさと町をでていくか、はっきりしたほうがいいぞ」

立ちあがった。

「終わりですか」

干場は驚いたようにいった。

「俺はまだ仕事があるからな。それじゃ」

岬館をでていった。残されてから干場は気づいた。奢るといっておきながら、目崎はコーヒー代を払っていかなかった。

18

安河内は、漁師町である岬町の中心部に建つ、古い石造りの建物にいた。山岬が漁業で栄え、まだ新港町の開発も進んでいなかった時代、町の中心部だった名残をとどめている一画だ。石造りの建物は、昭和の初めに建てられ、銀行と百貨店が入っていた。どちらも今はなく、かわりに「勝見ビルヂング」という看板がでている。

一階には不動産会社が入っていて、金文字で「勝見不動産」と書かれている。二階が法律事務所で、三階に広い応接室があり、ここで安河内は弁護士の勝見と向かいあっていた。他に人はいない。

勝見は六十四になる。ライオンのような男だった。全体に肉のついた体つきに、髪とのばしたヒゲがまっ白で、それがもみあげのところでつながっているため、まるでタテガミのように見えるのだ。

「で、本物か」

勝見はレースのかかったテーブルの上におかれた缶ピースから一本抜きだし、卓上ライターで火をつけていった。よく見ると、口の周りの白いヒゲがニコチンで黄ばんでいる。堅苦しいスリーピーススーツを着けていた。

「おそらく」

安河内は答えた。突然、署に勝見から電話があり、呼びつけられたのだった。勝見の事務所を訪ねていることは、誰にも告げていない。

「おそらく？」

勝見はぎょろりと目をむいた。

「なにせ、身分証も何ももっとらんので、確かめようがないのですわ。別に罪をおかしたわけじゃないから、指紋をとることもできない。ただ、きのうは令子の店にいって、洋子と話しておったようです」

勝見は無言でピースの煙を吸いこんだ。

「どうやら山岬にくれば、おっ母さんのことを知っている人間に会えると踏んでいたらしい。それがきてみたら誰もいなくて、がっかりしたと」

「遺産のことは何もいっておらんのか」

「あたしは聞いておりません」

安河内は首をふった。

「まあ、あたしごときにいったところで、どうにもならんでしょうが」

勝見は唸り声をたて、煙草の灰を落とした。窓を閉めきっているので、応接室の中はむし暑い。その上、濃い煙草の煙が充満している。なのにスリーピースを着た勝見は涼しげな顔だった。

「何かことを起こすとすれば、やはり初めに勝見先生のところにくるのじゃありませんかね。じゃなけりゃ、市長か」

安河内は勝見の顔を見つめ、いった。

「市長《あれ》のところにも何もいってきてないようだ。そういえば、先代の妾だったキャバレーの女、何といったか」

「桑原和枝ですか」

「そうそう、あれはどうしたのだっけ」

「九年前に強盗に殺されました。犯人は挙がっていません」

「流しの犯行だな。まあ無理だろう」

勝見はひとり言のようにいった。

「そういえば妙な話もあるもので、その桑原和枝の娘、つまり干場の母親というのも、ニューヨークで強盗に撃たれて死んだんだそうです」

勝見は驚いた顔はしなかった。

「そうか」

といったきりだ。

「母娘二代で強盗に殺されるなんて不憫な話だと思いませんか」

安河内がたたみかけると、目をむいた。

「親子二代、癌で死ぬという話はいくらでもある。似たようなものだろう。人はいずれ死ぬものだ」

安河内は無言で首をふった。

「身内がおらん、ということは、その男が本当に干場の血をひいておるのを証明できる者がおらん、というわけだ」

「本気で証明しようとするなら、何かしらだしてくるでしょう。向こうで使っていた免許証とかは、横浜の親戚の家においてある、といっとりましたから」

勝見は頷いた。

「関口がな、今朝、会ったそうだ。会社の顧問に迎えいれたい、と申してでた」

安河内はわずかに眉を吊り上げた。

「受けたのですか、干場は」

「いや。別からも声をかけられているので考えさせてくれ、と。それがどうも柳らしい」

勝見の声に苦みが加わった。

「トランスリゾートですか」

勝見はため息ともつかぬ大量の煙を吐いた。

「もし干場がトランスリゾートにとりこまれると、厄介なことになる」

「そうなのですか」

「トランスリゾートは、だいぶ前から、マリーナを買いとりたいと市長にいってきておる。マリーナの所有者は、市と何社かの出資者だ。だが、干場が本物なら、当然その権利のいくらかをもつことになる」

「なるほど、出資者というのは誰です」

「私や関口、それに有本などだ」

「有本というのは岬組の組長の？」

「表面上はちがう。有本の従弟《いとこ》の会社が出資したことになっておる。第三セクターにやくざ者の金が入っているとばれたらまずいからな」

「そういえば柳は、干場に、山岬をオーシャンリゾートにかえるんだ、と吹いたようです」

ふん、と勝見は鼻を鳴らした。

「そんなたわけた夢を本気で信じておるのか」

「市長は何といわれているので？」

「市長は、市の財政を好転させられるのなら、何でも歓迎だ。だから今のところ市長を引き止めておるのは私だな」

「なるほど」

「市長は、新港町の育ちだ。古い山岬を知らん。だから愛着もさほどないだろう。ここだけの話、山岬の財政を再建したら、その手腕をうたって、県知事か衆議院にでも打ってでようという腹だ」

「ほう」

さも感心したように安河内がいうと、勝見はにらみつけた。

「まだ青二才だ。中央政界というところが、いかに魑魅魍魎《ちみもうりょう》のすみかかをわかっておらんのだ」

「勝見先生はよくご存知で」

「私とか殿さまのところへは、終始、議員が金をたかりにきておったからな。あいつらは、むしれると思えばいくらでもおべっかをつかうが、こいつはもう無理だとなったとたんに離れていきおる。芸者やタイコもち以上に、金のなくなった者には冷淡よ。まあ、市長にもそういうところはあるがな」

「勝見先生は市長の叔父さんじゃないですか。そこまで冷たくはせんでしょう」

「どうだかな」

つぶやいて、勝見は南部鉄でできた灰皿に煙草をつきたてた。

「殿さまの家と同じで、勝見家も私の代までだ。倅は東京で国際弁護士をやっておるし、娘も大阪に嫁にいったきり、帰ってもこん。私が死んだら、二人ともさっさと勝見のものを処分して分けあうだろうな」

「処分、ですか」

「私は寄付はせんからな」

「そういえば、殿さまの遺言状には、腹ちがいの妹のことは書いてなかったのですか」

安河内は訊ねた。

「それは答えるわけにはいかんな」

重々しく、勝見はいった。

「職業倫理にもとる行為だ」

「まあ、そうでしょうな」

がっかりしたようすは見せず、安河内は立ちあがった。

「さて、と。多少は先生のお役に立ちましたですか」

「柳と干場の仲に注意しておいてほしい。もし、干場がトランスリゾートに入るような話になったら、すぐ知らせてくれ」

安河内は勝見の顔を見つめた。

「そうなったら、何か手を打ちますか」

勝見は上目づかいで安河内をにらんだ。

「さてな」

そういったきり、何もいわずにデスクのひきだしを引いた。何も書かれていない茶の封筒を安河内にさしだす。

「これは？」

「交通費だ」

安河内は目を丸くして、首をふった。

「そいつはお気づかいいただきまして、と申しあげたいところですがね。あいにく受けとるわけにはいきません。あたしにも職業倫理って奴がある」

勝見の表情が険しくなり、一瞬後、それが消えた。にやりと笑う。

「そうだったな。忘れてくれ」

封筒を戻した。

「ま、お茶でも飲みにまた寄りなさい。今度は酒でも用意させる」

「そいつはありがたい」

安河内は嬉しそうにいって、頭を下げた。

「それじゃ、失礼します」

「うん。ご苦労さん」

勝見は重々しく頷いた。そして新たな煙草に火をつけると立ちあがった。安河内に背を向け、窓から外を見おろす。

安河内はあきれたようにそのようすを見つめた。だが勝見は、安河内の存在を忘れてしまったかのように、ふりかえらない。

安河内は応接室をでた。ひっそりと、音もたてないような足どりだった。

19

安河内がバー「伊東」の入口をくぐると、干場がカウンターに腰をおろしていた。安河内はわずかに眉をひそめた。

「今日はずいぶん早いじゃないか」

干場は安河内をふりかえると、にこにこと笑った。

「今日、安さんに会いに警察署までいったんですよ。そうしたらでかけているっていわれて。かわりに目崎さんでしたっけ。あのいかつい刑事さんにコーヒーを奢る羽目になっちゃいました」

「奢った？」

安河内は訊き返した。バーテンダーがハイボールをカウンターにおいた。干場の前にも同じハイボールがある。今日のお通しは、油揚げと小松菜のおひたしだ。

「最初は奢ってやるから、話をしようと誘われたんです。でも途中で、俺に興味がなくなったらしく、お金を払わないで、店をでていっちまいました」

安河内は首をふった。

「同じ署の人間だからこんなことはいいたくないが、あいつとはあまりかかわらんほうがいい」

「そう。つきあうのなら安さんがいい。毒にも薬にもならん、と評判だが」

バーテンダーがすました顔でいった。

「そりゃひどい」

安河内は抗議するようにいった。

「刑事といったって、安さんを見ていると、サラリーマンのようなものだなとつくづく思うよ。ドラマみたいに、こう、格好いい刑事とかはいないのかね」

バーテンダーが返すと、安河内は息を吐いた。

「そんな人間は見たこともないね。第一、サラリーマンなんだよ、刑事だって」

「そりゃそうだろうけど……」

安河内は干場を見た。

「で、あんたはなんで署にきたのだ」

「ええと、殿さまのことなんです」

「殿さまの何だ」

安河内は干場を見つめた。

「殿さまは、確か六年前に亡くなったんですよね」

「そうだ。台風の翌朝、洋子がお屋敷にいったら亡くなっておった」

「それって、お医者さんは――」

「何を考えている」

「いや、ただ、家で亡くなったわけだから、変死ですよね」

「そうだ。医者が立ちあわない状況で人が死んだ場合には、法律的には変死と見なされる。検視をおこなって死亡状況や死因に問題がないと判断されるまでは、火葬や埋葬は許されない」

「検視って誰がするんです」

「警察官と、警察の嘱託医だ」

「殿さまのときは、誰がやったんですか」

「さあ、警官はあたしじゃないことは確かだがね。医者は、地元の何人かの先生に当番制でお願いしている筈だ」

安河内が答えると、干場は考えこんだ。

「そうか……」

「なぜそんなことを訊く。お前さん、殿さまの死因を疑っておるのか」

「安河内さんは変だと思いませんか。土地で一、二を争うお金持が、ひとりぼっちで亡くなって、全財産を寄付する、なんて遺言状がでてきたら」

珍しく干場がまともなことをいったので、安河内は驚いた。

「確かに、変といえば変だ。これが、全財産を譲る相手というのが、市ではなく個人だったらまちがいなく疑われるところだろうな」

「遺言状はどこからでてきたんですか」

「それは、弁護士の勝見先生だ。勝見先生は、遺言執行人に指定されておったからな」

答えて、安河内は干場を見つめた。

「お前さん、何か疑っておるのか」

「そうじゃありませんけど、今日会った、関口建設の社長さんは、俺を顧問として迎えたいといったんです。名前さえ貸せば、月五十万円くれるといいました」

「へえ」

バーテンダーが唸った。

「その上、社宅も提供してくれるそうです」

「いい話じゃないか。なあ、安さん」

安河内は苦い顔でバーテンダーを見た。

「どうかな」

「今どき、そんなにいい話、山岬じゃ聞かないよ」

「だが、それは、今みたいな話を、お前さんがこの町で訊いて回らない、というのが条件になるだろうな」

「なるほど」

干場はつぶやいた。

「つまり何かしらうしろ暗いことがある、と」

「立場上、そうだとあたしがいうわけにはいかない。ところで、只とはまた会ったのかね？」

「会った。関口社長のところから送ってもらう帰りに、俺のばあさんのことを訊いてみた」

「で、何と只は答えた？」

「何も」

「何も？」

「まるで聞こえてないみたいに無視をされた。ちょっと不気味だったな」

「あの男のことは調べたのだが、もうひとつわからない。関口建設に入る前の経歴が不明なんだ」

そのとき、開けはなったバー「伊東」の戸口に、ずり落としたジーンズに、横向きのキャップをかぶった姿が立った。

「あっ」

声をあげる。

「おっさんじゃん」

安河内は渋い顔をした。シンゴだった。シンゴは安河内に気づいているのに、堂々と店に入ってきて、干場のかたわらに立った。

「おう、シンゴか。今日もお使いか」

干場がふりむいた。

「今日はちがうよ。学校早引けして、大城にちょっと買い物いった帰り」

手に洋服屋のものらしい、大きな袋をさげている。

「早引けって、お前まさか、サボったのじゃないだろうな」

安河内はいった。

「えっ？　いや、腹痛くなって帰ったんだけど、治っちゃったから、ずっと家にいるのもつまんないかなと思って」

シンゴは平然と答えた。

「お前、誰にそんないいわけしている。補導するぞ」

「ええっ。安河内さんて少年係だっけ」

「一人前の口きくな、こらっ。だいたい、高校生が、こういうバーに入ってきていいと思ってるのか」

シンゴは口を尖らせた。

「いいよ。じゃあ。向かいのおばさんの店にいくから。おっさん、そっちいこうよ」

「そっちって、『令子』か」

「ちがうよ。令子はイクミのおばさんだろう。俺の父ちゃんの姉ちゃんが、その隣でスナックやってるんだよ。『ハルミ』って」

「えっ。坊主、『ハルミ』のママの甥っ子なのか」

バーテンダーが声をあげた。安河内は息を吐いた。

「そうなんだ。こいつには手を焼いてるって、泣きつかれたことがある」

「よくいうよ。安河内さんは、うちのおばさんの手を握ってたらしいじゃん」

「何だ、そうだったのか」

「ちがう」

安河内は憮然としていった。

「安さんも満更じゃなかったわけだ」

バーテンダーがにやついた。

「ねえねえ。俺、コーラ飲みたいな、おっさん奢ってよ」

シンゴは悪びれるようすもなく、干場の顔をのぞいた。

「だからお前、未成年者がバーなんかに入ってきていいと思ってるのか」

安河内がいうと、

「じゃ、『ハルミ』いくよ。そうだ、安河内さんもいっしょにいく?」

シンゴはうそぶいた。安河内は舌打ちした。

「お前――」

「シンゴ。あんまりおとなをからかうんじゃない」

干場がいった。

「まあ、でもコーラくらいはいいだろう。駄目ですか、安さん」

安河内はそっぽを向いた。

「勝手にしろ」

「やった。ラッキー」

シンゴは、干場の隣のストゥールに尻をのせた。バーテンダーがにやつきながら、グラスとコーラをカウンターにおいた。

「そういや、夕方、駅のところで、松本に会ったよ。またこづかれるかと思ったけど、何もされなかった」

「松本って、岬組のかね」

バーテンダーが訊ねた。シンゴは頷いた。安河内はシンゴを見た。

「松本がどうしたんだ？」

「この前さ、俺が父ちゃんとこに弁当届けた帰りに、岬組の事務所の前で、おっさんと話してたら、いきなりからまれたんだよね」

「そんなことがあったのか。で、どうした」

「いや、別にそれだけ。頭山さんが奥からでてきたんで助かったんだけど。今度会ったら、絶対ヤバいなって思ってたんだ。だから今日はマジでびびったけど、何もされなかった」

「ふーん」

千場が関心なさそうにいった。

「ありゃ、岬組の中でも、クズ中のクズだ。ろくなもんじゃないぞ。なぜからまれた」

安河内は訊ねた。

「たいしたことじゃないよ。父ちゃんが観光ホテルで働いているのが気にくわないんだって。あのさ、俺、チクってるのじゃないからね。こんなことで、松本に何かしないでよ」

「大丈夫だ」

安河内より先に、千場が答えた。

「きのう、松本くんとはちゃんと話した。もうお前には何もしない」

シンゴはきょとんとしている。

「え、なんで？」

安河内はバーテンダーと目を合わせた。バーテンダーは口もとをほころばせている。

シンゴのジーンズのヒップポケットでシャカシャカという音がした。

「あ、メールだ」

シンゴは携帯電話をとりだし、開いた。のぞきこんだとたん、

「ヤバっ、イクミ、ヤバいよ」

と叫ぶ。

「イクミがどうした？」

干場が訊いた。

「今、『人魚姫』に、マッポ、いけね。刑事さんがきて、高校生を働かせてるだろって、手入れしているらしいよ」

「手入れ？」

安河内はシンゴに訊き返した。

「そう。店内を逃げ回ってるって書いてある」

「ハルミ」のママとのことを知っているせいか、シンゴは、安河内をまるで警官だと思っていないように話した。

「そんな話は聞いていない」

安河内はいった。

「イクミのこと？」

干場が訊いたので、首をふった。

「ちがう。『人魚姫』への手入れだ。そんな話は前から噂にはなっておった。生活安全課もいずれ動くだろうとは思っとったが、今日、そんなことをするとは……」

「きてる刑事はひとりだって。角刈りのガラの悪そうなのが、『高校生を働かせているだろう。だせっ』て、すごんでるらしいよ」

携帯電話の画面をのぞきこみながら、シンゴがいった。

「安さん、その刑事って——」

干場がいった。安河内は舌打ちした。

「あいつ、またよけいなことを……」

「どういうことだ、安さん。手入れは仕事じゃないのかい」

バーテンダーが不思議そうにいった。

「ああ、ちがう。目崎は、勝手に乗りこんだようだ」

安河内はいった。

「でも変だな。目崎さんが仲よくしている岬組の連中だって、『人魚姫』にはきてた。なのになぜ、そんな嫌がらせをするのだろう」

干場がいった。それには答えず、

「とにかく、お前さん、令子にいって、『人魚姫』まで、イクミを迎えにいかせろ。目崎がイクミをひっぱると面倒なことになる」

「どう面倒になるの？」

シンゴが訊ねた。干場がいった。

「目崎さんは、柳さんを狙っているんだ。そうだろう、安さん」

「たぶんな」

しかたなく、安河内は答えた。

「安さんは、イクミが『人魚姫』で働いているのを知ってたのか」

バーテンダーが訊ねた。安河内は頷いた。

「あたしを何だと思ってる。知らなかったわけがないだろう。だけど、援交をやってるというのでもないようだから、大目に見ていたんだ。令子がついておるから、本当にマズいことをすれば、たぶんひっぱたいてでも辞めさせるだろう、とな」

干場が立ちあがった。

「俺、『令子』にいってきます」

「俺もいく」

シンゴが腰を浮かせた。

「馬鹿。ガキがうろうろしてどうする。いっしょに補導されるのが関の山だ。おとなしく家に帰れ」

安河内は叱りつけた。シンゴはぷっと頬をふくらませた。

「じゃ、これで」

干場は財布から千円札をだしてカウンターにおいた。

「あんたは奢りだ」

バーテンダーがいうと、干場は首をふった。

「シンゴのぶんです」

「そうか。じゃあ受けとっておこう」

バーテンダーはいって釣りをだした。干場がでていくと、シンゴはつまらなそうにそっぽを向いた。

「いつまでいる気だ」

安河内はいった。

「母ちゃんをあんまり心配させるんじゃない。そいつを飲んだら帰れ」

コーラを示す。

「わかってるよ。うるせえな」

シンゴはいって、グラスをあおった。

20

「令子」の扉を干場は押した。カウンターをはさんで向かいあっていた令子と洋子がふりかえった。客はまだいない。

「あら――」

「令子さん、『人魚姫』に刑事がきて、イクミをつかまえようとしているらしい。迎えにいこう」

干場の言葉を聞くと、令子は無言でカウンターをくぐった。

「令子、どういうこと？」

洋子が目を丸くした。

「いいから、大ママは待ってて」

令子はいいおいて店をでた。

「どうしてわかったの？」

「シンゴといっしょにいたら、メールがきたんだ。刑事に見つからないように、店の中を逃げ回っているらしい」

令子は険しい表情で頷いた。

「タクシーでいきましょう。そのほうが早いわ」

駅に向かって歩きだす。駅前には二台、タクシーが客待ちで止まっている。

「刑事って誰？」

タクシーに乗りこみ、いき先を告げると、令子は訊ねた。

「目崎って男だ。狙いはイクミじゃなくて、たぶん柳さんだろう」

干場は運転手を気にしながら答えた。タクシーは山岬ではなく、大城の会社の車だった。

「あいつね。岬組の用心棒みたいな」

「安さんにも仲よくするな、といわれたよ」

「安さん？　ああ、安河内さん。あの人は親切よ。頼りない感じはするけど」

「けっこう喰《く》えないおやじだよ」

タクシーは県道にでて右に走り、神社の先から新港町に入った。車なら十分とかからない。

二人は「人魚姫」の前で車を降りた。令子が携帯電話をとりだした。イクミにかける。

「令子よ。あんた、今どこ？」

いきなり訊ねる。イクミの返事を聞くと、

「わかった。そこでじっとしてなさい」

といって電話を切った。

「もうひとりのシズクって子と、客用の男子便所に隠れてるって」

干場を見た。

「どうしたらいいと思う？」

「岬組の組長を呼びだす、というのは？」

干場はいった。あっけにとられたように干場の顔を見つめ、それから令子は笑いだした。

「なるほど、その手か」

「俺は先に入って、時間を稼ぐ。組長といっしょにきてくれ」

干場はいって、「人魚姫」の入口をくぐった。

クロークに桑野がいて、目崎とにらみあっていた。いきなり目崎が怒鳴った。

「とぼけるな!」

「おっと」

干場は驚いたようにいった。二人は同時に干場をふりかえった。

「何やってんだ、あんた」

かみつくような口調で目崎はいった。

「俺？　飲みにきたんですけど」

答えて、干場は店の奥を見やった。時間が早いせいか、客は数組しか入っていない。

干場は桑野を見た。

「柳さんは？　きてないのかな」

「専務はまだだ。勝手に入っていてくれ」

桑野はいらだたしげにいって、目崎を再びにらんだ。

「令状もなしで、こんなやり方はないだろう。うちは営業中なんだ」

「令状なんて、一人前の口きくじゃねえか。未成年者を働かせてたら、現行犯でひっぱれるんだぞ」

「あんた見たろう。どこに未成年者がいた⁉」

「隠したんだろうが。とぼけずにさっさと連れてこい」

「何の騒ぎかな」

干場はのんきな口調で訊ねた。

「あんたには関係ない！」

「関係ない奴は黙っててくれ！」

目崎と桑野が同時にいった。

「そういや、目崎さん、さっきはコーヒーを奢ってくれるといってたのに、先に帰っちゃうから俺が払う羽目になった」

「何だと？　コーヒー代なら、今払ってやる」

目崎は財布をだした。

「それよりここで奢ってもらったほうがありがたいな」

「馬鹿なことをいうな。俺は、捜査できているんだ」

「捜査？」

「この店で未成年者が働かされているというタレコミがあったんだ。それで調べにきた」

「それでつかまえたんですか、未成年者」

「つかまるのは、未成年者じゃなくて、働かせていたほうだ。柳からも事情聴取をする」

「冗談じゃない。営業妨害だ！　未成年者なんていないのだから帰ってくれ」

桑野が叫んだ。

「これから出勤してくるかもしれんだろう。素直に認めないのなら、ずっとここで張ってやる！」

「ふざけんな。嫌がらせかよ」

桑野が目崎に詰めよった。

「やるのか、おい。相手が誰だかわかってるんだろうな」

目崎はふてぶてしい笑いを浮かべた。干場は二人のあいだに割って入った。

「まあまあ。おとなの社交場にするんじゃなかったんですか」

「ひっこんでろ」

桑野がどすのきいた声でいった。目つきがかわっている。

「やっと地がでやがったな」

目崎がいった。明らかに挑発をしている。

「そういや、目崎さん、俺、ここに親戚がいることがわかったんですよ。いや、いたこと、というべきかな」

目崎はあきれたように干場を見た。

「何いってるんだ。あんた」

「ほら、さっき『岬館』で、『山岬に親戚はいないのか』って訊いてたじゃない」

「そうだっけ」

「そう。で、いろいろ調べたら、伯父さんがいた。六年前に死んじゃったけど」

関心なさげに聞いていた目崎の表情がかわった。

「何？」

干場の顔を見なおす。

「伯父さん、病気で突然、死んじゃったらしい」

「伯父さんの名は」

「干場伝衛門」

「本当か、それ」

干場は頷いた。

「それで俺、伯父さんが亡くなったときのことを誰かに訊こうと思って。そうだ、目崎さん、伯父さんの検視をしたお巡りさんが誰だか知ってる？」

目崎はうろたえたように首をふった。

「知らん。六年前のことなんか覚えてない」

そこへ、令子が入ってきた。

「あらっ、どうしたの？　干場クン」

令子はひとりだった。

「令子さんこそひとりで。いったいどうしたんです？」

「えっ、有本さんに呼びだされたのよ。営業中だっていうのに嫌になっちゃう。ほら、うちの店を改装して、大きなクラブをやりたいって有本さん、いってるでしょう。令子も『人魚姫』を見にこいって」

令子が答えると、目崎は驚いたようにふりかえった。

「有本さんがこれからくるのか」

「あら刑事さん、うちの店でも高いって文句つけるのに、『人魚姫』にはくるんだ」

いやみっぽく令子がいった。

「そんなのじゃない。有本さんがこれからここにくるのか、答えろ」

「何すごんでるのよ。感じ悪いわね。知らないわよ。くるかどうか、待っていたら」

令子はいい返した。

「お前たち、警察をなめてるのか」

「悪いことしてない人間が、なんでぺこぺこしなけりゃいけないのよ」

「そうだ。これ以上いすわりやがると、本当に訴えるぞ！」

桑野がいった。目崎は、くっと歯をくいしばった。

「有本さんて岬組の組長ですよね。きたら、目崎さん、困るのかな」

干場はわざと訊ねた。

「やかましい。またくる！」

目崎はいい捨てて、桑野を押しのけ、店をでていった。

「おといきやがれ！　この野郎」

桑野が吐きだした。

ふうっと令子が息を吐いた。桑野を見る。

「ちょっと、客用の男子トイレってどこ」

「そこだけど、あんたは？」

桑野が指さすと、令子は無言でトイレに入っていった。

「あの人は令子さんといって、駅前のスナックのママさんだよ」

干場はかわりに答えた。直後、パチン、パチン！　という小気味いい平手打ちの音が男子トイレの中から聞こえた。

令子がイクミとシズクの二人の耳たぶをそれぞれ左右の手でつかんで現われた。

「裏口どこ」

桑野に訊ねる。イクミもシズクも泣きべそをかいている。

桑野はあっけにとられたように令子を見つめた。令子は落ちつきはらった口調でいった。

「この二人は、今日で辞める。バイト代は、あたしがとりにくるから」

「あ、ああ。裏口はそっちだ。有本、本当にくるのか」

気圧《けお》されたようすで桑野が訊ねた。

「こない。電話、つながらなかったのよ。珍しいわ」

令子は答えて、干場に頷いてみせた。

「じゃ、あたしひと足先に帰るね。ありがとう、干場クン」

二人の女子高生をひきずって、令子はでていった。

「なんかすごい女だな。美人だけど……」

あきれたように桑野がつぶやいた。干場は無言で微笑んだ。

桑野は我にかえった。

「お前にお礼いわなけりゃいけないな」

「別に気にしなくていいよ。柳さんには奢ってもらってるし」

「次は俺が奢るよ」

すっかり打ちとけた口調で桑野はいった。

「だけど妙だな。あのデコスケ、なんで有本がくるっていったら、うろたえやがったんだろう。てっきり、有本のさしがねで嫌がらせにきたと思ったんだが」

桑野がつぶやいた。

「あの刑事さんは、岬組の連中とは確かに仲がいいみたいだ」

干場はいった。

「そうさ。前にも頭山なんかときたことがある。野郎、思いきり飼い犬の筈なのに」

「飼い犬？」

「岬組から金をもらってるってことさ」

「なるほど」

「なのに、岬組に秘密で嫌がらせにくるってのはおかしな話だ」

「本当に密告があったのかもしれないな」

「そんなのいちいち相手にするようなタマじゃない。一文にもならない仕事は死んでもしないような奴だ」

腹立たしげに桑野は吐きだした。

「あんな腐れデカ、東京でもめったにいねえ」

「桑野さん、東京なのか」

干場は訊ねた。

「そうさ。長い仕事になるがつきあえって、柳の叔父貴《おじき》にひっぱられた」

桑野はすらすらと答えた。

「叔父貴。柳さんは親戚なのかい」

「そうじゃねえよ。柳さんは、うちのオヤジの兄弟ぶんだ。いっとくが、オヤジったって、本当の父親じゃない」

「本当の父親じゃないのに、オヤジって呼ぶんだ」

桑野はあきれたように干場を見た。

「調子狂うな、お前。どこの人間だ」

「ずっと外国にいたから、ときどきわからない日本語がある」

「そうか、だからか。まあいいや。柳さんが何もいってないなら、俺の口からいうわけにもいかない。どうする？　専務はもう少ししなけりゃこないが、飲んでいくか」

桑野は訊ねた。

「いや、今日のところは帰るよ。柳さんによろしく」

干場はいって、「人魚姫」をでていった。

通りにあるラーメン屋ののれんをくぐり、チャーハンの大盛りを食べた。ぶらぶらと「みなと荘」へと戻る。まだ時間は早かったが、シャワーを浴び、布団に横になった。

部屋のドアがノックされたのは、干場がうとうとしかけたときだった。

「はい」

干場は首だけをもたげ、返事をした。ノックは、只とも令子ともちがう、乱暴なやり方だ。

「俺。シンゴ」

ドアの向こうで声がした。

「何だ、今ごろ」

干場は立ちあがると明りをつけて、ドアを開けた。

「おっさんもう寝てたのか、早いな。まるで漁師みたいだ」

シンゴは部屋の中央にしかれた布団に目を向けた。

「朝が早かったし、いろいろあったんで疲れたんだ。お前こそ、どうした。安さんに家に帰れといわれてたろう」

シンゴはバー「伊東」で別れたときのまま、荷物を抱えている。

「帰れっていわれて、のこのこ帰れるかよ」

「それで俺の睡眠を妨害しにきたのか」

干場は布団の上であぐらをかいた。

「そうじゃないよ。おっさんに知らせときたいことがあったんだ」

「知らせときたいこと」

「その一。イクミからメールがきた。令子おばちゃんに絞りあげられたけど、助かったって。シズクも感謝してるって」

シンゴはいった。

「つかまらなかったのは、おっさんのおかげだって、令子おばちゃんがいってたってさ」

千場は首をふった。

「令子さんの機転で助かったんだ。俺は何もしていない。知らせたいことってのは、それだけか」

「まだある。俺、あのあと『人魚姫』にいったんだ」

「何だと?」

「駅前に自転車《チャリ》がおいてあったから、それでかっ飛んだ。もちろん中には入ってないぜ。ヤバいから。ちょうど俺が着いたとき、店から目崎ってマッポがでてくるのが見えた」

千場はシンゴを見つめた。

「目崎がひとりだったから、イクミたちが助かったんだってわかった。目崎は店の前に止めてた車に乗っていっちまった。パトカーじゃなくて、自分の車みたいだった。それで俺は家に帰ることにしたんだ。自転車こいで、家の近くまできたら、目崎の車がまた止まってた」

「お前の家、どこだ」

「え？　岬町。漁協の近く」

「目崎も岬町に住んでるのか」

「知らねえ。でもちがうっぽかったんで、俺見張ってたんだ」

「ちがうってのは、目崎が車を止めていたのは、家に帰ったのじゃなくて、どこか別の場所に用事があって止めてたってことか」

シンゴは頷いた。

「そうそう」

「なんでそんなことした」

「だってムカつくじゃん。本当は目崎の車のタイヤ、パンクさせてやろうかと思ったくらいだ。でも今日の今日、そんなことしたら、他の人が疑われて、また嫌がらせされるかもしれない。だから我慢したんだ」

「意外とマトモじゃないか」

干場がからかうようにいうと、シンゴは顔を赤くした。

「本当はおっかなかったんだよね。相手はマッポだから、どうにかして見つけられちまうのじゃないかって」

干場はにたっと笑った。シンゴが話をつづけた。

「でもとにかく見張ってた。ちょうど米屋の倉庫があって暗がりなんで、見つからねえ感じだったから。そうしたら十分もしないうちに目崎が勝見ビルからでてきた」

「勝見ビル？」

「岬町のまん中にある古いビルだよ。地主で弁護士の勝見っておっさんがもってるんだ」

「そこに住んでるのか」

「住んじゃいないと思う。でも会社は入ってる。いっつも暑苦しいカッコして歩いてるとこ見るもん」

「そのビルには、勝見の会社しか入ってないのか」

「あと親戚の不動産屋。昔は銀行とかちっちゃなデパートだったって父ちゃんから聞いたことがある」

干場は考えこんだ。

「おかしいだろ」

シンゴが勢いこんだ。

「仕事だったのかもしれん。刑事と弁護士なら、何か会う理由があってもおかしくない」

「そうか。でもあの時間に？　おかしくねえ？　もしイクミとかをつかまえてたら、会いにいけないわけじゃん。なのに約束するかな」

干場はシンゴを見なおした。

「頭いいな」

「へへっ。見かけほど馬鹿じゃないんだ」

シンゴは嬉しそうに笑った。

「とにかく、おっさんには教えとこうと思ってさ。目崎が警察の仕事じゃなくて『人魚姫』にいったんだって、安河内のおっさんがいってたじゃん。だったら何か関係あるかもしれない」

「確かに。だが、このことは他では喋るな。イクミにもいっちゃ駄目だぞ」

干場がいうと、シンゴはきょとんとした。

「え？　なんで」

「なんででもだ。目崎がどんな理由で『人魚姫』にいったにせよ、警察官だ。めったなことをいうと、お前が本気であいつに狙われる。そうなったら、お前の父ちゃんや母ちゃんにも、迷惑がかかるかもしれん」

「マジ？　やばっ」

「それに目崎は岬組と仲がいい。奴が手をださなくとも、あの松本とかを使ってお前をシメる可能性だってある」

「それ勘弁だよ」

シンゴの顔は青ざめた。

「だからよけいなことはいわないで黙ってろ。いいな」

「わかったよ」

すっかりしゅんとなって、シンゴは頷いた。

「じゃあもう帰れ」

シンゴは立ちあがった。

「そうだ。勝見ビルからでてきた目崎は、それからどうした」

「車に乗っていっちまった」

「ひとりだったんだな」

「うん」

干場は頷いた。

「わかった。教えてくれたのはありがたいが、このことは忘れちまえ」

「そうする。おっさん、いつ釣りいく？」

干場は苦笑した。シンゴにすっかりなつかれている。

「そうだな。明日か明後日か。近いうちにいこう」

「電話くれよ、ケータイに」

いって、シンゴは番号をいった。干場はメモをした。

シンゴがでていくと、干場は再び横になった。だが明りは消さず、目も閉じずに、ずっと天井を見つめていた。

21

翌朝、ゆっくりと起きた干場は階下の帳場へとおりていった。約束の泊数がきたので、延泊するかどうかを、宿の主人に告げなければならない。

結局、眠れたのはかなり遅くなってからで、むしろ寝坊してしまった。

「おはようございます」

「あっ、おはようございます」

帳場にすわる主人は新聞を広げていた。

「えっと、この先なんですが――」

干場がいいかけると、主人は顔を上げた。

「それでしたらさっき、観光ホテルの専務さんが見えましてね。干場さんの宿代は全部回してくれ、といわれました」

「えっ」

干場は目を丸くした。

「あなたを訪ねてこられて。でもまだおやすみのようだといったら、じゃ悪いから帰る、と。そのかわり、今後、何泊しても宿泊賃は自分のほうに請求してくれっていうんですよ。観光ホテルの専務さんに、うちが請求するのも妙ですけど、どうしてもそうしろっていわれたんで、これからはそうさせてもらいますから」

「専務さんて、柳さんですか」

「そうですよ。あ、そうそう。起きてきたら、観光ホテルに一度顔だしてほしいともいわれました。確かにお伝えしましたよ。あの人、怖そうなんで」

主人は首をすくめていった。

「それはわかりましたけど、宿代は……」

「そっちも、専務さんと話して下さい。なんか勝手なことすると怒鳴られそうで」

干場は息を吐いた。

「みなと荘」をでて、以前もいった定食屋で腹ごしらえをし、観光ホテルに向かった。ロビーに入ると、フロントの前に立っている桑野の姿が目に入った。

「おっ、専務か」

干場を見るなり、桑野は訊ねた。干場が頷くと、ロビーのソファを桑野は示した。

「すわっててくれ。今、呼んでくる」

干場は腰をおろした。玄関に法被《はっぴ》を着た男がいた。色が黒くて細いところがシンゴに似ている。

その男がお盆にのせたコーヒーを運んできた。干場は頭を下げた。

「きたか」

柳の声がした。フロントの奥から現われた柳が、干場の向かいにすわった。

「あの、柳さん」

「聞いたのか」

干場は頷いた。

「でも俺、まだ『人魚姫』に入るって決めたわけじゃないのに――」

「その件とこの件は別だ」

柳はぶっきら棒にいった。

「お前の宿代を払うのは、会社じゃなくて俺だ。きのうの礼だ」

「礼?」

「桑野から聞いた。イクミが高校生だったなんて、まるきり知らなかった。年齢も確かめないで雇ったスタッフには、きっちりヤキを入れとく。だが法律上、責任者は俺で、もしイクミがつかまったら、俺もひっぱられるところだった。そうなりゃ、このホテルの専務も辞めなけりゃならん。そこをお前に救われたってわけだ」

「それは結果だよ。俺はイクミが補導されるのを助けてやりたかっただけだ」

「だとしても、だ。俺もいっしょに助けられた」

干場は腕を組んだ。

「それとも何か、俺にそんな借りは作りたくないってか」

「そういうわけじゃない」

「いいか、別にお前の宿代を払ってやるからって、俺はお前を子分にしたつもりじゃないし、『人魚姫』で働かなきゃならないって縛りをかける気もない。これは、俺の、お前への感謝なんだ。受けとってくれ」

柳は真剣な顔で干場を見つめた。

「それとな。きのう、ちらっと桑野から聞いたんだが、お前の親戚が山岬にいたそうだな」

「もう死んでる」

「ああ。地元じゃ『殿さま』って呼ばれていた人らしいじゃないか」

「俺もよく知らないんだ。それより、俺への礼のことだけど、シンゴの親父さんに何かしてやってもらえないかな」

「シンゴ？」

「イクミの友だちの高校生だよ。イクミがＳＯＳのメールをシンゴに送ったんで、俺は

『人魚姫』にいったんだ」

「あの男か。坊主頭のガキがときどき弁当届けにくる」

柳は法被を着た男を示した。

「たぶんそうじゃないかな。ただ親父さんは何も知らないと思うけど」

柳は首をふった。

「お前って男はおもしろいな。まったく何を考えているのだか。わかった、本当はちかぢかクビにするつもりだったんだが、中止だ。給料も上げてやる。どうだ、それで」

干場は頷いた。

「俺のことは内緒で」

柳は煙草に火をつけ、笑った。

「そういうだろうと思った。わかったよ。ますます気に入った」

「あんまり買いかぶらないほうがいい、柳さん。別にたいした人間じゃないから」

干場は苦笑した。

ロビーにのっそりと入ってきた人物がいた。柳が顔を向け、

「おっ」

と低い唸り声をたてた。

「おそろいだな」

声に干場はふりかえった。安河内だった。やけに険しい顔をしている。

「安さん」

「毎日ご苦労ですね」

皮肉っぽく柳はいった。

「今日は仕事できた。昨夜のあんたらの行動を訊きたい」

安河内はいった。

「行動？　安さんと俺はいっしょだったじゃないですか。そのあとは『人魚姫』だ」

干場は答えた。安河内は小さく頷いた。

「そのあとは」

「そのあと？『人魚姫』で令子さんたちと別れてからは、飯を食って宿に帰りました」

「でかけなかったのか」

「ええ。ずっと宿です」

「朝まで？」

「ついさっきまで」

干場は答え、柳を見た。柳も難しい顔になって、安河内を見返している。

「専務さん、あんたは」

「俺は、十二時半まで店だ。それからはここに戻って、いろんな書類に目を通して、部屋で寝た」

「午前三時頃というのは？」

「寝てた」

「同じだ」

安河内は息を吐いた。

「午前三時に何があった」

柳が訊ねた。安河内はすぐには答えなかった。宙を見ていたが、やがてひとりごとのように聞こえる口調でいった。

「大城から山岬にくる県道で、自家用車が事故を起こした。乗っていたのは、運転者のひとりだけで、大破した車内で死亡しているのが見つかった。うちの目崎だ」

「なに！」

柳が小さく叫んだ。干場も無言で安河内を見つめた。

「詳しくは解剖の結果待ちだが、目崎は酒を飲んでいたようだ。それで二人に訊きたいんだが、昨夜、『人魚姫』で何があった」

「俺たちが奴に何かしたと疑っているのか」

柳がいった。怒りを押し殺しているような声だった。

安河内は柳を見すえた。

「そんなことはひと言もいっておらんよ。今のところ、目崎の死亡は交通事故が原因だ。だが午前三時近くまで、目崎がどこかで酒を飲んでいたとすれば、いっしょだった人間がいるかもしれん。しかも奴が車で動いていているとわかっていて、事故を起こすほど飲ませたとなれば――」

「冗談じゃねえ。なんでそんなまだるこしいやりかたをしなけりゃならない」

柳はいった。

「それは目崎が腐っているとはいえ、警官だからだ。死んだ奴の悪口はいいたくないが」

安河内の口調も硬かった。

「目崎がきのう、あんたの店にしかけたのは、いわば嫌がらせだ。だからといってぶん殴ったりすれば、あとが怖い」

「何だと――」

「待った」

干場はにらみあっている二人の間に割って入った。

「まずは俺から話させて下さい。きのう、『人魚姫』に目崎さんがいたときは、柳さんはまだきていなかったんです」

安河内は干場を見た。

「俺はまずひとりで『人魚姫』に入りました。というのも、令子さんに頼んで、岬組の組長を『人魚姫』に呼びだしてもらおうと思ったからです。目崎さんが岬組の連中と親しいことはわかっていた。だから〝客〟としてそこの組長がきたら、目崎さんも嫌がらせをしづらいだろうと踏んだ」

「それは令子のアイデアか」

安河内が訊ねた。

「いや、俺の思いつき。俺が店に入っていくと、ちょうど入口で目崎さんが桑野さんと押し問答をしている最中だった」

「桑野？　あの用心棒か」

安河内は少し離れた位置からこちらを見つめている桑野を目でさした。

「うちの社員だ。用心棒なんていいかたはやめてくれ」

むっとしたように柳がいった。干場は話をつづけた。

「目崎さんは、タレコミがあったからきた。高校生を働かせているだろうって、最初から喧嘩腰だった」

「それで？」

「俺はとっさに間に入って、いろんな話をした」

「いろんな話？」

『岬館』のコーヒー代を払ってもらってない、とか、俺の伯父さんがこの町にいた、とか。昼間、目崎さんには、この町に親戚はいないっていってたから」

「なんでそんな嘘をついた」

「嘘じゃない。生きている親戚はいないのだから」

安河内は目を細めた。

「まあいい。それから？」

「いいあっていた目崎さんが急に、伯父さんの名前は何だって訊いて、干場伝衛門だって答えた。そうだ、そのとき、安河内さんにも訊いたことを訊いたんだ」

「検視の件か」

干場は頷いた。

「目崎さんはうろたえていた。知らない、六年前のことなんか覚えてないって」

安河内は無言だった。

「そこへ令子さんが入ってきた。結局、組長とは電話がつながらなかったのだけど、組長に呼びだされたって、その場ではいったんだ。すると目崎さんは、本当にくるのかって驚いたようすだった」

「驚いていたというのは、そんな馬鹿な、とか、そういう調子でか」

「ちょっとちがう。くるかどうかだけを気にしている感じだった。令子さんが感じ悪いから、知らないわよ、といったら、警察をなめているのかってすごんだ」

安河内は息を吐いた。

「令子は何といった」

「悪いことしていない人間が、なんでぺこぺこしなけりゃいけないのって。そうこうしているうちに、目崎さんは、やかましい、またくるっていい捨てて、でていったんだ」

「奴は車だったか」

「そうみたい」

「イクミはそのときどうしていたんだ」

「もうひとりの友だちと客用の男子トイレに隠れてた。それを電話で聞いた令子さんは入っていって、問答無用で張り倒して、耳たぶつかんで帰ったよ」

安河内は首をふった。

「それからお前さんはどうした。『人魚姫』で飲んだのか」

「いいや。近くのラーメン屋で飯を食って、旅館に帰った」

「まだ早かった筈だ」

「朝、只さんとでかけたんで、眠かったんだ」

安河内は無言で頷き、柳に目を移した。

「あんたは何時頃、出勤したんだ」

「たぶんその直後だ。店にでていくと、桑野からあらましを聞かされた。状況からして、嫌がらせだというのがわかった。抗議してやろうかとも思ったが、実際、高校生を使っていたのも事実だ。いっておくが、誓って、イクミたちが高校生だなんて俺は知らなかった。知っていたら雇わなかった。そんな下手を打って、会社をクビになりたくはねえからな」

「あんたは地元の人間じゃない。客や従業員の中には、イクミが高校生だと知っている者もいた筈だ」

「そりゃそうかもしれん。だが誰も俺には教えなかった。正直、その件についちゃ頭にきている。採用した野郎には、きっちり灸《きゅう》をすえてやる」

「指《エンコ》でも飛ばすのか」

「それじゃやくざだ。せいぜい、張り倒すくらいだ」

「信用できんな」

「勝手にしろ」

「あの男を呼んでくれ」

安河内は桑野を示した。柳が呼ぶと、桑野は三人のかたわらに、気をつけの姿勢で立った。安河内が訊ねた。

「あんた、きのう店に何時までいた」

「二時までだ」

桑野はぶっきら棒に答えた。

「それからは？」

「まっすぐ帰ったよ」

「どこに」

「ここさ。桑野は俺といっしょで、ここに住みこんでいる」

柳が答えた。

「それを証明できる人間は」

「いないね。十二時過ぎると、フロントには誰もいなくなる。部屋の鍵は各自持っているから、それで入るんだ」

「そういや、俺は風呂入りにいって、そこで下足番のおっさんに会いました」

桑野がいった。

「風呂って大浴場か」

柳の問いに頷いた。桑野の目は、法被を着た、シンゴの父親を見ている。

「あんたら、ここにいてくれ」

安河内はいいおいて、離れたところに立つ、シンゴの父親に歩みよった。ふた言、み言、話しかけると、シンゴの父親は怯《おび》えたように安河内を見つめた。

「何だってんです」

桑野が低い声で柳に訊ねた。

「きのう店にきたデコスケが死んだらしい。酔っぱらい運転で事故ったのだと。誰がそんなに飲ませたのか、調べてやがる」

柳が同じように低い声で答えた。

「冗談じゃねえ。あんな野郎と、誰が酒飲みますか」

桑野は吐きだした。

安河内が戻ってきた。

「確かにあんたが大浴場にいるのを見たそうだ」

「安さん、さっき目崎さんは、どこで事故を起こしたといいました」

干場は訊ねた。

「大城からこっちへ向かう県道だ」

「車はどっち向きだったんです？」

「そいつはわからん。大破していたからな」

答えて、安河内は干場を見た。

「目崎が大城で飲んでいたかどうかは、県警の人間が調べている」

「『人魚姫』をでていったのは八時頃だから、大城までいって飲む時間は充分にあった筈だ」

桑野がいった。安河内は桑野を見やり、頷いた。

「そうだな。手間をとらせて申しわけなかった」

「今度はあんたが嫌がらせの係か」

柳がいった。

「何のことだ」

「ネタが増えたろう。目崎ってお巡りが死んだんで」

安河内は首をふった。

「そうとんがるなよ。あたしはイクミが『人魚姫』で働いておるのは知っていたが何もしなかった。この町には、若い娘ができるアルバイトなどそうはない。大人の真似《まね》はしたいし、金も欲しい。まあしかたがないことだ。援交に走るよりははるかにましだ」

「恩を売ってんのか、今さら」

「そうじゃあない。イクミの件で、あんたに何かいったことは一度もなかった筈だ、と念を押しておるのさ。だから目崎のことも関係ないなら、嫌がらせをすることなどない。ただし――」

いって、安河内は柳を見つめた。

「あんたが若い社員にすえる灸とやらが、あまりに過激なら、話はちがってくる」

「いったろう。やくざじゃねえんだ」

にこりともせず、安河内は返した。

「いったろう、信用できない、と」

柳の顔がこわばった。

「そいじゃ」

安河内は軽く頭を下げ、観光ホテルのロビーをでていった。

それを見ていた干場は、

「ちょっと話してくるよ」

といって、あとを追った。

22

「安さん、安河内さん！」

声に安河内はふりかえった。干場が大またで歩いてくる。体が大きいので、ふつうの人間の小走りくらいの早さがあった。

「何だね」

立ち止まった安河内は訊ねた。

「令子さんたちには会ったの？」

「これからだ。夕方にならないとでてこないだろう。お前さん、先に話したりはせんように」

安河内は釘《くぎ》をさした。

「本当のところはどうなの」

干場が訊ねた。

「何がだね」

「目崎さんの事故。安さんは疑っているのじゃない？」

安河内は息を吐いた。

「そんなことを立ち話するわけにはいかんな」

「じゃあ、いいところがある。そこへいこう」

干場は先に立って歩き始めた。安河内はあとを追うのに早足になった。

干場が〝いいところ〟といったのは、海水浴場の外れにあるベンチだった。砂浜の端にあって、五十メートルほど離れた波打ち際では、投げ釣り師と思しい男がひとり、竿をふっている。他に人の姿はない。

「何が釣れるんだろう」

それを見つめて、干場がつぶやいた。

「たぶんキスだな」

「キスって、天ぷらにする？」

「そうだ。冬場ならカレイだが、まだ早い」

安河内は答えた。

「へえ。季節で釣れる魚がちがうんだ」

「水温に応じて、魚は移動する。規模の小さい渡り鳥のようなものだ。水温が高い時期、カレイはあまり岸寄りにはおらん。水温が下がると、キスは深場に移動し、かわりにカレイがやってくる。卵を産むためにな」

「なるほど」

「そんな話をしたいのか」

「ちがう。目崎さんのこと」

「捜査中の事案だ。あまりべらべら喋るわけにはいかん」

「警察が疑っているの。それとも安さんがひとりで疑っているの」

安河内は息を吐いた。

「ずいぶん嫌なことを訊くな」

「嫌なこと？」

安河内は煙草をくわえた。決して強くはないが、潮を含んだ重い風のせいで、ライターの炎がなかなかつかない。

「警察は、早めに蓋をしたいだろう。特に署長などはな」

「なんで?」

ようやく火がつき、安河内は煙を吐いた。

「いった通り、目崎にはいい噂がない。それがあんな形で死んで、事件、事故、いずれにしても問題になるだろう。事件だとすれば、奴の悪い噂をどうしてもほじくりかえさなけりゃならず、そうなれば責任を死人ひとりに負わせるわけにもいかなくなる」

「なるほど。署長も山岬の人なの」

「いや。女だ」

「女!?」

「そうだ。我々とはちがう、出世コースに乗ったエリートで、なんでこんな小さな町の署長になったのか、不思議なくらいだ」

「女の署長さんなんているんだ。へえ」

安河内はしばらく無言だったが、口を開いた。

「お前さんにこの話をするのは本当はいかんのだが、まあいいだろう。目崎の事案は、あたしが直々に、署長に命じられたことだ」

干場は安河内を見つめている。

「今朝早く、署長に呼びつけられてな。この事案は、あたしひとりで担当しろと命令された。そしてわかったことは直接、署長に報告するように、と」

「なぜなの」

「なぜだと思う」

干場は首をふった。

「わからない。安さんひとりで調べていれば、何か都合の悪いことがでてきたら、すぐに蓋ができると思ったのかな」

「その可能性はあるな。しかし正反対もある」

「正反対？」

「小さな町では、好むと好まざるとにかかわらず、警官も地元の人間といろんなしがらみができちまう。まして目崎はしがらみだらけだったといっていいくらいだ。それを、署内の人間の大半は、知っていて知らんふりをしていた。きちんと調べることになれば、具合が悪くなる奴もでてくるだろう。そうなったら、捜査も適当なところで茶を濁そうって話になってもおかしくない」

「それを避けるために安河内さんに命令したの。だったら安河内さんは信頼されているってことだね」

干場がいったので、安河内は苦笑した。

「そうじゃない。あたしには失うものが少ない。それが理由だ。仲間のことをほじくるような仕事は誰だってやりたくない。世間をせばめるのが見えている。だけどあたしはもうすぐ停年だし、カミさんにも先立たれている。何かしらもめても、困る人間はそうはいない、というわけだ」

「じゃあ貧乏クジってこと」

「そうなるな」

「ふうん」

干場は答えて、海を眺めた。

「断われないんだ、そういうのって」

「いや、断わることはできたかもしれん。だからといってあたしをクビにすることはできない。たぶんちがう人間に命令をだすだけだ」

安河内がいうと、干場はふりむいた。

「それならなんで引きうけたの」

「なんでかね。たぶんあたし以上に向いている人間を、あたしにも思いつけなかったからだろうな」

安河内は吸いさしを靴底に押しつけた。

干場は黙っていた。安河内は干場を見た。

「お前さんにこれを話したのは、原因のひとつがお前さんにある、と思っているからだ」

「俺に？」

干場は驚いたようにいった。

「そうだ。いろんな問題を抱えこんじゃいるが、とりあえず山岬は、表面は平和だった。だがお前さんが現われたことでそれがかわった。水面下にあった問題がじょじょに浮き上がってきたような感じがする」

「それって、浮き上がらせようと、安さんも思っていたことじゃないの」

安河内は干場の横顔を見た。

「なぜそんなことをいうんだ」

干場は安河内をふりむき、にやりと笑った。

「何となくそう思うのさ」

「あたしはそんなに底意地が悪い人間かね」

「底意地が悪いかどうかはわからないけれど、見た目通りの人じゃない、とは思ってる」

安河内は息を吐いた。

「お前さんこそ何を考えているかわからん。殿さまの唯一の親族なら、この町にきて、やることはたくさんある筈だ。それなのに毎日ふらふらしているだけじゃないか」

「やること？」

「財産をとり返そうとは思わんのか」

「とり返すったって、もともと俺のものだったわけじゃない。会ったことのない伯父さんのもので、それを誰かがもっていったからって、返せなんていいづらい」

「だが、返せといったほうがいい」

安河内はいった。

「どうして」

「いえば、右往左往する人間がでてくる」

「それを見ておもしろがるの」

「ちがう」

安河内は首をふった。考えていたが、決心して告げた。

「六年前の検視の話だが、署で担当したのは目崎だった」

干場は安河内を見つめた。

「当直は目崎で、嘱託医の長野という先生と、二人で殿さまの検視をした。長野先生は当時七十を過ぎていて、正直、形だけの医者だった。当直の警官が、事件性ありませんといえば、ぽんとハンコを押す。事件性なしとの判断がでれば、解剖だの何だのもない。

火葬されて終わりだ」

「安さんはそれをいつから知っていたの」

「正直にいえば、ずっと知っておった。殿さまが亡くなったのは、あたしの女房の命日の二日前だ。医者からそろそろだといわれておって、目崎に当直をかわってもらったんだ」

「つまり、本来は安さんが当直の日だったの？」

安河内は苦い表情で頷いた。

「女房は、大城の総合病院に入っていた。台風がきて、道や線路に被害がでると、何日か、大城にいけなくなる可能性もあった。つまり、女房の死に目に立ちあえないかもしれん。あの日、台風がやってくるという予報があったので、あたしはありがたく目崎の申し出を受けた。そして夕方、大城に向かったんだ。女房の容態が悪化し、あたしはそのまま大城の病院に泊まった。結局、女房が亡くなるまでは戻れなかった。その間に、殿さまは死んでおったというわけだ。だから、その日の当直が誰だったのか、あたしが忘れる筈がない。同じように、目崎も覚えていた筈だ」

安河内は言葉を切り、新しい煙草に火をつけた。

「そのことはずっとあたしの心の中にひっかかっておった。もしあの日、あたしが当直をかわらず、山岬に残っておったら、殿さまはどうだったろう、と。あたしが山岬に戻ったときには、すでに火葬もすんだあとだった」

　干場は何もいわなかった。

「葬式が終わると、弁護士の勝見先生が、生前、遺言状を預かっていたことを公表し、それにしたがって、干場家の全財産を市に寄付する、といった。口をはさむ者はおらんかった。誰もが、殿さまには身寄りがない、と知っていたからだ。ただ、ひとりだけ、洋子は納得がいかんようすだった。ずっと殿さまのそばにいたのに、そんな話は聞いたことがない、というのだ。だが、人は皆、自分に財産を残してもらえなかったひがみだろう、と考えた。あんなに尽くしたのに一文も残してもらえず、頭にきたにちがいない、と。何をいってもそうとられることに嫌けがさしたらしく、結局、洋子も黙らざるをえなくなった」

「かわいそうな話だな」

「そう思うのなら、お前さんが財産をとり戻し、洋子にあらためて渡してやるがいい。それができるのはお前さんだけだ」

　安河内は干場を見つめた。

「誰に話をもっていくの、市長さん？」

「そうなるな。が、最初は勝見先生だろう」

「弁護士さんか」

干場はつぶやいた。そして安河内を見返した。

「目崎さんは、なんで『人魚姫』に嫌がらせをしたのかな」

「理由はいろいろあるだろう。柳をクサいとにらみ、叩けば何か尻尾をだすと考えたか」

「それは自分の考えで？」

「他に誰が考えるというんだ」

「そこだよ。岬組の組長ならありえる。でももしそうなら、令子さんがあとから組長がくるといっても、信じなかった筈だ。せせら笑って、ありえない、というだけだ。けれど、目崎さんはそれを信じたからこそ、『人魚姫』を引きあげた。本当はその場から組長に電話でもして確認すればよかったのだろうけれど、それをしたら組長とつきあいがあることを、令子さんや俺、桑野さんの前で公然と認める結果になる。だから、引きあげざるをえなかった」

「なるほど。お前さんのいう通りかもしれん。目崎が『人魚姫』にきたのは、組長の有本の命令ではなかった、と。じゃ誰だ」

「その前に。目崎さんはなぜ、今になって『人魚姫』に嫌がらせをしようと考えたのかな。イクミのことを密告する電話があったといってたけど、本当かな」

「ありえんな」

あっさりと安河内はいった。

「少なくとも署内にそういう記録はなかった。となれば、目崎の携帯にでも直接、そういう密告があったということになるが……」

「目崎さんの携帯電話は？」

干場が訊ねると、安河内は答えた。

「事故現場で発見された。あたしがもっておるよ。破損した状態だが、データの修復は可能な筈だ」

「それを調べれば、何かわかるだろうね」

「と、あたしも思っている。密告があったのか、なかったのか以外のことも、だ」

安河内はいって、干場を見つめた。

「万一、密告じゃないとしよう。お前さんの考えを訊きたい。なぜ、目崎は、『人魚姫』に嫌がらせをしかけた？」

安河内が訊くと干場は訊き返した。

「イクミをつかまえていたら、『人魚姫』はどうなった？」

「最低で営業停止、経営責任者はひっぱられ、場合によっちゃ逮捕だ」

「『人魚姫』がそうなって得をするのは誰かな。岬組？」

「損はせんだろうが、有本が作りたがっておる新しいクラブの目途《めど》がたっておらん以上、得とまではいかんな」

　干場は腕を組んだ。

「だったら誰だろう」

「大事なことを忘れちゃおらんか」

「大事なこと？」

「『人魚姫』が営業停止になり、柳がひっぱられたら、お前さんの就職はどうなる」

　干場は目をみひらいた。

「俺？　俺の就職を妨害するためだった、というの」

「目崎がそこまで知らされておったかどうかはわからん。だが柳がひっぱられたら、お前さんが『人魚姫』に入るのはかなり先のことになったろう」

「待ってよ。俺の就職を妨害するために、目崎さんは乗りこんだってこと？」

「目崎は、使い走りだ。妨害したかった人間は別にいる」

「関口建設？　そこまでして、俺を会社に入れたいのかな」

「関口がやらせたかどうかはわからん。だが目崎を動かした人間の目的は、お前さんが『人魚姫』に入るのを阻止することだったと考えていいだろう」

「わからないな」

　干場は首をふった。

「俺が『人魚姫』に入って、誰がどう困るのだろう」

「さてな」

安河内はいって、のびをした。

「そいつは、あたしもお前さんもゆっくり考えることだ。ひとつだけいっておく。自分の身のふりかたによっちゃ、今後も困らされる人間がいる、というのを忘れるな」

「それって、俺に関口建設に入れという意味かい」

怒ったように干場がいった。

「そんなことはいっておらん。ただ、こういう見かたもできる。お前さんが、あっちにもこっちにもいい顔をして、態度を明確にしないなら、いっそどこにも就職できなくしちまったほうが早いかもしれん」

「威さないでほしいな」

干場は首をふった。

「もちろん、それは最後の手段だ。お前さんを味方につけたい人間は、いよいよとなるまでは、そんな態度にでないだろう。だが、気をつけるのにこしたことはない。一度浮き上がった問題は、そうは簡単には沈まないだろうからな」

干場は安河内を見すえた。

「じゃ、俺もひとつだけ訊くよ。安さんは、俺の味方なの、敵なの」

安河内は干場の目を見返した。

「さあな。それは、お前さんの今後しだいだろう。たとえ関口建設に入らなくても、お前さんが柳とつるめば、味方にはならん」

「なぜだい」

「いずれわかる。浮かび上がる問題はひとつだけじゃない」

安河内は立ちあがった。

「さて、あたしはそろそろいくとしよう。何かあったら『伊東』のバーテンにことづけてくれ。奴とあたしは長いつきあいだ」

干場は複雑な表情を浮かべていた。それを見届け、安河内は背を向けた。

23

署に戻った安河内は、交通課に顔をだした。目崎の車の事故の検証結果が、あらかたでそろっている頃だ。

署内の空気は微妙だった。目崎は、〝札つき〟ではあったが、〝鼻つまみ〟ではなかったからだ。目崎にうしろ暗い面があることは誰しもが気づいていたが、若い巡査たちは、その目崎に食事や酒を奢られる機会が多かった。さすがに山岬の中心部ではおおっぴらにしているのを見たことはない。たいていは大城に、非番の連中を連れていっていた。岬組の有本が新しいクラブをオープンすれば、それもかわっていたかもしれない。

「何かわかったかね」

交通課の副課長に、安河内は訊ねた。安河内が署長命令で単独捜査についたことは、早いうちに署内に知れ渡っていた。署長が公表したのでも、安河内が喋ったのでもない。いつのまにか、全員が知っていたのだ。副署長が洩らしたのか、署長秘書が喋ったのか、本当のことは決してわからないだろう。

「飲酒の自爆ですよ。さっき大城の病院からファックスがきて、目崎の血中アルコールはかなりの数字です」

目崎の遺体は検査のために、大城の総合病院に運ばれていた。

「車はどっちを向いていたんだ」

「それが現場にブレーキ痕がないんで、はっきりしないんです」

車が見つかったのは、山岬の中心部から十キロほど大城に向かった県道だった。発見者は、新聞を運搬するトラックの運転手だ。大城でのせた朝刊を山岬の販売店に運んでいた。

発見したのは、山岬で朝刊をおろし、大城に戻る帰路だった。一時間前に同じ場所を通過したときには、事故は発生していなかった。そこからみて、事故は、午前三時から四時のあいだに起こった、と副課長は説明した。

「その時間帯は、通行車輛《しゃりょう》が最も少なくなるので、目撃者は期待できませんな。目崎の自宅は山岬市内ですから、ふつうに考えれば大城で飲んで戻る途中、事故ったということになりますか」

安河内は頷いた。山岬でさんざん飲んだあげく、目崎が車をだし大城に向かっていたとは確かに考えにくい。

「奴のカミさんは何といっている」

「それが、目崎は少し前にカミさんと別居していましてね。カミさんは福島の実家に戻ってるんですよ。ですからこのところはひとり暮らしだった」

「なるほど、大城での足取りはつかめたかな?」

副課長は首をふった。

「まだです。日が暮れなきゃ飲み屋が開かないんで、向こうでの訊きこみはそれからになるでしょう」

安河内は頷いた。

「車を見ますか」

「そうだな」

「これが現場の写真です」

現場検証で撮影された写真を安河内は受けとった。

目崎の車は、ま新しい高級セダンだった。新車で買えば五百万円近くするだろう。そのフロント部分が無残にひしゃげている。写真を見て、事故現場がどのあたりか、安河内にはわかった。

キノコの形をした半島の、笠の部分の西側をぐるりと回りこみ、柄の部分とぶつかるあたりだ。鋭角のカーブとなっており、大城のほうから直線を下ってくると、いかにも事故を起こしそうな場所だった。

「車はどうした」

「レッカーして、下においてあります」

「ちょっと見せてもらうよ」

安河内がいうと、

「どうぞ、どうぞ。安河内さんの調べが終わるまではそのままにしておきますから」

副課長は答えた。

「すまないね」

安河内はいって苦笑した。署内の誰もが安河内の捜査を知っているのは便利な反面、さぐられたくない情報は決してでてこないであろうことを意味している。

山岬署の地下駐車場に安河内は降りた。

配備されてはいるものの、おそらく一度も使われたことのない装甲車輌や、整備待ちのパトロールカーなどがおかれている。その中に、シートを無雑作にかけられた目崎の車があった。

安河内はシートをはがした。車は右のフロント部分が原形を留《とど》めないほどひしゃげていた。フロントグラスもほとんど残っていない。運転席に大量ではないが血痕がある。目崎の死因は全身打撲だった。シートベルトをしていた形跡はなく、ハンドルやフロントグラスに強く体をぶつけたことが死につながったのだ。

安河内は背広から白手袋をだし、はめた。助手席側のドアを引くと、かろうじて開いた。

中をのぞきこむ。特に目を引くものはない。

灰皿を開けた。中にある吸い殻は、目崎が吸っていた「ラーク」のみだ。ドアポケットを安河内は調べた。使い捨てのライターが入っていた。

店名らしき「シルビア」という文字と電話番号が入っている。市外局番は大城市のものだ。

安河内はその番号をメモした。ライターは新品ではなく、使いこまれていた。車内での喫煙用にドアポケットにほうりこまれていたのだろう。

そのライターをドアポケットに戻し、安河内は目崎の車を降りた。腕時計をのぞいた。

午後二時を回ったところだった。

24

安河内と海岸で別れた干場は観光ホテルに戻った。ロビーには、柳と桑野がいた。

「長かったな」

干場を見るなり、柳はかみつくようにいった。干場が安河内と話しこんでいたのが気に入らないようだ。

「いろんな話がでたんだ」

干場はなにげない口調でいった。

「いろんな話?」

「主に俺のこれからのことだよ。就職の件や何か」

「あいつは俺のことを嫌ってる。『人魚姫』で働くなといわれたろう」

柳は眉をひそめた。干場は首をふった。

「そこまではいってないよ。ただ、よく考えろっていわれた。俺の態度によっちゃ、最後の手段にでてくる人間がいるかもしれないって」

「何だ、最後の手段て」

「さあね。でも山岬には、今まで隠れていたけれど、いろいろな問題があるみたいだ」

柳は干場を見た。

「どんな問題があるっていうんだ」

「俺にわかるわけないだろう。きて、まだ何日もたっていないのに」

「お前は台風の目になるとあのデカは思っているのじゃないのか」

柳は冷静な口調でいった。干場は柳を見なおした。

「なぜそう思うんだい」

「死んだ殿さまの唯一の身寄りだからだ。俺は二年前からしかこの町のことは知らねえが、六年前に、お前の伯父さんが死んだときは大騒ぎだったって聞いた。町で一番の金持が、突然死んで、遺言書には全財産を市に寄付する、とかあったのだろう。町にとっちゃ、棚からボタモチもいいとこだ」

「安河内さんもいってたよ。これが市じゃなくて個人に残したのなら怪しむところだって」

「市だって同じことだ」

「同じ、とは？」

干場が訊き返すと、柳はあたりを見回し、煙草をくわえた。桑野がさっとライターの火をさしだす。

「いいか、市に寄付ったって、別に山岬の市民全員に平等にその財産が配られたわけじゃない。金はまあともかく、土地ってのは動かさなけりゃ価値を生まない代物なんだ。殿さまの住んでた屋敷はどうなった？」

「マリーナだよ」

「そうさ。カモメくらいしかいねえ、あのさびれたマリーナだ。本当ならお前は、あのしけた旅館なんかじゃなくてその屋敷にいた筈だ。それがあのマリーナに化けた。マリーナを造る何十億って銭は、どこからでた。市だ。で、そいつはどこへ消えた？　マリーナを造った関口建設に大半が流れこんだんだ。公共工事とかいったところで、土建屋に談合はつきものだ。関口の野郎が一番儲けたのはまちがいない」

「じゃあなぜ、関口さんは俺を雇いたがったのだろう」

「決まってるだろうが。お前に金を渡してあれこれ詮索させないようにするためだ。それに自分のところにおいておけば、いつでも目が届く」

「頭がいいな」

感心したように干場がいったので、柳はあきれた表情になった。

「何をいってやがる。自分のことだぞ、おい」

「それはそうだけれど、何だか現実離れした話に聞こえる」

柳は目をぐるりと回した。かたわらに控える桑野をふりかえり、いった。

「おい、さっきの話、してやれ」

「いいんですか」

「かまわない。こいつなら話したっていいだろう。俺はこいつに借りがあるんだ。だまし打ちみたいな真似はしたくねえ」

「わかりました」

　桑野は神妙な顔で頷いた。

「俺と専務は以前、金融関係の仕事をしていたんだ。金融たって、もちろん銀行とかそんなのじゃない。簡単にいや――」

　口ごもるのを柳が引きとった。

「高利貸しだ」

　桑野は頷き、つづけた。

「いっておくが、高利貸しだけやっていたわけじゃない。金以外にも、いろんなものを扱った。だからいろんな知識がある」

「なのにどうしてキャバクラなんかやっているのさ」

　干場が訊ねた。

「まちがえるな。キャバクラてのは暇潰しみたいなもんだ。本業はホテルの経営だ。だがこのホテルだって、潰れかけていたのを俺たちが引きとった」

「うん。それは知ってるよ」

桑野は身をのりだした。

「お前にもわかるだろうが、経営のうまくいっている会社に高利貸しは縁がねえ。そりゃそうだ。金はあるんだ、わざわざ高利貸しから借りる必要はない。もし設備投資や何やらでまとまった金がいるなら、銀行が貸す。高利貸しのところにくるのは、銀行からは貸してもらえないようなところなんだ」

「それもわかるよ。だから利子が高い」

「そうさ。だが、そんな会社になんで金を貸すと思う。高え利子は確かに儲けになるが、潰れて払えなくなったらそれまでだ。なのに、なぜ高利貸しは金を貸す?」

「さあ……。ギャンブルかな。うまくいったら、がっぽり返してもらえるから」

桑野は首をふった。

「そんな、つまらねえバクチは絶対に打たねえ。高利貸しが潰れかけた会社に金を貸すのは、必ず儲けがでるからだ」

「儲けがでる?」

「銀行に見離されたような会社の経営者が泣きついてくると、俺たちは徹底的にそいつの財産を調べる。家屋敷、車、女房、子供の貯金から、もし妾がいれば、その妾に買ってやった宝石やら何やらまで、すべてだ。もちろん、家や車は、すでに借りた銀行とかの担保になっているが、かまうことはねえ。なぜかといえば、最後に泣きついた相手こそ、そいつら追いつめられた連中にとっちゃ〝神様〟だからなのさ。

簡単にいやあ、そいつの財産を、貸してくれた誰に渡したいかってことさ。いよいよ会社が駄目だとなったとき、これだけのもので勘弁してくれと誰にいうかだ。いっておくが、残った財産を、貸している奴ら皆で山分けなんて、そんなことはありえない。いったん〝飛んだ〟ら、銀行だろうがマチ金だろうが、考えるのは、手前のところが一円でも多く回収するってことだけだ。俺たちは必ず、一番に返してもらう。しかも、決して貸した金を下回るような回収はない。貸した金以上の財産を回収するんだ。そんなことができるのかと思うだろう。できるんだよ。

マトモにやっていて儲かっている会社だったらありえねえような契約を、潰れかけてアップアップの会社は、あっさり呑む。逆にいえば、儲け話があるのはむしろ、まっとうな会社よりも、潰れかけているような会社のほうなんだ」

「細かいテクニックをいちいち説明してもしかたがない。お前を高利貸しにするつもりはねえからな」

柳がいった。干場は無言で頷いた。

「で、俺たちがなぜ山岬にやってきたか」

「そう。俺はそれを訊きたいよ。このホテルをそうやって回収したからなの？」

干場はいった。

「はっきりいうが、このホテルは今のままじゃ、まったく回収できちゃいない。見ての通り、客はこないし、どうにもならないありさまだ。ホテルを潰して更地にしたところで、たいした金にもなりはしない。ホテルを手に入れたのは、山岬に入るためだ」

「入るため？」

「俺の話を思いだせ、潰れかけた会社にこそ儲け話がある」

桑野がささやいた。

「どこが潰れかけているの。関口建設？」

「ちがう。もっとでけえ、もっと財産をもっているところだよ」

柳が首をふった。

「どこ？」

柳と桑野は顔を見合わせた。

「ここだよ」

桑野がいった。

「山岬だ」

「山岬市!?」

「そうだ」

柳が答えた。

「この町は、潰れかけている。もし会社ならとっくに銀行が見離している状態だ。だが自治体ということで税収もあるし、国からの補助もある。本当に潰れるまでには、一般の会社とちがって、まだまだ時間がかかる。だから俺たちがきたのさ。『トランスリゾート』を市長はありがたがってる。さびれたこの町を復活させてくれる救世主だと思ってる。さっき、桑野がいったろう。高利貸しに駆けこむ奴らは、最後に貸してくれる人間を神様だと思うって。まさにそれだ。俺たちは、潰れかけた山岬で大儲けするために、やってきたんだ。ただ乗りこんだだけじゃ、こういう田舎に足場を作るのは難しい。だから観光ホテルを買収し、キャバクラを開いた。地場産業だと、地元の人間でも考えるようにもっていったというわけだ」

干場は無言で柳を見つめた。

「驚いたか」

「驚いた。すごいこと考えるな」

干場はいった。

「潰れかけている会社じゃなくて、潰れかけている自治体で儲けようなんて」

「プロじゃなけりゃありえねえ」

桑野が胸を張った。

「だがな、自治体てのは、会社ほど簡単じゃねえ。儲けるためにはいろんな根回しが必要になる」

柳がいった。

「根回し」

「まずその一。会社とちがって自治体は個人のもちものじゃない。会社は社長やら役員にハンコをつかせりゃこっちのものだが、自治体は、市長や市議会を丸めこんでもそうはいかない」

「待ってよ。柳さんたちは山岬の土地を狙っているということなの」

「狙うというな。人聞きが悪い。俺たちは合法的に山岬市の資産や事業をトランスリゾートに移したいと考えている」

「わかんないな」

干場は瞬きした。

「市がやってもうまくいかなかったものを、トランスリゾートがやったら利益がだせるというわけ？」

「当然だろう。役人なんてのは、自分が任されてる施設が赤字だろうが何だろうがどうでもいいんだ。あいつらは自分の勤め先が潰れるなんてこれっぽっちも考えてない。採算がとれなかろうが何だろうが、給料は必ずもらえると思ってやがる。それが山岬の財政をここまで悪化させたんだ」

「山岬ってそんなに駄目なの」

「総務省って国の役所が決めている、要注意団体という線引きがある。実質公債費比率十八パーセント以上という数字で、これは収入に対する借金返済の比率を表わしている。つまり十万円の収入があっても一万八千円以上を返さなけりゃならんとしたら、その自治体はヤバいってことだ。それが山岬は、十七・八パーセント。ぎりぎりだな。経常収支比率は九十八パーセント。人件費と借金の返済で収入の九十八パーセントが消える。これじゃあ新規事業なんかとうていおこせねえ。このままいけば、遠からず財政破綻、つまり会社でいう倒産を引きおこす」

「倒産したらどうなる？」

「国と県の管理下におかれ、千円単位まで支出を縛られる。職員はリストラされるか給料をカットされるし、当然公共サービスもなくなったり、内容を縮小するか有料化せざるをえない。そんなことになれば、市長や市議会も大変だ。むろん職員と同様、給料を削られるし、何よりできることが制限される。市民からは今まで何をしていたんだという突き上げをくらうだろう。だから、何としても財政再建団体にはなりたくない。この状況は、潰れかけた会社の社長が高利貸しのところに飛びこんでくるのとそっくりだ」

「じゃあ市にお金を貸す、ということ？」

「いや。会社とちがって自治体の借金は、山岬クラスでも百億近い。俺ら高利貸しがどうこうするにはでかすぎる。だから別の方法を考えている」

「別の方法？」

「そうだ。借金を減らすために一番必要なことは何だ」

「倹約、かな」

「倹約は大事だが、それだけじゃ金は返せない。よぶんなものを売っぱらって少しでも返す。元本を減らせば利子も減る」

「会社なら潰れてからが、俺たちの勝負どきだが、自治体は潰れちまったら終わりだ。国や県に管理された状態じゃ、つけ入るスキがないからな」

桑野がいった。

干場は桑野と柳の顔を見比べた。

「それっていいことなの、悪いことなの」

「山岬の市民にとっちゃ、少なくとも悪いことじゃねえ。もし市が破綻したら、ゴミの回収やら老人向けの交通サービスは無料じゃなくなるし、市営住宅の家賃も値上げされる。そうならないようにしてやろうというのが俺たちなんだ」

「じゃ反対する人はいないね」

「そうはいかねえ。昔っからこの町を牛耳っている連中は、俺たちがでしゃばるのをおもしろくないと感じるだろう。実際、公共事業がらみで稼いできた奴らは、自分たちの吸ってきた甘い汁が俺たちに横どりされると警戒する筈だ。その鍵を握っているのが、市長の西川だ」

「西川の叔父というのが、弁護士の勝見なんだ。そういえば、カラクリが見えてくると思わないか」

桑野がつけ加えた。

「その勝見は、死んだお前の伯父さんと山岬を二分する大金持で土地持ちだ。キナ臭《くせ》え話だろう」

柳が干場を見つめた。

「何だかややこしいな」

「確かにややこしい。だがな、欲ってフィルターを通して見てみると、そういうややこしい関係は意外と簡単にわかっちまったりするんだな」

干場は黙っていた。柳は干場を指さした。

「お前が馬鹿なのか、それとも馬鹿のフリをしているだけなのか、俺にもまだよくわからねえ。だが少なくとも欲にとりつかれてこの町にやってきたのでないことだけは確かなようだ。自分が無欲だから、周りがほっておいてくれると思うのは大まちがいだがな」

「それって安さんがいったこととといっしょかい？」

「まあそうかもしれん。俺たちにつくのか、それとも勝見や岬組につくのか、腹を決めておくことだ」

干場は頭をがしがしとかいた。

「そんなこと、夢にも考えてなかったよ」

「俺がお前を『人魚姫』に誘ったのは、こんな話がでる前だ。本当にお前のことを気に入っていたからにすぎねえ。関口がお前を誘ったのとはまるでちがう」

「わかる、それは」

柳は息を吐いた。

「ならいい。よく考えて、決めろ。どっちについても、どっちかは敵になる」

険しい表情で干場を見つめていた。

25

安河内は、署の公用車のスピードを落とすと路肩に寄せた。そこは目崎の車が大破して発見された県道だった。大城に向かう途中だ。

半島の先端部を海岸線に沿ってカーブしていた県道が、急に直線にかわる地点だ。逆に大城方面から南下してきた車は、右カーブ、左カーブの連続につきあたる。

実際、事故の多い場所だった。

左カーブを回りこんだところに、わずかだがガラスの破片が落ちている。左側は大きくえぐれた断崖で、ガードレールの下に白い波が打ちよせていた。右側にはガードレールはない。落石防止のためにコンクリートで補強された山肌がつづいている。そこに白く衝突の跡が残されていた。

安河内はカーブの先を見やった。ほぼ直線の県道がのびている。百メートル先では、トンネルを抜けた線路が並行して走っていた。

この地点で事故が起きたのは初めてではない。二年前の夏にも海水浴に向かっていた若者の車がカーブを曲がりきれず、この山肌にぶつかり、反動でガードレールを破って海に落ち、二人死亡していた。やはり早朝のことだった。

それ以前にも、安河内が知る限り、二件の事故が起こっている。

ただ、目崎の事故と異なる点がひとつ。事故を起こした運転者は、いずれも山岬の人間ではなかった。

山岬から大城に車で向かう人間は少なくない。大城は都会だ。休みの日に、家族で買物に向かう車が小さな渋滞を作ることもあるくらいだ。

つまり山岬の人間は、ここが危険な場所だというのを知り尽くしている。直線がつづき、飛ばしているといきなり急な右カーブ、そして左カーブと道が蛇行する。したがって地元の人間はここで事故を起こさない。事故はむしろ、見通しのよい、山岬駅周辺などで起きている。

目崎も、車で大城へいくことは数知れずあった筈だ。そんな人間が、たとえ酔っぱらっていたとしても、死亡するほどの自爆事故を起こすだろうか。

それが安河内にはひっかかる。ただ、目崎が飲酒運転をしないような人間か、といえば、むしろしていてまったくおかしくない人物だったのは、はっきりしていた。

つまりこれは、「いかにも起こりそうな」事故だというわけだ。

「いかにも起こりそうな」事故で、問題のある刑事がひとり死んだ。しかもその刑事は、事故を起こす前に、職権を濫用したととられてもおかしくない行動をとっていた。

それが刑事自身の自発的な意志でおこなわれたものとは、とうてい思えない。

目崎は、誰かに頼まれて「人魚姫」に嫌がらせをしかけたのだ。

これが事故か事件かを判断するには、その誰かをつきとめるのが重要になりそうだ。

〝事故現場〟を調べた安河内は、再び公用車に乗りこんだ。時間にして十分から十五分というあいだだったが、その間、前を通りすぎた車は一台もない。これが深夜、早朝となったら、もっと通行量は少ないだろう。

およそ一時間ほどの運転で、大城市内に入った。

安河内がまず向かったのは、県警本部にある鑑識課だった。壊れた目崎の携帯電話のデータを調べてもらうのが目的だ。

係員によれば、データの修復は可能だろうが、専門の業者に委託するので一週間はかかるとのことだった。

それでもかまわない、そしてあがってきた結果については、必ず自分あてに、メールやファックスではなく郵便で送ってもらいたい、と告げた。それもあて先は、自宅にした。

依頼をすますと、以前いた部署に顔をだすこともなく、県警本部をでた。

署をでたのが三時過ぎなので、すっかり日が暮れていた。

県警本部は、大城市の中心部にある。安河内は、以前よく通った定食屋に顔をだした。代がわりしていて、厨房にいるのは、知らない若いコックだった。

食事をすませ、店をでると携帯電話をとりだした。目崎の車の中にあったライターの店、「シルビア」にかけた。

電話にでたのは、三十代ぐらいの声の男だった。安河内は場所を訊ね、営業時間を訊いた。

場所は、大城の繁華街の外れだった。営業はすでにしている、と男は答えた。

安河内は「シルビア」に向かった。雑居ビルではなく、店の正面に小さな駐車スペースのある一軒家の店がまえだ。店の造りは、古くも新しくもない。十年前後、というところだろう。

店の扉を押した。

「いらっしゃいませ」

口ヒゲを生やし、紺のスーツにネクタイをした男が正面にのびるカウンターの内側から声をかけた。右手には大きなカラオケの画面がある。

四人がけのボックスが五組ほどあって、男の他にも従業員が四、五人はいそうな広さだった。

「先ほどお電話下さった方ですか。すみません、まだ女の子が出勤していないんで、それでもよければどうぞ」

「女の子は何人くらいいるの」

「うちは、平日は六名です。金曜、土曜はあと二人、きますけど」

「ママさんとか、そういう人はいるの」

「おります。ママは、八時過ぎないときませんが」

「そう。じゃ、その頃、でなおすよ」

「あの、お客さん、ママのお知り合いですか」

スーツの男は安河内の顔をのぞきこむようにして訊ねた。

「共通の知人がいると思うんだが。ま、それは夜きたときにでも。じゃ」

安河内はいって、ドアを押した。男が一瞬、剣呑な表情を浮かべるのが見えた。

26

干場は、目の前の建物を見上げた。岬町の中心部に建つ勝見ビルだった。柳らと別れ、しばらく港で風に吹かれながら、夕方の漁にでていく船を眺めていた。漁場は遠くはないようで、船はいずれもひとり乗りかふたり乗りの、小さなものばかりだ。

それでも十数隻が、いっせいに白波を蹴って漁港の突堤のあいだを抜けていく光景は見ものだった。

漁師たちは頭にタオルを巻いたり、キャップをかぶっているが、皆、濃く陽焼けしている。だが、若くても四十代で、大半が六十を過ぎているように見えたのが気になった。

魚の水揚げが落ちて、漁業が不振なのは、漁師の顔ぶれを見ていてもわかる。若い後継者が育つ環境ではないようだ。

港をでていった漁船が見えなくなると、干場は岬町の中心部に向かった。シンゴの話を思いだしながら、勝見ビルを探した。

おそらくは昭和初期、戦前に建てられたビルにちがいない。石を大量に使った、立派な造りだ。かつてはデパートや銀行が入っていたというのも頷ける。しかし今は「勝見法律事務所」と「勝見不動産」の二社しか、この立派なビルに入居していないようだ。

勝見ビルの前に、古いメルセデスが止まっていた。車の横には男がひとり立って、煙草を吹かしている。その顔に見覚えがあった。松本とともに「岬館」にいた、岬組のチンピラだ。

干場が気づくと同時に、向こうも干場に気づいた。

「ん」

と唸り、

「お前、きのう目崎さんといっしょにいたな。どうしたんだい」

声をかけてきた。松本のように、やたらすごみたがるタイプではないようだ。

「そういや、目崎さんも、えらい目だったな。知ってるか、お前」

「事故にあったらしいね」

「おう。車ぺしゃんこで即死だったらしいぞ。誰から聞いた」

「お巡りさんから聞いた。いっしょに飲んでたのじゃないかって疑われて」

干場は答えた。

「飲んでたのか」

干場は首をふった。

「そうか。嫌な野郎だったけどよ。死んじまっちゃ、おしまいだわな」

男はいって、煙草を地面に落とし、踏み消した。

「松本くんは元気かな」

干場は訊ねた。

「あいつなら、大城にいってる。カシラの頭山さんのお供でな。お前、そんなにあいつと仲がいいのか」

「まあね。俺、このへんのことを知らないんで、いろいろ教えてもらった」

「ふーん」

男はあまり信じていないような表情で干場を見つめていたが、

「ああ、俺、長江《ながえ》ってんだ」

と自己紹介した。

「干場です」

長江は干場の名を聞いても反応しなかった。山岬の出身ではないか、想像力に乏しいタイプのようだ。

「お前、松本よりでかいな。けっこう体には自信あるだろう」

顎の下にちょびちょびとのばしたヒゲに触れて訊ねた。

「体は、ね」

「仕事、何してるんだ」

干場は首をふった。

「今は無職、山岬で仕事があればいい、と思ってるのだけど」

「よせよせ」

長江は首をふった。声をひそめていう。

「何にもねえところだぞ、ここは。もし仕事が見つかったって、楽しみなんざ、酒をくらうくらいしかないんだ。悪いことはいわねえよ。山岬で仕事探しなんてやめておけ」

干場は長江を見つめた。

「本当のところは俺だってでていこうかと思ってるんだ。ずっとここにいたっていい目を見られそうにないからな」

そのとき勝見ビルの出入口から、ゆさゆさと体を揺すりながら太った男が現われた。岬組の組長、有本だった。長江があわてていずまいを正した。

「お疲れさまです！」

有本のうしろには、ライオンのように白髪頭を立てた男がいた。古めかしい三《み》つ揃《ぞろ》いを着こんでいる。

有本は、長江にもその隣にいる干場にも目もくれなかった。

「おう」

横柄に頷き、長江がドアを開けた、メルセデスの後部席に乗りこむ。干場とは「令子」で会っているのだが、まるで覚えていないようだ。

長江はドアを閉じ、運転席に回った。

「失礼します」

ライオンのような男に告げ、運転席に乗ると、メルセデスを発進させた。古くて大きなメルセデスは、漁師町の細い路地を、窮屈そうに走り抜けていった。

それを見送った干場は、ライオン男の視線に気づいた。鋭い目で見つめている。干場はぺこりと頭を下げた。

「失礼だが――」

ライオン男がいった。腹の底からでているような太い声だ。

「干場さんじゃありませんか」

「そうです」

干場は見返し、頷いた。ライオン男は口もとをほころばせた。

「やはりそうか。プロレスラー並みの体格をしていると聞いておったから、もしやと思ったが……。あっ、私は勝見だ」

干場は目をみひらき、ライオン男を見つめた。

「一度、お会いしたいと思っておったんだ。ちょうどよかった。上におあがりなさい」

有無をいわせない口調で顎をしゃくった。

「いろいろ話したいこともある」

干場は無言で頷いた。勝見は先にビルに入っていった。

27

安河内が「シルビア」に戻ったのは九時過ぎだった。扉の前に立つとカラオケの歌声が洩れてくる。デュエット曲らしく、男と女の声が混じっていた。

「いらっしゃいませ」

扉を押した安河内を、二十代初めの女が出迎えた。太ももの半ばまでしかない、ミニスカートのワンピースを着ている。スタイルはいいが、顔も鼻もまん丸で、いかにも垢抜けない娘だ。

ふたつのボックス席に、それぞれひとりと二人の男性客がすわり、ホステスが接客していた。その中に、ロングスカートのスーツを着た、三十代後半の女がいて、カウンターの男が目配せを送るのに、安河内は気づいた。どうやらその女がママらしい。

安河内はそ知らぬふりをしてカウンターに腰かけた。

出迎えた娘が、

「何にします」

とのぞきこんだので、答えた。

「とりあえずビールをもらおう」

中ビンのビールとナッツの入った小皿が前におかれた。

「あたしもいただいていいですか」

訊ねた娘に安河内は頷き、タンブラーにビールを注いでやった。乾杯をしたが、グラスに口をつけることなくカウンターに戻した。

「いらっしゃいませ」

落ちついた声にふりかえった。スーツの女だった。遠目では三十代に見えたが、まぢかだと四十に達している。鼻すじが妙に通っていて目が大きく、若い頃、美容整形手術をうけたのではないか、と安河内は思った。

バーテンダーがタンブラーをもうひとつさしだし、安河内はその女にもビールを注いでやった。

「ママさんかい」

「はい。しほと申します」

「安河内だ。よろしく」

「早い時間にもきて下さったそうで。失礼しました」

しほと名乗った女は、安河内の目を見つめ、頭を下げた。口調はていねいだが、心を許していないとわかる。

「うちは初めてでいらっしゃいます？」

「そうだよ。前に知り合いから聞いていたが」

「お知り合い？」

「目崎というんだ。知っているかね」

「あら、目崎さんのお友だちだったんですか。失礼しました。目崎さんにはよくしていただいております。同じ会社におつとめですの」

「会社？」

「ええ。山岬のほうの漁業関係とうかがっています」

「いや、あたしは別の仕事だ」

答えて、安河内はしほを見つめた。目崎が刑事だったのを知らないような口調だ。

「目崎さんはときどき会社の若い方もお連れになってますんで、てっきりそうかと思いまして」

しほは涼しげにいった。

「最後にきたのはいつだい」

「きのうです。遅くに見えて。もう女の子たちも帰ってしまったんで、わたしとマスターの二人でお相手したんですよ。かなり飲んでたわよね」

しほはバーテンダーに目を向けた。バーテンダーは頷いた。

「ええ。なんかご機嫌で、ウイスキーをロックでがんがんお飲みでした」

「ご機嫌」

安河内はつぶやいた。

「そうなんですよ。『ママも飲めや』って、おつきあいするのが大変でした」

「目崎さんはひとりだったかい」

「はい。一時くらいかしら。ねえ、マスター」

「そうです、そうです。もうどこかで飲んでらしたような感じでした。ふらっと入ってこられて……」

「ふーん」

安河内は煙草をくわえた。しほがライターの火をさしだした。目崎の車の中にあったのと同じものだ。

「きのうは十一時くらいでぱったり、お客さんがひけてしまって。マスターとどうしたんだろうねと話していたんですよ」

「何時頃まで目崎さんはいたの」

「二時か二時半くらいかしら。目崎さん帰れるのっていったら、大丈夫、大丈夫っていって」

「大丈夫だったのですかね、本当に」

バーテンダーが眉をひそめていった。

安河内はそちらに目を移した。

「じゃあ、目崎さんと会ったのは、あんたら二人だけかね。女の子たちは会っていない」

「ええ。目崎さんがお帰りになってすぐ、店を閉めました」

「なるほど」

「目崎さんはいい方なんですけど、ときどき乱暴な言葉づかいをされるんで、女の子の中には怖がっている子もいます」

しほがいった。

「こんなかわいい子に？」

安河内は驚いてみせた。ミニスカートの娘が、嫌だぁと鼻にかかった声をだした。

「男っぽい方でしたから」

しほがいった。とたんにしまった、という目になった。安河内は気づかないふりをした。

「目崎さんはどうしてここにきたのだろう。誰か知り合いの紹介かね」

「さあ……。どうだったかしら」

とたんにしほの口調がよそよそしくなった。

「こんなお店ですから、いろんな方がお見えになりますし……」

目をそらす。

「山岬の人間は他にもくるかね」

「たぶんいらしていると思いますけれど、そういう話はしませんから」

「そうかね。土地の話なんていくらでもでそうなものだが」

「うちは歌のお好きなお客さまが多いんです」

開き直ったようにしほがいった。

「ですから皆さまこられると、マイクを握って離さなくて」

「話なんかろくすっぽしない、というわけかね。そういや、目崎さんも、いつも歌う歌があったね。何といったたっけ」

安河内はしほを見つめた。しほは困ったようにバーテンダーに目を向けた。

「何でしたっけ」

バーテンダーの動作が目にみえてぎこちなくなった。

「あ、ママ。二番テーブルのお客さんが呼んでます」

視線をそらし、いう。しほはおおげさに口をおさえた。

「あら、いけない。デュエットだったわ。すみません、安河内さん。ごちそうさまでした」

席を立った。

安河内はかたわらの娘をふりかえった。

「君も目崎さんの席についたことはあるのかね」

「あ、この子は入ったばかりなんで、たぶんないと思います」

バーテンダーが先に答えた。娘はただ、目をぱちぱちさせている。

「ビール、もう一本、飲まれますか」

バーテンダーが訊ねたので、安河内は首をふった。

「いや、もうけっこうだ。ご馳走さま」

「二千円になります」

「また、寄らせてもらうよ」

金を払い、安河内は告げた。

「はい。お待ちしています」

バーテンダーは笑みを浮かべていった。これ以上はない、というくらいの作り笑いだった。

28

「なるほど。それは苦労されたね」

勝見が重々しく頷いた。三階にある広々とした「応接室」で、干場は勝見と向かいあっていた。室内にはピースの濃い煙が漂っている。

干場は、アメリカでの自分の生い立ちと、山岬に親族がいるのではないかと思ってやってきたのだ、と話したところだった。

「私の知っている限り、干場家につながる人は、山岬にはひとりも住んでおらん。伝衛門さんの世話を焼いておった洋子は、血がつながっておらんし」

勝見はもうもうと煙を吐きながらいった。

「まあ、だから私が、遺言執行人の指名をうけたのだが。残酷なことをいうようだが、伝衛門さんの頭の中には、アメリカで生まれた甥ごさんのことはまったくなかったようだ」

「伯父さんは、自分の妹がどうしているか、まるで興味がなかったのですかね」

「そうじゃないだろうが。山岬なんて田舎に住んでいると、アメリカはえらく遠い。先代が亡くなってからは、ますます縁が遠くなったのだろう」

干場は頷いた。

「妹といっても腹ちがいですからね」

「そう。それにここだけの話だが、干場家も、伝衛門さんの代になると、かなり資産が減っておった。現金や証券の類《たぐい》は少なくて、ほとんど土地しか残っていなかった。土地といっても、こんな田舎だ。貸して入る地代もたかが知れている」

勝見はいった。

「もしあんたが山岬におって、そのときの財産を相続したとしても、土地にかかる税金を払えるだけの現金があったとは、とうてい思えんな」

「そうですか。一番大きな財産というのは何だったのです」

「まあ、屋敷だな。海沿いの一万坪にも及ぶ土地だ。それはもし買い手がつけば億以上の値がついたろうが……」

「俺はその土地を相続する権利があるのですか」

「すべて、ではない。伝衛門さんが遺言書であんたについて何も触れておらん以上、法定相続分に限られる」

「それはどれくらいですか」

干場が訊くと、勝見は手をふった。

「その計算はナンセンスだ。土地は市に寄付され、その上に今はマリーナがある。マリーナの建設費用は、市が出資した第三セクターがもった。土地代がいくらだったか、など、今さら調べようがない」

「つまり先生は、俺に、何といったっけ、『相続回復請求権』か。それを行使するのは無駄だ、といわれるんですか」

干場が訊くと、勝見は目をさらに大きくむいた。

「よくそんな言葉を知っているな。調べたのかね」

「いえ。教えてくれた人がいたんです」

「ふん。『相続回復請求権』は確かにあんたにはある。そしてそれをもし行使するとなれば、相手は山岬市だ。だが……」

いって勝見は言葉を濁した。

「何ですか」

「まずその前に、あんたは自分が、干場家の人間だというのを証明しなくてはならん。今、戸籍謄本なり抄本なりをもっておるかね」

干場は首をふった。

「もっていません」

「まずはそこからだ。山岬の役所に裕美さんの籍が残っておって、そこにあんたの名が入っておれば簡単だが、私の記憶ではなかった筈だ」

「お袋はアメリカの市民権をとる関係で、一度、山岬から本籍を抜いたと聞いています」

勝見は頷いた。

「そういうことか。となると、ますます厄介だな。アメリカから書類をとり寄せる必要がある」

「俺の出生証明書なら日本にあります。そこには、母親としてユミ・ホシバの名前が載っています」

「今もっておるかね」

「いえ。横浜の親戚の家です」

「出生証明書にある、ホシバユミが、先代の干場伝衛門の長女である、という証明が必要だ」

「お袋のもちものを調べれば何かあるかもしれません。親父は亡くなる前に、お袋の古い荷物とかを、横浜の親戚の家に送っていましたから」

勝見は無表情に頷いた。

「そういうのが全部そろったら、俺は『相続回復請求権』を行使できるのですね」

「そうだ。だが簡単にはいかんだろう」

「どうしてですか」

「この町が破産しかけておるからだ。たとえあんたの相続が認められたとしても、その金額を支払うだけの財政力が山岬にはない」

「ない……」

干場はつぶやいた。

「山岬市は借金漬けだ。国にも金融機関にも莫大な借金があって、その利子の支払いだけで歳入の大半を費やしておる状態だ。そんな山岬に、昔の貸しを返せとあんたは迫るようなものだ」

「じゃあ俺は一円ももらえない、ということですか」

「そうはいわん。だが現金で相続分を市から回収するとなると、簡単にはいかんだろうな」

「現金でなかったら？」

勝見は考えこむような表情になった。

「マリーナのうちの何分の一か何十分の一かの権利を譲られる、ということはあるかもしれん。作ったものの、利用者がまるでおらん、あのマリーナだ」

「マリーナの権利か」

干場はつぶやいた。

「欲しいかね、たとえ売りにだしても、どこも買いそうにないが」

「市は売りにだしているのですか」

「いや。いった通り、あそこは実際は、山岬市ではなく、第三セクターのもちものだ。売りだすには、その第三セクターに出資した者すべての合意が必要だ」

「誰なのです」

「それを教えるわけにはいかんよ。私はあんたの顧問弁護士ではないし、そうなることもできん」

「なぜなれないのですか」

「私は市の法律顧問をうけおっている。もしあんたが、山岬市を相手どって、相続回復を請求すれば、受けて立つのは私だ。したがって、あんたの顧問になるわけにはいかん、というわけだ」

表情をまるでかえることなく勝見は告げた。

干場は無言で頷いた。

「まあ、山岬には私以外に弁護士はいないから、大城かどこかで見つけるのだな。だが弁護士費用が払えるほどのものが、市からとれるかどうかは、疑問だ」

勝見はいって立ちあがった。話は終わりだ、といわんばかりの態度だった。

「山岬にどのくらいとどまるつもりかは知らんが、そのあたりをよく考えて、職探しをしたほうがいい。もし市長に会いたいというなら、そうとりはからってあげよう。時間はかかるだろうが」

「そのときは連絡します」

干場は答えて立ちあがった。勝見は初めて、怪訝そうな表情になった。

「あまりがっかりしていないようだな」

「がっかり？」

「伝衛門さんの遺産がもらえないかもしれんと聞かされて――」

「ああ、そのことですか。別に今、すごくお金が欲しい、とも思っていませんから。でも、マリーナの権利がもらえるとしたら、ちょっと楽しみだな。漁師もおもしろそうだし」

「私がいったのは、あくまで仮定の話だ。それを忘れんように」

勝見は顔を険しくしていった。

29

「シルビア」をでた安河内は、車を止めていた県警本部まで徒歩で戻ることにした。およそ二十分くらいかかる。別に急ぐ用事もない。ぶらぶらと繁華街を歩きだした。

大城の繁華街には、ふたつの暴力団の勢力が及んでいる。ひとつは、広域指定を受けている狼栄会《ろうえいかい》だ。もうひとつは、岬組ともつながりのある、大城一家だった。全体の組員数でいえば、狼栄会は大城一家の何倍もの規模になるが、大城市の事務所には、わずか二十名ほどしか在籍していない。それに比べれば大城一家は八十名の所帯だ。ただし、狼栄会には、組員名簿には載っていない傘下のフロント企業がいくつもあり、貸金や飲食店、不動産業などを営んでいて、その総数は、大城市内だけで二十を超える、といわれていた。

組員の数では大城一家が有利だが、大城一家のシノギは、旧来のみかじめや売春、クスリの密売、ポルノなど、古い形態の商売ばかりで、年々苦しくなってきている。それに引きかえ、表面上はカタギの看板を掲げる狼栄会のフロントは景気がいい、という話だった。

兵隊の数では優位に立っていても、経済力では大城一家は狼栄会に凌駕《りょうが》されているのだ。実際、八十名という構成員も〝公称〟で、中にはやっていけずに足を洗ったり、服役中で出所後は組に戻らないだろうといわれている人間が含まれている。

現役の連中は、暴走族などの若者から新しい組員をリクルートしようと躍起だが、台所事情の苦しさを見透かされ、めったに盃をもらう者はいない。

それでも盛り場では大城一家のほうが幅をきかせているようだ。狼栄会は、東京にある本部の指示もあって、トラブルを起こさないようにおとなしくしていた。

安河内は足を止めた。キャバレーやクラブが入った雑居ビルの前だった。寄り合いでもあったのか、黒塗りのメルセデスやセンチュリー、クラウンなどが並び、かたわらに運転手やボディーガードと思しい男たちが立っている。どれも大城一家かその親戚筋の組の幹部たちの男だ。

「松本」

安河内はひとりに声をかけた。クラウンのかたわらに、岬組の松本が立っていたのだ。珍しくスーツを着ている。ネクタイの結び目が喉にくいこんで苦しそうだ。

松本は安河内に気づくとぎょっとしたように目をみひらいた。

「や、安河内さん」

安河内はあたりを見回し、松本に近づいた。周囲のやくざは、ひと目で安河内の正体に気づいたようだ。皆、そ知らぬふりを決めこんでいる。

「ずいぶんお洒落をしておるじゃないか。え？　見合いか」

「ち、ちがうわ。カシラのお供できたんだ」

松本は子供のように頬をふくらませた。

「カシラ？　頭山か。珍しいな。お前みたいな子供を連れてくるなんて」

「修業させてやるっていわれたんだ。あっちいけよ、うるせえな」

「おいおい、そんな口のききかたしていいのか」

「何いってんだ。おっさんこそ管轄がちがうだろう」

「ほう。難しい言葉を知ってるな。頭山は中か？」

安河内は目の前の雑居ビルを示した。

「関係ねえだろ」

乗りこまれてはたまらない、と思ったのか、あわてて松本はいった。

「心配するな。せっかく大城まできてうまい酒を飲んでるのを、邪魔しようとは思わんよ」

安河内がいうと、ほっとしたような顔になる。

「そうか。頭山は確か、大城の若い者頭とは兄弟分だったな」

「今日は野村さんの誕生祝いなんだ」

野村というのが、大城一家の若衆頭の名だった。

「なるほどな。だから組長じゃなくて、頭山がきているのか」

松本は頷いた。

「そういえば、最近、目崎に会ったか」

「なんでそんなこと訊くんだよ。目崎さん、事故って死んだって――」

「だから訊いてるんだ。いつ会った」

「きのうの昼間だよ。『岬館』に干場ってガキをひっぱってきた。俺らのことゴキブリみたいに扱いやがって、頭にきたぜ。あんな野郎、くたばっていい気味だ」

松本は唾を吐いた。

「いいのか、そんなこといって。目崎は、お前のところの親分と仲がいいだろう」

「うちのオヤジにタカるばかりの野郎だよ。たいして使えもしねえのに、いつもでかいツラしやがってよ」

「お前のとこのオヤジ、そういや『人魚姫』にはいかねえのか」

「オヤジはガキが嫌いなんだ。『人魚姫』にはいかねえ。いくのは――」

いいかけ、口を閉じた。

雑居ビルから頭山が姿を現わしたのだった。

松本はあわてて気をつけをすると、

「お疲れさまでーす」

と声をあげた。頭山はひと足早く、寄り合いを抜けたようだ。他にビルからでてくるやくざはいない。

頭山は安河内に気づくと、顔をこわばらせた。

「何やってるんですか、安河内さん」

だがさすがに、すぐ愛想笑いを浮かべて訊ねた。

「うん？　ちょっと本部に用事があってきたんだ。一杯やって帰ろうかとぶらぶらしていたら、珍しい奴が立ってたんでな」

頭山は松本をにらんだ。よけいなことは喋っていないだろうな、という目だった。松本は顔を伏せた。

「つきあってもいいですよ。こっちも用事が終わったんで」

如才なく頭山はいった。坊主頭で体もいかついが、頭は、組長の有本よりはるかに回る。

「うん。『シルビア』ってスナックを知ってるか」

「『シルビア』ですか」

頭山は眉をひそめた。

「大城ですか。聞いたことないな」

「そうか。ところで目崎の件は聞いてるな」

「あ。ご愁傷さまです。うちのオヤジもびっくりしていました。葬式の段取りとか、決まったんですか」

「いや。いろいろあってな」

「いろいろ?」

頭山は安河内の顔をうかがった。

「ま、そのうち、お宅にもうかがう」

安河内はいって頭山の肩を叩いた。

「これから帰るのか、山岬に」

頭山は頷いた。

「安全運転で帰れよ」

松本に目をやり、告げた。

「安河内さん。何ですか、いろいろって」

頭山が訊ねた。

「ずいぶん含みのあるいい方じゃないすか」

安河内は手をふった。

「たいしたことじゃない。昨夜、早い時間に目崎が『人魚姫』にいったようなんだが、お宅の親分に呼びだされたのかと思ってな」

「目崎さんが、ですか。いや、うちのオヤジは『人魚姫』にはいきません。俺はときどきいきますが、目崎さんに会ったことなんかないですね」

「ふーん。そうか」

安河内はいって、頭山を見つめた。

「何です」

「『人魚姫』とお前のところはうまくやってるのか」

「妙ないいがかりつけんで下さい。俺は別に客としていっているだけですよ。嫌がらせも何もしてません」

「そうか。そりゃ悪かったな」

「こんなご時世ですよ。飲み屋で暴れるような、馬鹿なことするわけないじゃないですか」

「だが、お前のとこのオヤジは『人魚姫』みたいな店を自分でも作るといっているらしいじゃないか」

頭山の顔に一瞬だが侮蔑の表情が浮かんだ。

「勘弁して下さいよ。あんな田舎に、大箱がふたつあったたって、客なんかきやしません。あれは、オヤジの夢ですよ。かないっこないんですから」

「夢、か」

「そうですよ。それにここだけの話、そんな金、組のどこにもありません。今日だって、俺だけ早くひけるのは、つきあいが苦しいからですよ。このあと二軒も三軒も回ったら、どうしたって、もたなきゃならない店がでてくる。『人魚姫』とはちがう。といって、値切るわけにもいかないじゃないですか。地元じゃない身にはつらいですよ」

小声でいった。

「なるほど」

頭山はため息をついた。

「うちみたいな小せえところをあまりいじめないで下さいよ」

「いじめちゃおらん。そっちが何もせん限りはな。だがそんなに懐が苦しいのか」

「オヤジは別に困っちゃいないでしょうが」

頭山は冷めた目でいった。有本本人は財産をもっているが、岬組は資金ぐりが苦しいというのは、前から聞いている話だった。どうやら頭山はそれがおもしろくないようだ。

「有本の家は金持だからな。それが組にまでは回らないか」

少し酔っているのか、珍しく頭山は本音を吐いた。松本に聞こえないようにいう。

「今どき、あんな田舎町で組を張ったところで、正直何のメリットもありませんよ。大きなシノギといえば、夏の海の家と祭りくらいですからね。いっそオヤジもどこかでかいところとくっついてくれりゃいいんですが。親分、親分ともちあげられるのに慣れちまっていて、頭を下げるのは嫌だときている」

「いずこも同じだな。中小企業の悲哀だ。大手に合併、吸収されれば生きのびる道もあるが、創業者はそれを嫌がる、というわけだ」

安河内は苦笑した。

「いよいよ組が駄目だってなれば、オヤジは廃業すればすむ。そこそこ食っていけるくらいは残しているんでしょうから。でもこいつら若いのはそうはいかない。そのあたりのことをちっとは考えてくれているといいんですがね」

苦い口調で頭山はいった。

「それもあって、松本を連れてきたのか」

安河内は驚いた。大城一家に引きあわせ、何かあったら面倒をみてもらおうとまで考えているなら、頭山は本気で組の未来を見限っている。

「安河内さんだから話してる。目崎さんとはちがう」

頭山は息を吐いた。

「その目崎だが、きのうの晩、『人魚姫』に調べに入った。高校生を使っている、というタレコミがあったというんだ。心当たりはないか」

安河内が訊ねると、頭山は首をふった。

「高校生を使っているというのも、タレコミの件についても知りません。安河内さんはうちのオヤジを疑っているんですか」

「目崎だからな」

「うちじゃないですよ。『人魚姫』は俺もいってる。あそこの柳って店長は、切れる男です。俺の見るところ、あれはカタギじゃありません」

「カタギじゃないとしたら、どこだ」

「決まってるじゃないですか。オオカミ印です。ただどうしてあんな田舎にでばってくるのかがわからなくて、俺も探りを入れてるんです。桑野って若い衆は、すぐ頭に血が昇るんで、そのうち喋るのじゃないかと思っているのですがね。柳は用心深くて、なかなか尻尾をつかませない」

「親分は知っているのか、それを」

「まさか」

吐きだすように頭山はいった。

「山岬に、どこか別が手をつっこむなんて夢にも思ってませんよ。あそこででかいシノギなんてできるわけがないですから」

「なるほど」

安河内は顎をなでた。

「まあ、親分が脳天気だと、下があれこれ考える、という話だな」

「今日の話は内密にお願いします」

頭山はいった。腹の読めない男だが、今の話は信じてもいいだろう、と安河内は思った。

30

干場が「令子」の扉を押すと、カウンターの中にいた令子はにっこりと笑って出迎えた。

「よかった。きてくれて。お礼をいえる」

カウンターに腰をおろした干場に小声でいった。客が四、五人いて、いずれも地元の人間らしく、ボックスで盛りあがっている。

「お礼なんてそんな」

「イクミにはきつくお灸をすえといた。もしヨルバイトをしたいのなら、うちでやんなさいって」

干場は首をふった。

「やめたほうがいいよ。向かいのバーは安さんの根城だ。見つかったらすぐにつかまえられる。それより令子さん、目崎さんのこと、聞いた?」

令子は頷いた。ビールを抜いておく。

「びっくりしたわ。あのあと、どこかで飲んでたのね。でも偉そうなこといっておいて、飲酒運転で事故を起こすなんて、死んだ人には悪いけど、どうかと思うわ」

「イクミがバイトしていたことって、けっこう知られていたのかな」

「小さい町だからね。あいつはガキだから、バレないと思っていたのだろうけれど。そうだ」

令子はいって携帯電話をとりだした。

「干場クンがきたら教えてくれっていわれてたんだよね」

「誰に？」

「シンゴ。あの子、本気であなたに釣りを教えたいみたい。アジは夜がいいからって」

干場は時計を見た。八時を回っている。

「今日はもう遅いよ」

「そうね。でもああ見えて、あの子はけっこう素直よ。あなたにすっかりなついちゃったみたい」

干場は笑った。

「初めて会ったときはカツアゲしようとしたくせに」

「それはイクミもいっしょでしょ」

干場と令子は目を合わせ、笑った。

「でも目崎さん、どこで飲んでたのかな」

「このあたりじゃないわ。あいつは嫌われてたから、ひとりではまずこなかった。飲むときはたいてい、有本さんがいっしょだった」

「有本さんか……」

「たぶん一番ショックなのは、有本さんだと思う。目崎は岬組の用心棒みたいなものだったから。皆知ってたけど知らないふりをしてた」

「そういえば、大ママは？」

「もうじきくるわ」

令子のその言葉が終わらないうちに扉が開き、荷物を抱えた洋子が姿を現わした。洋子は干場に気づくと深々と頭を下げた。

「孫がお世話になったわね。ありがとう」

「とんでもない」

「これからは、この店はあなたのうちだと思ってくれていいわ」

「やめて下さい、そんな」

おーいママ、と奥の客が令子を呼んだ。はーい、と答え、令子がその席についた。洋子はカウンターに入り、もってきた手料理を盛りつけ始めた。

「あの、大ママ」

「何？」

「殿さまが亡くなったとき、警察で検視した人のことを覚えてる？」

洋子は手を止め、驚いたように干場を見た。

「動転していたから、でも何となく覚えているわ」

「その人が、きのう『人魚姫』にきた刑事さんなんだ」

「そう。事故にあって死んじゃったそうね」

そっけなく洋子はいった。

「殿さまを見つけたときのことを話してくれる？」

洋子は再び干場を見つめた。迷っているようだった。だがつぶやいた。

「そうね。あなたは、唯一の身内だものね。知る権利がある。待ってて」

盛った皿を奥の席に運び、さらに干場の前にもおいた。ひじきの煮つけと小芋の煮ころがし、そして豚肉とインゲンの炒《いた》めものだった。

「あの日、あたしは、ふだんより早く帰るように殿さまにいわれた。台風がくるとわかっていたから。殿さまの家から、あたしと令子が住んでいる家まで、歩いて二十分くらいかかるの。それで殿さまが心配して。ふだんなら八時くらいまでいるのだけれど、六時には帰りなさい、といわれた。明るいうちにってこと」

干場は頷き、いただきますといって料理に箸をつけた。

「本当は、殿さまの屋敷のほうが海のそばだから心配だった。うちに避難したらって言葉がここまででかかったのだけれど、狭くて小さい家にきて下さいなんて、やっぱりいえなかった。今考えてみると、失礼だろうが何だろうが、殿さまをひっぱっていけばよかったと思うわ」

洋子は目をしばたいた。うっすら涙ぐんでいるようにすら見えた。

「台風はそんなに激しかったんですか」

「最大瞬間風速が四十五メートルあった。風台風だったのよ」

「風台風？」

「台風には、風が強い風台風と雨を激しく降らせる雨台風がある。山岬は海の町だから、雨台風がくると高潮を警戒するの。高潮になると、陸や海岸沿いにある家が水に呑まれるから」

「海の水が溢《あふ》れるんですか」

「そうよ。台風は低気圧の強力版だわ。台風の下の海面は、気圧が低いぶん盛り上がる。そこに大雨が降れば水位は上昇するわ。さらに海には満潮と干潮があって、満潮のときに台風が重なれば、海面が地面より高くなって水が陸地に流れこむ。海から洪水がくるようなものよ。そんなことになったら大変でしょう」

「詳しいですね」

「海の町に住めば、いやでも詳しくなる。海で生計を立てて、でもその海に家や命をもっていかれるのだもの」

洋子の言葉に干場は頷いた。

「今でも、何年かにひとりは、海で命を失《な》くす人がいる。漁師だけじゃないわよ。泳ぎにきて溺れたり、遊びにきて高波にさらわれたりするのよ。でも地元の人間は、まず海では死なない。海の怖さを知ってるから。だからこそ、台風には用心するの。家にいたって溺れたり、吹きとばされたりしてしまうのだもの。台風がきたら、漁協や警察、消防の人以外は、皆んな家に閉じこもる。うろうろしたりする人間なんていない」

「台風は何時頃、きたんですか」

洋子は額に手をあてた。目を閉じ、いった。

「風が強くなったのは、八時過ぎくらいから。どんどんそれがすごくなって、十時頃には家にいても、外を何かが転がっていく音や、屋根瓦のはがれる音が聞こえた。停電になり、十二時前に、いったん全部がおさまった。台風の目に入ったの。で、また風が吹きだして。夜明けまで一睡もできなかった」

「よく覚えていますね」

「台風は何度もきてるけど、あの晩は特別だから。六時頃、ようやく風がだいぶおさまったので、外にでたの。そこら中にいろんなものが転がっていたわ。心配で、すぐお屋敷にいった。屋根瓦が飛んで、道やお屋敷の庭に散らばっていた。植木が何本も折れていて、石灯籠を倒してた。でも、あたしが帰る前に立てていった雨戸は全部無事でほっとした。それで玄関を開けたの。鍵がかかってなくて、変だな、と思ったわ。でも殿さまの家に勝手に入ってくる人なんかいないし、台風の晩だから泥棒も入るわけないか、と。扉を開けたら、廊下にパジャマ姿の殿さまが倒れているのが見えて、血の気がひいた」

「廊下に?」

「そうよ。誰かが訪ねてきて、玄関までくる途中で倒れたみたいだった。びっくりして、すぐに一一九番したけど、道路にものが散らばっているんで、救急車が着くのに時間がかかる、といわれたわ。殿さまの体にさわったら、もう冷たかった」

洋子は再び目を閉じた。

「怪我とかしていなかったのですか」

「怪我はしていなかったと思う。血とかはでてなかったから。薄目を開けていて、少し口を開いてた。何かいおうとするみたいに。ようやく救急車がきたけど、亡くなってるのを確かめたら、帰ってしまった。その日は、いっぱい出動の要請があって。一一〇番しなさいといわれたの。家で亡くなったのは変死になるからって」

「一一〇番したんですか」

「するしかないでしょ。パトカーがきて、ワゴン車みたいのに殿さまを乗せていったわ。しばらくして警察から電話がきて、事件性がないようなので、お葬式をしていいといわれた。あたしはどうしていいかわからなくて、お屋敷にずっといたの。そうしたら、勝見先生が、ご遺体を連れて帰ってきた」

「勝見先生って、弁護士の?」

洋子は頷いた。

「警察が連絡したのよ。葬式の段取りは全部、先生が仕切ったわ。何だかあっという間だった。あたしは具合が悪くなっちゃって、お葬式とかは令子にでてもらった。四十九日が明けて、勝見先生がうちにきた」

干場は洋子を見つめた。

「遺言書があるんだ、と先生はいった。それによると、殿さまは身寄りがいないので、全財産を山岬市に寄付すると書いてあるが、あんたはそれでいいか、と」

「どうしてそんなことを訊いたんです」

「下衆《げす》の勘ぐりよ。あたしが殿さまと何かあったと思ってたの。何もなかった。世間の人間が何といってるか知ってたけど、あたしは知らんふりをしてた。殿さまのそばにいられればよかったから。殿さまがいなかったら、あたしたち親子は路頭に迷っていた。でも、一度だって、殿さまはそれを恩に着せたことはなかったし、あたしに嫌らしい気持をもったこともなかったのよ。本当の紳士。あたしはもっともっと殿さまのそばにいたかった」

洋子の頬が濡れていた。

「俺、お礼をいわなきゃいけないな」

干場は低い声でいった。

「お礼？」

洋子は瞬きし、驚いたように訊き返した。

「なぜ、あなたがお礼をいうの」

「だって、殿さまは俺の身寄りだった。その身寄りの面倒を、大ママはずっとみてくれていたのだもの」

「そんなこと」

洋子は首をふった。

「でも、おかしいとは思わなかった、大ママは。全財産を殿さまが市に寄付するって遺言したと聞いたとき」

洋子の顔がこわばった。

「あたしが財産分けをしてもらいたかったと、あなたも思うの」

険しい声だった。

「ちがう、ちがう」

干場は急いでいった。

「殿さまはふだんから、そういうことをいってたのかってことを、俺は知りたいんだ」

洋子の目が干場をのぞきこんだ。

「あなた、本気で知りたいの」

干場は口ごもった。

「初めてお寺で会ったとき、大ママはいいましたよね。殿さまの財産は、根こそぎ奪われたんだって」

「いったわ。でもそのことをこの町でおおっぴらには口にできない。あたしが欲しがっていると思われるのも嫌だし」

「俺、実はさっき、勝見先生と会ってきたんです」

洋子は目をみひらいた。

「先生の話じゃ、殿さまは、土地くらいしか財産がなくて、それをもらった山岬市は破産寸前だから、俺が何か訴えを起こしても、もらえるものはほとんどないだろうって」

「大嘘よ！」

洋子は吐きだした。

「殿さまの財産が土地だけだなんて。株や貯金が何億円てあった。それをあいつらがとった」

「あいつらって誰です」

「いいのね」

洋子は訊き返した。

「あたしは死ぬまで胸におさめておくつもりだった。あなたはいいのね。それを聞いてしまっても」

「聞いたらどうなるんです？」

「あなたにとり返されると思うでしょう。その連中が」

干場は瞬きした。

「勝見先生は嘘つきで、泥棒の仲間ってことですか」

「そうなるわね。でもそんなことを口にしたら、この町じゃ暮らしていけない」

「俺には話して下さい」

「市長よ」

低い声で洋子はいった。

「市長の西川と勝見はグルなの。だってそうでしょう。殿さまの財産を市が猫ばばして、一番得したのは誰？」

「誰も得していないみたいなことを勝見先生はいってました。なぜなら、殿さまのお屋敷あとにはマリーナを造ったけど、そのマリーナがぜんぜん儲かっていない」

「それはあいつらが馬鹿だからよ。マリーナで稼げると思ったのに、駄目だったのは、あいつらに先を見る目がないから。でも、マリーナを造るので使ったお金は、絶対、あいつらの懐に入ってる」

「じゃあ関口建設も仲間なんですね」

「関口も西川も、勝見とグルよ」

干場は口を開いた。が、何もいわずに閉じた。

「気をつけるのよ」

洋子はささやくようにいった。

「こんなこと、あちこちで喋ったら駄目よ。じゃないと、今度はあんたが危ない」

31

安河内が山岬に帰りついたのは、夜の十一時過ぎだった。乗っていた車を署の駐車場におき、バー「伊東」の扉を押した。客は誰もおらず、バーテンダーがお帰り、といった。

安河内がカウンターに腰をおろすと、ハイボールを作ってカウンターにおく。

「大城はどうだった」

「別にどうということもない。極道が寄り合いをやっておって、頭山と松本に会ったよ」

　バーテンダーは小さく頷いた。野菜の天ぷらを甘辛く煮つけたものを小皿に盛る。

「目崎の一件で、何か聞いたかね」

　安河内はそれをひき寄せ、箸でつまんで訊ねた。

「いい気味だと思っている人間のほうが多いようだ。さもなければ、ほっとしているか。岬組でも悲しんでいるのは組長くらいのものだろう。署内ではどうなんだ」

「奴に奢られていた連中はがっかりしているだろうな」

　安河内はいった。バー「伊東」の扉が開いた。がっちりした体格の色の黒い男が顔をのぞかせた。

「やっぱり、ここでしたか」

　安河内はふりかえった。警備課の野田という男だった。今年三十六になる、大城出身の山岬署員だ。目崎に連れ歩かれていた〝子分〟のひとりだ。

　野田はいくぶん酔っているように見えた。

「署に車を止めているのが見えたんで、きっとここだろうと思ってきたんです」

「何の用だ」

　野田は答えず、安河内の隣に腰をおろした。

「安河内さん、何かわかりましたか」

安河内は野田を見つめた。

「何の話をしている」

「水臭いな。目崎さんの一件ですよ。安河内さんが調べてるのを知らない人間はいませんよ。あ、俺、ビール」

バーテンダーは無言でビールを注いだ。グラスをもちあげ、野田は、

「お疲れさまです」

と掲げた。安河内はそっけなく頷き、煙草をくわえた。

「現場、見たんすか」

野田は訊ねた。悪い人間ではないが、警官に多い、単純なものの考え方をする男だ。

「見た」

安河内は短く答えた。

「どうすか」

「別に。よく事故の起きている場所だ。酔って飛ばしてきて、カーブを曲がりそこねたのだろう」

「やっぱりアルコール反応がでたんだ」

「ああ。お前はいっしょじゃなかったのか」

「目崎さんとですか。いや。いっしょじゃなかったです」

野田は首をふった。

「奴は最近、どこで飲んでいた」

安河内は訊ねた。

「どこですかね」

「お前、よくついていってたろうが」

「たまですよ、たま。飲むのは大城が多かったすよ。キャバクラとか」

「『シルビア』ってスナックはいったことあるか」

「『シルビア』ですか」

野田は首を傾げた。

「どんな店です」

「女の子が五、六人いて、ママとバーテンがいるスナックだ。カラオケがおいてある。どっちかというと本町《ほんちょう》の外れだ」

安河内は答えた。本町というのは、大城の飲み屋街だ。

「知りませんね。目崎さんといったのは、だいたい大箱の店ばかりっすよ」

「奴が払ったのか」

「いや、割り勘です」

野田はとぼけた顔でいった。

「どんな割り勘だ。お前、二人目が生まれたばかりで、苦しい苦しいって、いつもいってるじゃないか」

安河内は野田を見つめた。野田は顔を伏せた。

「いじめないで下さいよ。目崎さんは、半分は払ってくれるんです。四人で飲んだら、半分を目崎さんで、残りの半分を三人で割る、とか」

「なるほどな」

安河内はハイボールをすすった。

「で、事件性、あるんすか」

「まだわからん」

「俺、目崎さんには世話になったんで、すごく気になるんすよ」

野田は勢いこんでいった。

「きのうの夕方、目崎が『人魚姫』にガサかけたのは知ってるか」

「何すか、それ」

「未成年者を使ってるというタレコミがあったらしい」

野田は首をふった。

「聞いてないっすよ、ぜんぜん。それに生安の仕事じゃないすか、それ」

「お前、警備の前は生安だったな、そういえば」

「ええ。でも『人魚姫』がどうしたなんて話、聞いたことありませんよ」

「目崎が、署の人間以外で、酒を飲むとすりゃ誰とだ」

安河内は訊ねた。野田は急に酔いがさめたような顔になって咳ばらいをした。

「さあ……。誰、ですかね」

「有本か」

天ぷらの煮つけを口に運び、安河内はいった。

「俺は、見たことないです。まあ、それなりのつきあいはあったかもしれないすけど」

野田は言葉を濁した。

「それなりのつきあい？」

「いや、だから。目崎さんは刑事課だから……」

「俺も刑事課だが、有本と飲んだことはないぞ」

「そんな。何いってるんすか。勘弁して下さいよ。死んだ人の悪口、いいたくないですよ」

「お前は、俺の捜査に協力したくて、ここまできたのだろう。ちがうのか」

野田は黙りこんだ。顔が青ざめている。

「だったら協力しろよ。目崎は誰とよく飲んでたんだ」

野田はバーテンダーを気にした。

「心配するな。この男は、ガキの頃からの友だちだ。口は固い」

「有本さんです、それと何回か、高州《たかす》さんて人もいました」

「高州？」

「太っていて、眼鏡をかけている人です。東京に会社がある、といってました」

「有本もいっしょか」

野田は頷いた。

「大城に連れていかれたとき、いっしょになったんです。有本さんはすぐ帰りましたけど、高州さんは残って――」

口ごもった。

「飲み代を全部もってくれた、か？」

「秘密にしておいて下さい」

「そのときも『シルビア』ってスナックにはいかなかったのか」

野田は首をふった。

「いってません。俺だって警官ですから、どこで飲んだかくらいは、覚えるようにしています」

「妙だな」

安河内はつぶやいた。

「何がです」

「『シルビア』のママは、目崎がよく、会社の人間を連れて飲みにきていた、といった」

「よくいってたのは、本町の『ドリーム』ってキャバクラと『ネオ』ってスナックです。『ネオ』は、元県警にいた人の妹さんがやってるところで――」

「知ってる」

安河内はいった。県警本部にいた時代に何度かいったことがあった。

「くらいですよ。他は知りません」

「山岬ではどうだ」

「居酒屋ですね。新港町とかの。目崎さん、山岬じゃ、あまり飲まなかったですから」

さすがに地元で飲んで、有本に勘定をもたせる、というわけにはいかなかったのだろう。

「わかった」

安河内はいった。

「わかったって、目崎さんのことはどうなるんです?」

「どうなる、とは?」

「単なる事故で処理するんですか。それとも――」

「交通課の仕事だ、それは」

「だって安河内さんが調べているのじゃないんですか」

「誰がそんなことといった」

「えっ」

「勝手にお前らが噂を信じているだけだろう」

「だってさっき、俺の捜査って――」

「そんなことをいった覚えはないな。お前の聞きまちがいだ」

安河内がいうと、野田はうらめしそうな表情を浮かべた。

「そんなあ……」

「帰れ。ビールは奢ってやる。ここは俺がいつもひとりで飲む場所なんだ。邪魔をせんでくれ」

野田は瞬きし、安河内を見つめていたが、ひどくしょげた顔で立ちあがった。

「じゃ、失礼します」

「おう。ご苦労さん」

手もとのグラスをのぞきこみ、ふりかえりもせずに安河内はいった。野田は何かいいたげにしていたが、結局無言で、バー「伊東」をでていった。

「あざといことするね、安さんも」

ほとんど手つかずのビールを片づけながらバーテンダーがいった。

「目崎に奢られてた奴はびびっているのさ。俺の調べで、何かヤバいことがでてきて、それを署長に告げ口されるのじゃないかとな」

むっつり安河内は答えた。

「なるほど。スネに傷あり、というわけか」

「あの野田って男は、中でも一番単純で、そそのかされやすいんだ。もしかすると、有本あたりにつつかれたのかもしれん」

「一番怖がってるのは、組長さんてことかね？」

「あるいは、な。だが何を怖がっているんだろう……」

安河内がつぶやいた。

32

「今日は最後までいて。帰っちゃ駄目よ」

帰った客のグラスを片づけながら、令子が干場にささやいた。

「え」

干場は思わず令子の顔を見た。だが令子は知らん顔で、別の客にビールを注いでいる。

「あなたのことを気にいってるみたい」

洋子がつぶやいた。

「あの子にしちゃ珍しい。母親のあたしがいうのも変だけど、男嫌いみたいなところがあるから」

干場は無言だった。ウイスキーのボトルが半分以上空いている。だが酔っているようすはない。

十二時少し前、干場を除く、すべての客が帰った。

「さあ、今日はもう看板にするわ」

令子がいった。

「じゃ、俺も帰らないと」

干場は腰を浮かせた。

「いいの。干場クンは残って。大ママ、外の看板、消して」

「はいはい」

洋子がコンセントを抜くと、令子はいった。

「あと片づけはやっとく。大ママも帰っていいよ」

「わかった」

洋子は料理を運んできたタッパーなどをバッグにしまいこみ、

「それじゃ、お先だよ」

と令子に告げ、店をでていった。令子は扉の鍵をかけ、ウイスキーのボトルを手に、ボックス席へと移動した。

「干場クン、こっちで飲もうよ」

干場は瞬きした。令子は笑った。

「大丈夫よ。とって食べたりしないから。あなたと一度、ゆっくり飲みたかったの」

「飲んでる、俺」

「あなたはね。あたしはちがうわ」

「だってあっちの席で――」

「それは仕事でしょ。仕事で飲んでるお酒はお酒じゃないもの。これから飲むのが、本当のお酒」

干場は途方に暮れたような顔をした。が、呼ばれるまま、令子の向かいに腰をおろした。

令子は新たなグラスに水割りをふたつ作り、ひとつを手にした。

「乾杯」

干場はグラスを合わせた。令子は水割りをすすり、ほっと息を吐いた。

「久しぶりだわ」

「久しぶり？」

「お店を閉めて、こうして飲むの。昔は——、昔ってのは、ここを開いたばかりの頃。よく閉めたお店の中で、大ママと飲んだ。いろんな話をしながら……」

干場は令子を見つめた。大きな黒い瞳に、今まで見たことのない光が宿っている。

「お店のこと。あたしたちの小さなときのこと。殿さまの話。ここを始めるまで、あたし大ママと、そんなに話をしたことがなかった。なぜかわかる？　大ママのことが嫌いだったの。大ママが殿さまのお屋敷で働いているのが、子供のときはいやでしょうがなかった。だから」

「殿さまのことも嫌いだったのか」

令子は首をふった。

「それがちがった。殿さまは最初怖かっただけで、嫌いじゃなかった。親切にしてくれたし。でもその殿さまと大ママが仲よくするのが許せなかった」

干場は頷いた。令子はつづけた。

「それはずっと、大人になってからもあたしの中に残った。だから高校をでるとすぐ、あたしは家をでた。東京でバイトをしながら専門学校に通っていて、ある日スカウトされて小さな芸能事務所に入ったけど、鳴かず飛ばず。ずるずるで水商売に流れて、銀座のお店でホステスをやってたときに、突然、山岬に帰りたくなったの。急に大ママが恋しくなった」

「なんで恋しくなったんだ」

令子は首をふった。

「わからない。失恋したわけでもなかったし。少し体を悪くした、というのはあったかもしれない。疲れちゃって。このまま銀座にいても、何もかわらないなって思った。それで急にこっちに戻ってきたのよ。お店や友だちには、『少し田舎で休んで、また東京に戻る』っていってたのだけれど、最初から戻るつもりなんてなかった。帰ってきて、翌年、殿さまが亡くなりどうしようかと考えていたら、大ママが『お店をやりなさい』っていったの。こんな田舎でうまくいくわけないって、最初は思った。でも大ママがいうには、あたしたちだからうまくいくって」

「あたしたち？」

「あたしと大ママのこと。あたしと大ママは、この町の出身だけどこの町の人間じゃない。たとえば姉は、この町で育って、この町の人と結婚してこの町に住んでいる。そういう意味ではこの町の人間なの。でも、大ママやあたしは一度ここをでていっている。特に大ママは、この町のじゃない人と結婚して子供を産んだ。もちろんそんな人は他にもいっぱいいるけど。それ以外に、殿さまとのことが武器になるって大ママはいった」

「武器って？」

「噂はあったけど、大ママと殿さまの本当のことを知っている人はいない。知りたいと思っていても、直接、訊きにいくわけにもいかない。それがお店をだせば、お客として飲みにきて、いろいろ訊けるかもしれないと町の人は思うだろうって」

「すごい話だな」

干場は唸った。令子は微笑んだ。

「まず売りは、大ママの身の上話、次があたしの色気よって、大ママはいった。したたかでしょ」

干場は頷いた。

「田舎の人間だから皆んな純朴だなんてありえない。小さい町で互いを知ってるから逆に、いろいろ詮索したり、やっかんだりする。それを逆手にとって商売しようって。あたしや大ママはアウトサイダーだからそれができる」

「ずっとアウトサイダーだと、自分のことを思っていたのか。大ママは」

「そうみたい。詮索されたり、噂の的にされつづけて、きっと自分でも外側にいようと考えたんだわ。それがお店をやる段になって、武器になった。実際、大ママのいう通り、ここをオープンしたら、毎日、お客さんがすごかった。男の人だけじゃない。女の人までやってきて、大ママから話を聞きたがった」

「大ママは、殿さまの話をしたの？」

「少しずつ、ね。悪口は絶対いわなかった。だんだん客足が落ちついて、今みたいになったのが去年」

「店をだしたのは？」

「四年前よ。殿さまが亡くなってから二年後、やっぱり一年はおとなしくしていようって話しあったの。殿さまが亡くなっていきなりお店をだすのはどうかと思うし。一周忌が終わってから準備を始めて、オープンするのに一年かかった」

「四年前というと、マリーナができたときだ」

「そうね。実際は造ってる途中のオープンだったから工事関係の人もたくさんきた」

「関口建設の人かい」

「もちろんそれもあったし、市長も何回かきたわ。それに東京から、マリーナの権利を仲介するっていう業者の人も」

「どんな人」

「高州って人。たぶん、本業は金貸しだと思うわ。毎晩、満席で、くたくたになるまで働いて、閉店するとしばらくは家に帰る元気もなくて、ここで大ママと話しながら休んだ。それで、あたしと大ママは昔より仲よくなったってわけ」

「市長はどんな人だ」

「頭のいいお役人て感じの人」

干場は、お役人、とつぶやいた。令子が手をのばし、干場の手を握った。

「ねえ、今度は干場クンの話を聞かせて。本当はこの町で何をする気なの」

「えっ」

干場は瞬きした。

「もういい加減、自分が台風の目だってことに気がついているでしょ。あなたがきてから、この町は少しずつかわってきてる」

「俺は……」

干場は口ごもった。

「今日はごまかされない。本当の狙いは何なの？　遺産？　それとも殿さまの財産を盗んだ奴らをやっつけること？」

「やっつけるだなんて――」

そのとき、店の電話が鳴った。

「電話が」

いいかけた干場に令子は首をふった。

「無視よ。もう閉店したのだから」

電話は鳴りつづけ、そして止《や》んだ。

令子は干場の手を引きよせた。

「誤解しないでね。あたしは干場クンが殿さまの甥っ子だから何とかしようと思っているのじゃない。あなた本人にとても興味があるのよ」

両手で干場の手を包みこみ、いった。

「ちょっと、好きだし」

「え」

「恥ずかしいこと二回もいわせないで」

令子はにらんだ。干場は黙った。

「最初に会ったとき、あ、いいなって思った。大きな男の人が好きなの。でも自分から見て大きい、と思える人はなかなかいないし。それにどこかすっとぼけているところも不思議で、いい感じだった」

再び店の電話が鳴った。

「もう！」

令子はつぶやき、立ちあがった。

「はい。あらシンゴ、どうしたの、こんな時間に!?」

怒った声で告げる。目が干場を見た。

「え？　いるけど、何なの？」

シンゴの話を聞き、眉をひそめた。干場に電話をさしだした。

「あなたとどうしても話したいって」

干場は受けとった。

「はい」

「おっさん、シンゴだよ。あのさ――」

いってシンゴが口ごもった。口調がふつうではなかった。

「どうした」

「あのさ、今、観光ホテルにきてるんだ。いつも通り、弁当届けにきて。でも、父ちゃんがいない」

「どういう意味だ」

「父ちゃんがいなくなっちまったんだ。九時頃、でかけていって、帰ってこないんだって」

干場は時計を見た。午前一時を回っている。

「でかけるってどこへ」

「それがわかんないんだよ。父ちゃん、仕事サボってどこかいくような人じゃないし。変なんだ」

干場は息を吐いた。シンゴはいった。

「あのさ、俺、心配なんだよ。ほら、この前、松本にもからまれたじゃん。父ちゃんのこと気にいらないって……」

「落ちつけ。そこに観光ホテルの人が誰かいるか」

「待って」

間があって、

「もしもし」

柳の声が流れでた。

「柳さんか」

「騒ぐほどのことじゃないとは思うが、妙は妙だ。あのとっつあんは、無断欠勤とかしたことがない。酒も飲まないし、パチンコ屋ったって、こんな時間はやってない」

柳はいった。

「でかけたところを誰か見てるのかい」

「支配人が見てる。風呂場のほうが落ちついたんで、一時間ほどでかけさせてくれ、といわれて許可したと。小腹がすいたんでラーメンでも食べにいくのかと思ったらしい。そうしたら、坊主が弁当を届けにきたんで、妙だと」

「シンゴは何時頃きた」

「十時だ。だいたいこの時間に届けにくる。わかってる筈だから、一時間でかける、といったんだろう。それが戻ってこないのは、確かにおかしい」

「携帯電話は。もっていないのか」

「坊主がかけているが、つながらねえ。まあ、いい大人の話だし、心配するほどじゃないとは思うが……。なんか坊主の話だと、岬組の若いのにからまれたことがあるんだって？」

「それはそんな大げさな話じゃないよ。今日、『人魚姫』には、岬組の人間はきたのか」

「いや。今日は俺の知る限りは誰もきてない」

すいません、という声がして、シンゴが再び電話口にでた。

「おっさん、あともうひとつ」

「何だ」

「きてくんないかな。きてくれないと話せない」

シンゴの声に怯えがまじっていた。

「わかった。待ってろ」

干場はいって、電話を令子に返した。

「どうしたの」

「シンゴの親父さんがいなくなったらしい。観光ホテルから、ちょっとでかけるといってそれきり」

令子は理解できない、という表情を浮かべた。

「なぜかしら。真面目で、お酒も飲まないような人よ」

「だからシンゴも心配なようだ。いってくる」

令子は腕を組んだ。ほっと息を吐く。

「残念」

「俺も残念だ」

干場はいった。令子は軽くにらんだ。

「本気でそう思ってる?」

「思ってるよ」

「なら、キスして」

干場は一瞬、息を呑んだ。が、無言で令子を引きよせた。令子は体重を預けてきた。目を閉じ、わずかに唇を開いている。

それを見つめ、干場は唇を令子の額にあてた。

「馬鹿っ。子供じゃないんだから!」

令子が目を開け、怒った。干場は令子を離し、首をふった。

「他のとこにキスすると、俺、我慢できなくなるかもしれない」

令子の頬が赤らんだ。

「馬鹿」

もう一度いう。今度の「馬鹿」には、甘い響きがあった。

33

早足で歩き、二十分ほどで観光ホテルに干場は到着した。ロビーに明りが点り、ソファのひとつにシンゴがしょんぼりとかけていた。

少し離れたところに、柳と桑野がいる。他の従業員の姿はない。

「あっ」

シンゴは干場に気づくと、ぴょんと立ちあがった。が、すぐに顔をしかめた。

「おっさん、酒臭えよ」

「大丈夫だ」

干場は柳たちに目顔で挨拶し、シンゴの隣に腰をおろした。

「おっ母さんには教えたのか」

干場が訊ねると、シンゴは首をふった。

「母ちゃん、体弱いから。もう寝てる。心配かけたくないよ」

「どこが悪いんだ」

「心臓。でも手術すんの、すげえ金かかるから、母ちゃんはあきらめてる」

シンゴの顔は暗かった。

「兄弟は、お前」

「妹がいるよ。小学校五年」

「そうか。で、さっきいいかけた話、何だ」

シンゴが干場を見て口を開いたが、つぐんだ。かたわらに柳たちがやってきた。

「支配人に今、電話して訊いたんだがな。おとっつあん、でかけるとき着替えていたらしい」

「着替えていた?」

干場は訊き返した。

「ああ。ここにいるときはずっとホテルの法被を着ているんだ。ちょっと使いにでかけるときも、だいたいその格好らしいんだが、今夜は珍しく背広を着てでてった」

「背広……」

「だから誰かと会うつもりだったのじゃねえか」

「誰と会うんだ」

「そこまではわからねえ」

柳は目で合図して、干場を近づかせ、小声でいった。

「給料の件はまだ話してなかったし、実は、俺の知らない間に、クビを切るって、もうなしになったほうの話が耳に入っていたらしい。それで煮つまってたとなると、ちっとやばいんだが」

「撤回したのじゃないのか」

「いや、撤回した。けど、クビを切る話も伝えてあったわけじゃないんで、改めて撤回をいうこともないか、と。だが、支配人が少し前に、それとなくいっちまっていたらしい。リストラがあるかもって。だから新しい職を探しにいったのかもしれないが、夜九時からってのは、ちょっとな」

干場は首をふった。

「ヤケおこしてねえといいんだが」

柳はつぶやいた。

「子供が二人もいるんだ。そんな無責任なことはしないさ」

干場はきっぱりといって、シンゴをふりかえった。

「ちょっとそのあたりを歩こう。外の風にあたりたい」

柳はむっとしたような顔をしたが、何もいわなかった。

シンゴは無言で立ちあがった。干場はシンゴと肩を並べ、観光ホテルをでた。歩きだしてしばらく、シンゴは何もいわなかった。が、やがて大きく息を吐き、口を開いた。

「俺、父ちゃんに話した」

「何を、だ」

「目崎を見たこと」

千場は立ち止まった。二人は海水浴場に向かう道とは反対の民宿街の中にいた。周辺はまっ暗で、人通りは皆無だ。

「どこで見たことを、だ」

「勝見ビル。あいつが『人魚姫』にイクミをつかまえにきた晩」

「父ちゃんは何ていった?」

「別に。『ふうん』っていっただけだ」

「そうか」

千場は歩きだした。

「目崎に会いにいったのかな。そりゃないよね」

あわてて追ってきたシンゴがいった。千場は再び立ち止まった。

「お前の親父さんが、か?」

「うん」

「なんで目崎に会う」

「わかんないけど……」

シンゴは口ごもった。干場は息を吐いた。

「知らないのか。目崎はお前が見たあと、交通事故を起こして死んだ」

「えっ」

シンゴは大きな声をあげた。どこかで犬が吠《ほ》え、干場は、

「声が大きい」

といった。

「それ本当!?」

「ああ。俺も今朝がた、安さんに教えられた。大城のほうにいって、朝方、事故を起こしたんだ」

「信じらんねえ」

シンゴは呆然といった。

「安さんは、観光ホテルで俺にそれを教えた。お前の親父さんもたぶん聞いた筈だ。だから目崎に会いにいくわけがない」

干場はいって、シンゴを見た。

「お前、いつ、そのことを親父さんに教えたんだ」

「今日の夕方。父ちゃんは、昼間から夕方まで休憩があって、一度家に帰ってくる。そんときに話したんだ」

干場は無言で考えこんだ。

「じゃあ父ちゃん、どこいったんだろう」

シンゴは途方に暮れたようにつぶやいた。

「とりあえず、お前は家に帰れ」

「でもさ――」

「ここでお前がいくらじたばたしたってしょうがない。どこかで偶然、古い知り合いに会って話しこんじまっているのかもしれない」

「父ちゃん、そんな無責任な人間じゃねえ」

シンゴは怒った声をだした。

「交通事故とかにあったのなら、こんなに小さい町だ。知らせがこない筈ないだろう」

干場はいった。

「そりゃ、そうだけど」

「だいの大人なんだ。ちょっとくらい連絡がつかないからって騒ぐな。かえって親父さんは迷惑かもしれないぞ」

シンゴは口を尖らせた。

「でも、松本とかに見つかって、何かされてたら……」

「ありえないさ。いいか、子供のお前をかまうのとはちがうんだ。大人にそんな真似をしたら本当の犯罪だ。松本だって、そこまで馬鹿じゃない」

「本当に？」

干場は頷いた。

「とにかく家に帰れ」

シンゴはうつむいた。

「母ちゃんに何ていえばいい？」

「今のところは黙ってろ。よけいな心配かけたってしょうがない。だろ？」

シンゴは小さく頷いた。つぶやいた。

「畜生。何だよ、父ちゃん」

干場はシンゴの肩を叩いた。

「いいから、帰れ」

シンゴは無言で歩きだした。それを見送り、干場は大きく息を吐いた。酔いはすっかり、その体から抜けていた。

シンゴの姿が見えなくなると、干場は目についた公衆電話に歩みよった。十円玉を落とし、「一〇四」で駅前のバー「伊東」の番号を訊ねた。そして「伊東」にかけた。

バーテンダーが応えた。

「あ、干場です。安さん、そちらにきていますか」

「十分くらい前に帰ったな。これから顔をだすかね？」

バーテンダーは訊ねた。

「いや、いいです」

千場は答え、受話器をおいた。表情が硬くなっていた。

34

翌朝、千場は、ドアを激しくノックする音で目覚めた。午前七時過ぎだ。

「はい――」

「柳だ。開けろ」

千場は布団をでて、ドアを開いた。昨夜と同じ服装で、柳が立っていた。

「どうしたんだ、柳さん。こんなに早く」

「下足番のおっさんが死んだぞ」

千場は目をみひらいた。

「シンゴの親父さんのことか」

「ああ。今朝早く、漁港に浮いてるのを、漁師が見つけた」

千場ははあっと息を吐いた。

「何てこった」

「事故か自殺かってんで、警察が調べてる」

柳は険しい表情だった。

「自殺だとすりゃ、うちにも責任があることかもしれん。それで支配人から話を聞いたんだが、あのおっさんの息子、岬組にからまれてたんだって？」

「そんな大げさなことじゃないよ」

「うちが買収した観光ホテルで父親が働いているのが気にいらねえ、とかいってチンピラに吊るしあげられてたっていうじゃないか」

「確かにそういうことはあった。けれど――」

「お前が助けたんだろう。そのチンピラのツラは覚えてるか」

柳は殺気だっていた。

「待ってよ、柳さん」

干場は柳を見なおした。

「待てねえ。もしそのチンピラがおっさんに手をだしたのだとしたら、知らん顔はできない。下足番とはいえ、身内は身内だ」

「それはないと思う」

「なぜいいきれるんだ」

「そのチンピラには、俺から、二度とするなっていったから」

「お前が？」

意外そうに柳はいった。

「うん。別の場所で偶然会って、そうしたら線路わきの空き地に連れていかれた。俺のことを生意気だと思ったらしい。でも、そのチンピラが考えたのと逆の結果になった」

「逆ってのは、お前がそいつを痛めつけたってことか」

干場は頷いた。柳は干場を見つめた。

「そのチンピラだって、本気でシンゴを憎んでたわけじゃない。ただ虫のいどころが悪くて、からんでいただけなんだ。だから、シンゴの親父さんをどうこうするなんてのは、ありえないよ」

「岬組をかばってるんじゃないだろうな」

「なぜ俺がそんなことをしなけりゃならない？」

「関口建設にお前はひっぱられている。関口と組長の有本は仲がいい」

「考えすぎだよ」

干場は首をふった。柳の表情はかわらなかった。

「この件に関して、桑野がとんがってる。おっさんの次は、俺を狙ってくるのじゃねえかと。田舎やくざがそういう手でくるなら、こっちにも考えがある」

「どういうこと」

「『トランスリゾート』の本社から人を呼ぶ。とりあえず今日の午後、十人ほどくる。観光ホテルの警備員という名目でな。『人魚姫』にも、人を増やす予定だ。岬組の連中を、出入り禁止にする」

「それって、柳さん……」

「人が死んでるんだ。サツがどう考えるかは知らんが、死んだのが身内である以上、こっちだってそれなりの準備はさせてもらう。お前も、もし関口建設にいくのなら、ホテルと『人魚姫』には立ち入らせない」

　干場は首をふった。

「お前の気持を聞こう。関口のとこに、いくのか、いかねえのか」

「いく気はないよ」

「じゃ、うちか」

　柳はたたみこんできた。

「それも待ってほしい」

「どういうことだ」

「どこかにつとめる前に、俺にはやることがあるんだ」

「何だ」

「横浜の親戚の家にいって、俺が殿さまの甥だって証明できるものをとってこなけりゃならない」

「証明できるもの?」

「俺の出生証明書とか、そういう書類だ」

「それをとってきてどうするんだ」

「俺が殿さまの甥だってことを証明できれば、山岬市に対して『相続回復請求権』ってのを行使できるんだ」

柳の表情が動いた。

「『相続回復請求権』?」

「そう。つまり、殿さまの財産は、山岬市が全部もっていき、結果、今はマリーナになっている。それの何分の一かは、俺に権利があるってことなんだ」

柳は無言だった。

「もし、貰《もら》えるなら、そのマリーナの権利を貰ってもいいと思ってる」

「貰ってどうするんだ」

「そこまでは考えてない。でも漁師になるのも悪くないな」

「漁師になるのだったら、マリーナじゃなく、漁協に入って漁港に船をおけばいい。あんな空っぽのマリーナの権利なんざ、一文にもならないぞ」

「でも、柳さんはいってたじゃないか。山岬をオーシャンリゾートにするって。そうなったらマリーナに価値がでる」

柳は目を細めた。

「お前、そんなことまで考えていたのか」

「そういう話を聞けば考えるよ」

「おい。本当に、マリーナの権利を市から貰うつもりなのか」

「山岬には金がない。破綻寸前だって、桑野さんもいっていた。遺産を返してくれといったって、現金がなけりゃ、モノで貰うしかないのじゃないかな」

柳は深々と息を吸いこんだ。シンゴの父親が死んだ話など、忘れてしまったかのようだ。

「それを、うちに譲る気はないか」

「うちって？」

「決まってる。『トランスリゾート』だ。俺のことでもある」

「そりゃあ、場合によってはそうなるかも」

「場合によっては？」

「だって実際にマリーナの権利を貰えるかどうか、まだわからない」

「貰ったら、うちに譲れ！　いいな」

柳は声を荒らげた。

「どうしたの、急に」

「いいから約束しろ」

干場は柳を見つめた。柳の目は鋭く光っていた。

「オーシャンリゾートの開発のためには、マリーナは何より大事だ。その権利をお前が貰うというなら、うちは何が何でも買収しなけりゃならない」

「今は全部、仮定の話だ」

干場は首をふった。柳はいきなりいった。

「誰にもいうな」

「えっ？」

「誰にもいうんじゃない」

柳の声は険しかった。

「お前がマリーナの権利を市から、殿さまの遺産として受けとり、それをうちに売るという話を、だ。誰にもいうのじゃないぞ」

「なぜ」

「表面上はいろいろいってるが、腹の中ではうちのことをよく思っていない奴らが、ここにはたくさんいる。そのほうがお前のためなんだ」

干場は柳を見つめ返した。

「トランスリゾートにとっては、マリーナの存在がすごく大事なんだね」

柳はぎくりとした。

「なぜそんなことをいう。当然じゃないか。マリーナがなけりゃ、リゾートマンションもホテルも客を呼ぶ材料にはならねえ」

「それだけかい」

「それ以外の何があるっていうんだ」

「わからない。でもトランスリゾートって、ただの観光会社じゃないんでしょ。そういっていたじゃない。山岬市で金儲けをするって」

「今はその話をするな」

「強引だな」

干場がつぶやくと、柳は身をのりだした。

「お前が敵なのか味方なのかで、トランスリゾートはまったくちがう会社になる。こっちにきてから二年、俺たちは寝たフリをしてきた。だがそろそろ起きあがるときがきたってことだ」

「起きあがって何をするんだ」

「それは、お前がこちら側につくなら話せるが、そうでなければいえない」

干場は大きく息を吐き、布団の上にアグラをかいた。

「敵、味方をはっきりしろってこと？」

「そうだ。敵になるなら、容赦はしない」

柳はいって干場を見おろした。

「俺はお前のことを気に入っている。何を考えているかわからないところはあるが、悪い野郎じゃない。もしかすると、とんでもない大物かもしれん、と思っていた。その俺の勘は当たっていて、お前は、死んじまった殿さまの甥だった――」

干場は首をふった。

「殿さまと血がつながってるってことと、俺が大物かどうかなんて、まるで関係ない。遺産の話だって、ここにくるまで、まったく俺は考えていなかったんだ」

「それが本当だとしても、誰も信じやしないぞ。今は、どいつもこいつも血眼《ちまなこ》になって、お前を仲間に引っぱりこむことしか考えちゃいない」

「そんなのは考えすぎだ」

「お前はわかってないんだ。目崎がなぜくたばったか、そこのところをよく考えてみろ」

「目崎が？」

干場は意外そうにいった。そのときドアがノックされ、柳と干場は顔を見合わせた。

柳が無言でドアを開いた。ぎょっとしたように目をむいた。

猿のミイラ――只が立っていた。暑苦しいスリーピースを着け、ネクタイの結び目がこれ以上はならないというくらい小さく、きつく締められて、シワだらけの茶色い喉にくいこんでいる。

只のガラスのような目玉が動いた。

「これは、これは」

柳の姿を見ても、驚いたようすはない。

「手前、立ち聞きしてやがったな」

柳がにらんだ。

「何の話ですか。私、社長に命じられて、干場様をお迎えにあがったのですが」

只は一切表情をかえることなく、いった。

「何だ、それ」

柳が干場をふりかえった。干場はいった。

「俺、今日、約束をしていましたか」

「いいえ。ですが顧問就任の件につきまして、近日中にお返事をいただけると、うかがっておりましたので」

只はかみつきそうな顔の柳を無視して答えた。

「おうおう、お前んとこの会社は、朝っぱらからアポイントもなく押しかけてきて、顧問になれだの何だの、ほざくのか」

柳がすごんだ。干場は苦笑した。

「柳さんだって俺を叩き起こしたじゃないか」

「それとこれとは別だ。俺は、お前を友だちだと思ってるから、大事な知らせのためにきたんだ」

只の首が機械人形のように動き、柳を見た。

「大事な知らせとは何です」

「お前には関係ねえ。帰れ。干場は関口建設には入らない」

柳はいった。只の首が再びぎりぎりと回った。

「ご返事は、社長に、ご本人様からお伝えしていただかなくてはなりません。ご同行願えますか」

「聞いてなかったのか。干場は入らないっていってんだろうが」

只はまったく聞こえていないように干場を見つめている。

「その件ですが、関口さんに直接お断わりするにしても、もう少し先の日にしていただけますか。今日から俺はちょっと横浜に戻るので――」

干場はいった。只が瞬きした。

「横浜に?」

「ええ。役所にもっていく書類をとってこようと思うんです」

柳が眉をひそめ、干場をにらんだ。よけいなことをいうな、と表情が語っている。

「何の書類ですか」

只が訊ねた。

『相続回復請求権』というのを行使するためのものです」

柳が天を仰いだ。只がいった。

「そうですか。承知いたしました。で、いつ頃、山岬にはお戻りでしょうか」

「明日か、明後日には」

「社長にそのように伝えます。それでは失礼いたします」

只は一礼し、ドアに向きなおった。その手がノブをつかんだ。柳が呼びかけた。

「おい、大杉」

一瞬、只の動きが止まった。が、何ごともなかったようにドアを引き、部屋をでた。

ドアが閉まった。

「野郎、ぎくっとしやがったぜ」

柳がつぶやいた。そして不意にドアを開いた。只の姿はなかった。

「さすがに残ってまで立ち聞きはしねえか」

　ドアを閉め、干場と向かいあった。

「だがこれで俺のいったことがまちがってねえとわかったろう。関口だって、お前がどっちにつくか気になってしかたがないんだ」

　干場は無言だった。

「いいか、用心しろよ。あんなことをべらべら喋ってたら、いつ何が起こるか、わかんねえぞ」

「何が起こるか？」

「そうだ。閑古鳥が鳴いてようがどうしようが、一度手に入れたものは手放したくないのが人情だ。そいつをとられるくらいなら、お前のタマをとってやろうと思う人間がでてきたっておかしくない」

「それはマリーナのことをいっているのかい？」

「あたり前だ」

「ふーん」

「ふーんて、お前」

　柳はあきれたように干場をにらんだ。干場はのっそりと立ちあがった。

「どこへいく」

「漁港。山岬を離れるってことを、安さんに知らせておかなきゃ。きっと安さんもそこにきてるだろうから」

柳は干場をにらみつづけていたが、やがて舌打ちをして、部屋をでていった。

35

警察による現場検証は、すでにあらかた終わっていた。干場が漁港に入っていくと、パトカーが一台止まっているきりで、海に向かって左側にのびた赤灯堤防のつけ根のあたりに人だかりがある。その中に、干場は令子とシンゴがいるのを見つけた。安河内が少し離れた堤防の中ほどから海面を見おろしている。

「干場クン！」

令子が声をあげた。干場はリュックを背負っていた。シンゴが無言で干場を見た。

「悪かった、シンゴ。お前が心配していた通りのことになっちまったな」

干場は告げた。シンゴは首をふった。陽焼けした頰に涙の跡があった。

安河内がこちらをじっと見ている。

「そこのテトラに、父ちゃんがひっかかってんのを、漁師のテラさんが朝、見つけたんだよ。でも、なんで、なんで父ちゃん、死んじゃったんだろう」

シンゴは唇をかんでいった。

「そいつは警察が調べるさ。お前は、気をしっかりもって、母さんや妹の面倒をみてやれ」

干場はいって、シンゴの肩を強くつかんだ。シンゴは力なく頷いた。

「干場クン。なんでこんなことになっちゃったの。シンゴは力なく頷いた。

シンゴのお父さんが。いったいどうなってるの……」

令子がつぶやいた。干場は首をふった。

「きのう、あたしを捜しとったようだな」

声に干場はふりかえった。堤防の上を安河内が歩いてきて、かたわらに立った。

「ああ」

「シンゴの親父さんのことだったのか」

「そうだ」

干場は頷いた。

「『伊東』に電話したら、帰ったあとだっていわれた」

「きのうはちょっと大城に出張しておってな。帰りに寄ったのだが、さすがに疲れてた」

「大城に？」

「安河内さん、シンゴのお父さんは、なんで亡くなったの!?」

令子が詰めよった。

「なんでといわれても、それを今、調べておる最中だ。ただ、堤防には、親父さんの靴がそろえておいてあった」

「それって自殺ってこと？」

「ありえないよ。父ちゃん、自殺なんかしない！」

シンゴが叫んだ。目が光っていた。

「俺や妹や、母ちゃんおいて、先に死ぬような、そんな人じゃない」

「シンゴ、お前の親父さん、泳げたか」

干場は訊ねた。シンゴは頷いた。

「さっきも刑事さんに訊かれたけど、河童《かっぱ》だった。中学でてしばらく、漁を手伝ってたし――」

干場は安河内を見た。

「泳げる人間が入水《じゅすい》自殺をするものかい」

安河内は息を吐いた。

「死ぬ気になりゃ、人間は何でもする。膝がつくような高さで首をくくる奴だっている。暗い中で海にとびこみ、テトラに頭をぶつけて意識を失くしちまったって可能性もある」

「ひどいことといわないで！」

令子がシンゴの肩を抱き、安河内をにらみつけた。安河内はいった。

「シンゴは男の子だ。親父さんの亡くなりかたが気になるのなら、ちゃんと話してやるべきだと思ったんだ。今、遺体を、署のほうで調べている。場合によっちゃ、大城に送って大学病院にもっていく」

干場は頷いた。安河内が干場のリュックに目をとめた。

「どこか、いくのか」

「一度、横浜に帰ろうと思ってるんだ。勝見先生に証拠がいる、といわれたんで」

勝見という名にシンゴが反応した。はっと顔をあげ、干場を見つめた。

「横浜に？」

安河内は眉をひそめた。

「まずいことでもあるのか」

「シンゴの親父さんの死因が特定される前に、あんたがこの町をでていくのは感心せんな」

安河内はいった。令子がくってかかった。

「待ってよ。それじゃまるで干場クンが、シンゴのお父さんに何かしたみたいじゃない」

「警察はいろんな可能性を考える」

「俺はずっと令子さんの店にいた。調べればわかる」

「おっさん――」

シンゴが干場に呼びかけた。

「何だ」

「あの話……」

「何の話だ？」

安河内が割って入った。何かに勘づいたような鋭い目になっている。干場は頷いた。

「刑事さんに話してやれ」

安河内は干場とシンゴを見比べた。そしてシンゴにいった。

「こっちにこい。他に聞かれんところで話してくれ」

シンゴは頷き、二人は堤防の先に移動した。シンゴが話すのを、安河内が真剣な表情で聞いている。

「何なの、干場クン」

令子が訊ねた。

「たいしたことじゃない。シンゴの親父さんは、もうじき給料を上げてもらえることになってたのに、それを知らなかったんだ」

「かわいそう」

令子が涙ぐんだ。

「おとなしくて真面目な人だったのに。奥さん、体弱いから、手術うけさせたいって、いっしょけんめい働いてた……」

「心臓が悪いって、シンゴから聞いた」

「そう。でも手術には何千万てお金がかかるんで、どうしたらいいだろうって。シンゴだって、あんなカッコしてるけど、本当は親思いのいい子なの」

安河内は堤防を戻ってくると、干場に目配せした。

「あんたを駅まで送っていく。途中でちょっと話も聞きたいし」

「わかった」

干場は頷いて、シンゴを見た。

「俺は明日か明後日には帰ってくる。何かあったら、令子さんにいえ」

シンゴは力なく訊ねた。

「おっさん、本当に帰ってくる?」

「もちろんだ。約束する」

「わかった。待ってるよ」

干場は拳で軽く、シンゴの胸を突いた。

「頑張るんだぞ」

シンゴは歯をくいしばって、頷いた。

36

パトカーには制服巡査の運転手を待たせていた。安河内は助手席に乗り、干場に後部席を示した。

「横浜の親戚の詳しい住所を教えてくれんか」

訊ねると、干場はすらすらと答えた。安河内はそれをメモし、

「確認させてくれ」

といって、わざと番地の末尾をまちがえた。干場は訂正した。思いつきの住所ではないようだ。

「いつ戻ってこられる？」

「書類がすぐ見つかるかどうかだ。死んだ親父の荷物は、まとめて送ってあって、まるで整理をしてないんだ。だから捜すのに時間がかかるかもしれない」

「ない、という可能性は？」

「ゼロじゃないよ。そうなったらそうなったで、ニューヨーク市に請求すれば再発行し

てくれると思うけど」

「そうか」

安河内は煙草に火をつけた。

「シンゴは松本を疑っているようだが、実は昨夜、松本と大城で会っとるんだ」

「松本と？」

「偶然だ。組関係の寄り合いがあって、頭山の運転手をつとめさせられておった。時間帯から考えて、松本がシンゴの親父さんをどうとかしたというのは難しいな」

千場はパトカーの窓から港を眺め、

「なんでそんなことを俺に話すんだ？」

と訊ねた。

「シンゴはお前になついている、と令子から聞いた。あの子が変な風にならんよう、見てやってほしい」

「変な風？」

「父親のことで岬組に恨みをもつとか」

安河内がいうと、千場は黙った。やがていった。

「安さんはどう思ってるんだ」

「シンゴの父親のことか」

「うん」

安河内は後部席をふりかえった。干場の目を見つめ、いった。

「あたしの勘じゃ、殺しだ」

干場の表情はかわらなかった。

「誰が殺したんだ？」

訊き返した。安河内は首をふった。

「そりゃ、まだわからん」

「シンゴの話と関係あると思うか」

安河内は干場に目配せした。運転している制服巡査を示す。目崎が死ぬ前夜に勝見を訪ねていたという話は、署内の誰にも聞かせたくなかった。

干場は合点したように頷いた。

安河内は巡査の肩を叩いた。

「駅であたしらを降ろしてくれ」

「了解しました」

巡査は答えた。

山岬駅の前でパトカーが止まると、安河内と干場は降りた。干場は大城までの切符を買った。横浜に戻るには、大城で乗り換える必要がある。

安河内は改札の駅員に身分証を見せ、干場とともにプラットホームに入った。大城いきの急行の発車時刻までまだ三十分近くある。

自動販売機で缶コーヒーを二本買い、一本を干場に渡した。通勤、通学の時間帯を過ぎ、発車まで間があることもあって、ホームは閑散としている。

二人は、どちらから誘うでもなく、ホームの端まで歩いていった。ベンチがおかれているが、人の姿はない。

安河内は腰をおろして、缶コーヒーの封を切った。干場はかたわらに立ち、レールの彼方《かなた》を見ている。

「シンゴから聞いた話だが、妙だとは思わんか」

「目崎さんと勝見先生のことか」

干場が訊き返し、安河内は頷いた。

「俺に訊かれてもな……」

干場はつぶやき再びレールを見つめた。

「目崎があの晩、勝見先生のところにいったわけは何だと思う？」

安河内は訊ねた。

「俺にはわからない」

「『人魚姫』と関係があるかな」

ひとり言のように安河内はつぶやいた。

「『人魚姫』と？　イクミたちをつかまえに目崎さんがいったこととか？」

「そうだ」

「なぜそんなことを考えるんだい」

安河内はコーヒーを飲み、干場を見た。

「『人魚姫』に嫌がらせをしたのは、目崎の考えじゃない、とあたしは思っている。誰かにいわれなけりゃ、目崎は『人魚姫』に乗りこまなかったろう」

「タレコミがあったって、目崎さんはいってた」

「信用はできん。たとえタレコミがあったとしても、いちいち相手にするわけがない」

干場は安河内をふりかえった。

「すると、目崎さんが『人魚姫』にいったのは、勝見先生と関係があると？」

「勝見先生にそうしろ、といわれたのかもしれん。だがうまくいかず、それを報告にいった。その晩のうちに、目崎は事故で死んだ」

安河内は告げた。干場は眉をひそめた。

「何だか、おっかない話だな」

安河内は煙草に火をつけた。

「おっかないのはそれだけじゃない。勝見先生のところから目崎がでてくるのをシンゴが見ていた。その話を、シンゴはお前さんと父親の二人にしかしていない。お前さん、シンゴに口止めしたそうだな。どうしてだ？」

「何となく、だ。あのあと部屋に戻って寝ようとしていたら、シンゴが訪ねてきた。そして、目崎さんが勝見ビルからでてくるのを見た、といった。俺は刑事のことはよくわからないけど、どこか変だ、と思ったんだ。だから口止めした。まずかったかな」

「いや、まずくはない。まして目崎がその晩のうちにあんなことになったのだからな」

煙を吐き、安河内はいった。

「それとシンゴの親父さんは関係があるのかい」

「問題はそこだ。お前さん、勝見先生にいつ会ったんだ」

「きのうの夕方。勝見ビルの前を通りかかったら、先生と岬組の親分がでてくるところに会った。先生は、俺のことをわかったらしく、向こうから声をかけてきたんだ」

「有本といたのか」

干場は頷いた。

「親分が訪ねてきてて、帰るのを送りがてら下まで降りてきたみたいだった。あと、そうだ、長江って運転手もいた」

安河内はあきれて干場を見つめた。

「次から次に、いろいろな人間と知り合いになる男だな」

「だって向こうから声をかけてくるのだもの、しかたがない。長江は、『岬館』で俺が目崎さんとコーヒーを飲んだときに、松本くんといっしょにいたんだ」

「松本くんね」

安河内は息を吐いた。

「で、勝見先生と話したのか」

「話したよ」

干場は頷いた。

「俺のことは噂で聞いたといわれた。生い立ちとか、いろいろなことを訊かれたから正直に話した」

「それで？」

干場は笑い顔になった。

「干場家には、殿さまが死んだとき、土地しか財産が残っていなかった、といわれた。訊いてもいないのに」

「つまり、お前さんが遺産めあてでこの町にやってきたと思われたのだな」

「そうみたいだ。だから俺もおかしくなって、『相続回復請求権』の話をしたんだ。そうしたら、まず自分を証明する書類が必要だといわれた。それで一度、横浜に戻ることにしたんだ」

「それは、勝見先生の指示か」

「いいや。勝見先生は、俺の弁護士にはなれない、といった。もし俺が、相続回復を請求するにしても、自分は山岬市の顧問でもあるから、その相談にはのれないって。ただ、市長に会いたいのなら、会わせてやるとさ」

「市長に？」

「ああ。山岬市はパンク寸前だから、財産を返してくれといっても、マリーナの権利くらいしかないだろう、ともいわれた。でもそれもいいな、と俺は思うんだ。漁師をやるのだったら、船をおく場所が必要だろ」

「漁師になりたいのなら、まず漁協に入ることだ。そうすれば、漁港のほうに船をおかせてもらえる」

　安河内はいった。

「お前さん、漁師になろうなんて、本気で思っておるのか」

「人が食べるものを獲って生計を立てるって、悪くない人生だ」

　安河内は首をふった。

「その歳《とし》で漁師になるのは大変だ。勝見先生は、お前が相続回復を請求すると、本気で受けとめていたか」

「さあ。でもマリーナの権利をもらおうかなといったら、おっかない顔をしていた」

安河内は灰皿に煙草を落とした。

「自分の身をもう少しかわいがったほうがいいぞ」

「どういうことだい」

干場は安河内を見なおした。

「もし『相続回復請求権』を行使する気なら、もっとそっとやれ、といっておるのさ。あちらこちらでマリーナをもらうなんて口走っていると、ろくなことにならん」

干場はイタズラを見つけられた子供のような表情になった。

「俺、あちこちでいっちゃった」

「たとえば?」

「柳さんにも話した。ああ、あと、只さんにもさっき話したな」

「只? 関口建設のか」

干場は頷いた。

「いつ会った」

「今朝。いきなり『みなと荘』に訪ねてきた。俺が関口建設に入るかどうか、返事を聞きたいって。だから横浜から戻ってくるまで待ってくれといったんだ。その場には、柳さんもいたよ。柳さんが、シンゴの親父さんのことを知らせてくれたんだ」

安河内は息を吐いた。

「お前さん、いったい何を考えておるんだ」

「俺は何も考えてないよ」

ほがらかに干場が答えた。

「周りの人がいろいろ考えているだけで」

安河内は鋭い目で干場を見つめた。一度、本気でこの男を洗う必要があるかもしれない。

「そうだ。只さんの本名は、大杉さんというらしい」

「どこからそんな話を聞いた」

「どこだったかな。どこかで聞いた」

とぼけた顔で干場はいった。安河内はそれをじっと見つめた。今すぐ、署にひっぱったほうがいいかもしれない。

だがそのとき、レールがキュンキュンと鳴って、列車が近づいてくるのを知らせた。山岬が終点の下り列車がやってきたのだ。折り返し、大城いきの上り列車になる。

安河内は息を吐いた。

「シンゴのおっ母さん、病気で、手術するには金がかかるらしい。その上、親父さんは、じきに観光ホテルをクビになると思いこんでいた」

干場がつぶやいた。横顔から笑みが消えていた。

「ふだんはでかけるときも法被なのに、その日は背広を着てでていったんで、誰かと会うのかなとホテルの支配人さんは思っていたそうだ」

安河内は目をみひらいた。

「お前さん――」

干場は安河内をふりかえった。

「俺は安さんを信じることにしたよ。安さんは真面目な警官だろ」

安河内は黙った。

「どっちの味方とか、そういうのはないのだろ」

たたみこむような口調だった。干場の目は鋭く、これまで見たことのない真剣さがある。

「あ、ああ」

安河内はいった。

「あたしは別に、誰の味方でもない」

「シンゴの親父さんが殺されたのだとしたら、そいつを俺は許せない」

ホームに列車が走りこんだ。停止し、ドアが開く。

「やまみさきぃ、やまみさきぃ、終点、山岬です。どちらさまも、お忘れもののないようにお降り下さい。列車は折り返し、九時五十分発、大城いき急行となります。発車まで、今しばらくお待ち下さい」

アナウンスが流れた。

安河内は干場を見返した。

「だからお前さん、あちこちで『相続回復請求権』の話をしておるのか。お前さんにどんな人間がとりいってくるか、それとも目の敵にするのか、それを見極めようというわけか」

安河内はいった。干場は答えなかった。

安河内は首をふった。

「気をつけるんだ。いくら体が大きくて、アメフトをやっておったとしても、刃物やピストルの弾には勝てん。お前さんを誰かが狙うとすれば、殿さまのときのようにはいかんだろうからな」

「やっぱり安さんは、殺されたと思っているんだな、殿さまも」

干場がいった。安河内は大きく息を吐き、頷いた。

「ああ、思っている。この六年、ずっとその疑いをもっておった。だが、誰が計画し、実行したか、つきとめる術《すべ》がなかった。この小さな町で、そんな疑いを口にしようものなら大騒ぎになるからな。それがお前さんの出現でかわった。六年前と同じように、いや、それ以上に、企《たくら》んどる人間がこの町には増え、お前さんを囲んでおる。そこに目をこらしていれば、必ず馬脚を露《あらわ》す奴がでてくるだろう。あたしは今度こそ、そいつをふん縛るつもりだ」

苦い気持で、安河内はいった。六年前、妻の臨終と引きかえに、この町で起こった殺人を暴けなかったという悔いが、ずっと安河内の胸を蝕《むしば》んできたのだ。同じ悔いを、退官まぎわにもう一度くり返すことだけはごめんだった。

不意に干場が破顔した。

「よかったよ。安さんを信じて。安さんならきっと、この町に隠れてる悪事を暴きだしてくれる」

「ちがうな」

安河内は首をふった。

「あたしがするのは、罪をおかした人間に手錠《ワッパ》をかけることだけだ。悪事を暴くのは、お前さんの仕事だ。だから必ず戻ってこい。六年前、殿さまを殺したり、目崎やシンゴの父親を殺した連中の尻に火をつけてやるために」

干場は笑みを消し、頷いた。

「明日か明後日には帰ってくる」

電車に乗りこんだ。

安河内は頷き返した。大きな石の下に、毒虫が隠れているのを、もう何年も前から自分は気づいていた。だが毒虫どもは用心深く、決して石の下から這《は》いでてこようとせず、安河内は石を見張りつづけることしかできなかった。

その石をむりやりどけてくれる人間が現われた。それが干場だ。

千載一遇のチャンスを逃すわけにはいかない。

電車の窓ごしに干場がにやりと笑った。手をふっている。

安河内は、ふんと鼻を鳴らした。

（下巻に続く）

本書は、二〇一二年八月、講談社文庫として刊行されました。
単行本　二〇〇九年七月、毎日新聞社刊

大沢在昌の本

夢の島

24年音信不通だった父が残した謎の「遺産」。無限の富を生み出すといわれるその遺産をめぐり、人々は騙し合い、やがて殺し合う……。大沢ワールド炸裂、初期傑作ミステリー！

集英社文庫

罪深《つみぶか》き海辺《うみべ》 上《じょう》

2023年2月25日　第1刷　　定価はカバーに表示してあります。

著　者　大沢在昌《おおさわありまさ》
発行者　樋口尚也
発行所　株式会社　集英社
東京都千代田区一ツ橋2-5-10　〒101-8050
電話　【編集部】03-3230-6095
【読者係】03-3230-6080
【販売部】03-3230-6393(書店専用)
印　刷　凸版印刷株式会社
製　本　凸版印刷株式会社

フォーマットデザイン　アリヤマデザインストア　　マークデザイン　居山浩二

ISBN978-4-08-744487-2 C0193